# 我的老千生涯 II

腾飞 著

鹭江出版社

图书在版编目（CIP）数据

我的老千生涯Ⅱ／腾飞 著．—厦门：鹭江出版社，2008.8

ISBN 978－7－80671－963－3

Ⅰ．我…　Ⅱ．腾…　Ⅲ．长篇小说—中国—当代　Ⅳ．I247.5

中国版本图书馆 CIP 数据核字（2008）第117834号

我的老千生涯Ⅱ

腾　飞　著

责任编辑／许赆甦

特约编辑／王业云

出　　版／鹭江出版社

地　　址／厦门市湖明路22号

邮　　编／361004

电　　话／0592－5046666　0591－87539330　010－62376499

印　　刷／北京富生印刷厂

规　　格／787毫米×1092毫米　1／16

印　　张／14.5

字　　数／266千字

印　　次／2008年9月第1版第1次印刷

书　　号／ISBN 978－7－80671－963－3／I·188

定　　价／29.80元

# 〉前言　不赌才是王道

很多看了《我的老千生涯》的朋友觉得教育意义不大，一部分人还有了想学千术去赌场拼搏的欲望，我只能说这些人很傻。我见过的老千很多很多，基本没落什么好下场：腿被人打瘸，只能依靠拐杖走路的；手指被人剁掉，落下终生残疾的；甚至丢了小命的。赌场上不讲究的人很多，输红眼的赌徒更是什么都做得出来，有时候就是不出千，赢了钱也未必能拿走。即便如此，为什么很多人还如此痴迷于赌博，甘愿提心吊胆地出千，冒着生命危险在赌场上“奋斗”呢？

原因很简单，所有的赌徒都希望通过赌来赚钱，期望赢了钱改变现在的生活。很多人都是抱着这样的心态坐上赌桌的，偶尔有一把赢了，就会强烈地刺激到他，这个钱来得太容易了！但是他不知道，凡是有赌的地方就有老千的存在，赌根本不是什么公平的游戏，钱来得快，去得更快，最后只能是输得血本无归。

更不要去妄想通过赌博一夜暴富，因为老千时刻都在你的身边。有的人心存侥幸，只看到了别人赢钱的“成功事迹”，一点点的胜绩在他眼里被无限放大。你可知道他输了多少？你可知道他是如何赢的？他有可能是地下赌场的托，有可能是像我这样的老千。许多人输得倾家荡产，甚至妻离子散、家破人亡。那为什么还要赌呢？是不是侥幸心理在作怪呢？多少社会上的精英人物栽在赌上面，他们都傻吗？为什么人们只注意赌场上被放大的一次成功而自动过滤无数输钱后的失意呢？原因只有一个字：贪。贪念只要在脑海里出现，就会让人失去理性。人一旦被赢钱的激动场景驱动，就不愿去想输钱的可能性和输钱的后果。结果，输了的想捞回来，赢了的还想继续赢。不了解赌场黑幕的人都在祈祷好运能降临到自己头上，可是他们不知道，赌的背后有着各种各样的老千在作祟，靠运气如何能赢呢？

赌桌上那些贪婪的人总是一步步陷入泥潭不可自拔，是谁把他们一步步带入这不归路的呢？老千！老千很会利用人们的贪念，一步步把被贪念控制的人引进深渊。老千不属于赌徒，属于赌桌上的骗子，这个没啥好说的，我承认。

在我这样的老千眼里，赌徒有两种，一种比较知足，该出手就出手，赢点就走，坚决不恋战；还有一种贪得无厌，赢了还想赢，总幻想把别人腰包里的钱都给赢走，输了想翻本，万一真翻了本了又想去多赢一点。第二种人最容易陷入老千们设计的局了，而且往往会输得一无所有。

老千做局的方式千奇百怪，一个不小心，没把持住，就会落入老千们设计的陷阱。很多人是这样做局的，在赌桌上看哪个人比较像凯子，或者看样子是初涉赌场的，不太知道赌博的黑暗，就会凑上去拉关系“交朋友”，约出来一起去潇洒，喝酒，唱歌，桑拿。当然都是他掏钱请客，以此联络感情。涉世不深或者爱贪小便宜的人还以为遇到了多大方的人呢，以为这个朋友真可交。这时候，老千们的计划已经成功一半，他们放点小钱为的是让目标凯子放松警惕，然后很自然地引诱凯子去他们做好的老千局上去赌钱。上了赌场，这些人就成了老千嘴里的大鱼——前期请客花的那点钱，其实就是诱饵，与凯子们扔在赌局里的钱相比，微乎其微。他们会不断鼓动凯子拿钱翻本，输了还借给他。当凯子们输得一分不剩的时候，老千们马上就换了一副面孔。当然了，“交朋友”的前提是凯子都有点钱，一个穷鬼，根本没人稀罕搭理——请洗桑拿、喝酒，门都没有。

像我说的引人入套的局不少，大家一定要睁大眼睛仔细辨别。要说怎么才能避免上当受骗，我别的话没有，就一句：不赌才是王道！

每天都有无数赌徒在后悔，后悔自己赌了，包括看我帖子、看我书的一些赌徒。随便抓出一个来问：你最大的愿望是什么？他肯定会说：我的愿望是回到没参加赌博的时候，重新开始，我一定不赌，好好做生意，好好上班。可是，能回到那时候吗？时间不能倒流，更没有后悔药卖。啰嗦这么多，我只想告诉人们：把握住现在，好好珍惜你现在还拥有的一切。不要去妄想不劳而获，赌博永远不会公平，就连“正规”赌场也不会公平，因为游戏规则永远是对赌场有利，赌徒十有八九都要输钱的。上了赌桌，输钱再平常不过了，而输了钱的赌徒往往是很可怕的。为了筹集赌本，他们什么事都能做出来。编各种借口，老着脸皮去找亲戚朋友，哪怕才认识几天他都能老下脸皮去借，实在借不着就去骗，去偷，去抢。

赌桌上有一句话：皇帝的买马钱也敢拿来赌，就是形容赌徒输钱后不计后果的疯狂心态。我见过很多的赌徒把亲人的救命钱拿去赌，当他在赌桌上豪赌的时候，家人正在医院里等着这钱救命。还有挪用单位的钱来赌，最后补不上陷进去。为什么赌徒心理会这么疯狂？我说不好。想当初我不也是偷了家里的房产证做抵押贷了款去赌，骗了亲戚的钱跑路？当时他的亲人还在监狱里等钱用。我也只能用鬼迷心窍来解释那时候的状态。其实滥赌的人都这样。

记得一个开出租车的赌徒，最早跑夜班，专门介绍客人去地下赌场玩，夜里开车累了也顺便进赌场里休息休息，蹭蹭水果吃。从最早的没事看热闹，到后来也拿出100元在桌子上偶尔押上一把，最后发展到车也不正经开了，有时间就上那家赌场去赌，先后输进去10多万。他原是一个下岗工人，专门给人家做替班司机，日子本来就过得艰难，哪里有那么多钱这样输啊。最后输得惨兮兮，输光了家底不说，还欠了一屁股债。最后，他选择了极端的方式来了结：在一次拉客人走高速的时候，撞车自杀。除了他自己，车里四个客人无一幸免。他害了自己，也连累了别人。

我写书不为别的，就是让大家知道：赌博不存在所谓公平。凡是赌，就有出千的。老千几乎存在于所有的赌局，不要以为你参与的赌局有多干净，那是因为你不了解这些内幕；更不要以为和你一起赌的人都是你的好朋友，认为他们不可能作弊来骗你。事实上，赌桌上最好骗的就是熟人的钱。不了解赌桌上的千术，想当然地认为自己玩的小局很干净，我也只能说你是个凯子。我要把更多不为人知的赌博出千方式写出来，让大家看看平日参加过的赌局都是一些什么样的赌局，都存在着什么样的猫腻！感谢互联网给了我这个说话的机会，现实里打死我也不会说这些的。

有赌局的地方就有人出千，而且花样繁多，我只不过写了其中一小部分。我很羡慕那些能在电视上劝赌的人，而我，永远只能躲在阴暗的角落。

# 〉目 录

## 1〉缺德的“填大坑”

看过我的帖子或第一本书的人，以为只要是在赌局上我就能搞定一切，因为我是老千嘛。其实也不是这样的。出千也要讲究天时地利人和，很多时候我也会铩羽而归，所幸因为自己的谨慎，只是输掉了钱，没人发现我是老千。心里知道被别人当了凯子，而且当得无可奈何，那种感觉很窝火。有些赌局并不是你手艺高、千术厉害就可以掌握一切。

一旦出现这样的情况，就是遇到了“群蜂”。“群蜂”是我们的行话，就是一群人集体做一个局，千一个或者几个凯子。做局的人都有自己的明确分工。不一定非要专业的老千，也不需要高超的技术，只是大家凑在一起共同导演一个骗局。这样的骗局杀伤力很大，最近几年流行于各地，很多人被千了还不知道。“群蜂”的详细分工很复杂，大体来说，有专门勾引人去赌的，有专门负责放钱的，有专门负责恐吓的，有专门负责扮演赌徒凑人手的，有专门打掩护的，有专门出千的……被骗的一个或几个凯子往往是被所谓的朋友拉着去赌博，被骗进专门设计好的陷阱，然后被一群所谓的朋友给千了。最倒霉的是，遇到了这样的局，即使你看出了里面的毛病，也没法叫破。因为叫破的后果是很严重的，人家是一大群人，而你孤身一人，咋跟人家斗？如果因为生气，掀了摊子，跟捅了马蜂窝一样，刚才还和你一起押一门的人、帮你呐喊助威的人很可能马上就和你翻脸。因为人家一群人才是一伙的嘛，这种情况下，即便知道了也只能装哑巴，吃哑巴亏。群蜂嘛，就是一群人搞你一个，一搞一个准儿。

跟“群蜂”相对，在赌局上单打独斗、啥局都敢上、凭手艺拿钱的，行话叫“独眼”。独眼就是对出千技巧很有把握，什么局看准了都敢出千而且不怕被抓的人的称呼。我属于独眼这类。独眼这个词我觉得挺别扭，不知道当初是谁起的名字，我两只眼睛好好的。但是这个词出现很多年了，具体咋来的我并不清楚，反正行话就这样称呼。虽然我一直抵制这个词，但我说了不算。这些年来，我见过很多群蜂做局骗别人。独眼遇到群蜂会怎么样呢？一般是独眼落荒而逃。我也一样。我自己也遇到过群蜂，那次我也落荒而逃了，不过我也没让他们好过。

大概是2002年，那时候我还没娶媳妇，整天无聊得要命。我的哥们三元一个北边的朋友来找我们。三元是我们当地有名的混子，打架很凶悍，也很讲义气。之前三元的朋友跟我们一起喝过酒，也知道我们是干蓝道的。酒桌上，他唉声叹气，跟三元说最近赌博输了好多钱。看那意思是想叫三元过去帮忙赢回一些。我心里冷笑说，这时候想起我们了，早些时候赢钱咋不找我们？不过这话我没说，反正天天没事做，去看看也不错，那人给拿赌本，我和三元答应到那儿看看。

简单收拾了一下，我和三元、小海就奔那里去了。小海也没个正经职业，整天靠帮人联系赌局混日子。还是老一套的东西，先给我诌一个正当职业的身份，这样上去，别人才不会怀疑，也愿意跟你玩。假扮各种职业对我来说早就驾轻就熟，因为每一次进新局总要研究这些东西：如何向大家介绍我，如何取得大家的信任，让我上场玩。这次我假扮成为某单位购买石材的业务员，据三元的朋友说，参加赌博的多是做石材买卖的，他们就是在一个石材批发市场里赌博，那里应该是东北最大的石材批发市场，离沈阳非常近。

路上我们了解了一下，那些人玩的是一种叫做填大坑的赌法。按照那赌法的游戏规则来说，这个称呼倒也再贴切不过了。填大坑一般是一副扑克，也有玩两副的。各地的玩法基本一样，不过具体规则可能有一些变化，可以两个人同时玩，也可以10个人同时玩。比方场上5个人玩，底钱100元。先洗牌，牌洗开后随便大家切，一家切完，如果我认为不合理，我还可以切；我切完了，其他玩家要是觉得难受，还可以再切。这里的切牌和赌场的切牌不一样，其实是倒牌，倒多少手都无所谓，主要是怕有人看到底牌。

当所有玩家都认为没问题了，就可以下注了。每个人先拿100元作为底钱，这样桌子上就有了500元。然后由第一家在牌顶摸两张牌出来，如果是点数一样，比如摸出两个4，或者是相邻的牌点，比如7和8，就意味着没有坑，不可以要牌（特殊情况下可以要）。整副牌是去掉大小王的，因此最大的坑就是A—K了，因为在A—K之间有2、3、4、5、6、7、8、9、10、J、Q，其中任何一张都算坑里的。摸到A和K，输的机会很少，要牌就必须从最下边那张拿起。A和K赢的概率最高，如果我手上正好是这两张牌，我敢要桌子上所有的钱。桌子上有500元底钱，我必须再拿出500元放在桌子上，然后才可以从最下边拿出来一张，看是不是在A和K之间的牌，是的话我就赢了，桌上1000元就都是我的了。如果我摸出来的是A或者是K，那就意味着我输了，后来我放上去的500元钱就不再是我的了，变成场上的底钱，谁有本事谁拿走。如果我摸到4和Q，认为把握不大，可以少要一点。不过这里有一个规矩，就是你要多少，必须放上去多少。比如桌子上的底钱是1万，可我手里只有1000元，拿了再大的牌，没有钱也是枉然，只能放上去1000，赢了拿走1000。按照规矩，玩家必须先放钱，然后再从底牌抽出来一张直接亮开看是几。如果钻进缝里，才可以打开手里的两张牌给大家验看，表示自己押中了。大家认为没异议后，押了1000元，把本钱1000拿回去，然后再从桌子上点1000元出来。如果没有中或者不要牌，则不允许亮出来——这样就是为防止有人去记出了多少张什么牌。所以你只能看到自己摸过一些什么，或者别人赢了以后亮出过什么牌。谁要故意把自己不要的牌亮给大家看，则要被罚一次底钱。底钱一个人100，那就要再拿100。也就是说，没有进到缝隙的牌也是不可以亮出来的，直接洗进牌里，任何人不可以翻开废牌看。

玩的过程中有的人点背，要什么都输。有的人输急眼了，就想转转运。拿到两张一样点数的牌或者相邻的牌，也敢要一张，大不了认输就完了。或者为了把最下边的边牌（A、2、Q、K），用小钱去提前把它掏出来（边牌出来，后面赢的概率就会增加）。不管是不是边牌，反正玩家手里是什么牌谁也不知道，底牌亮出后，直接认输。这是填大坑的规则允许的，一般有钱装大爷的人都这样玩。事实上，装有装的道理，如果有人觉得底钱少不够赢，想故意多续些底钱进去，以刺激其他玩家多续钱。我偶尔也装几下，当然我不会无缘无故充大头，底牌是中间牌点的话，为了防止别人能钻进去把钱拿走，就用小钱给掏出来，留几个边上的牌让给那些凯子，这样凯子输的就多。

当时我想，凭我的手段，场上有多少钱，看我心情，想拿多少就拿多少。

第二天一早，三元的朋友带着我们去了大市场，七拐八拐地把我们带到了一个摊位前，从摊位中间穿进去，来到了后面的办公室。办公室很乱，看里面的摆设，这里既能住人又能办公，还堆了很多乱七八糟的东西，看样子又好像是个仓库。乱归乱，但是地方很大。

办公室最中间放着一张由一叠大理石搭成的大桌子，上面铺了一块白色的亚麻布。桌边有十来个人，或站或坐，正赌得热火朝天。我们三个人的出现令赌局出现了小小的停顿，不过他们看见三元的朋友，就不那么戒备了。我们把来时商量好的套话跟场上的人一说，没引起任何人的怀疑，赌局照常进行着。

三元的朋友急不可待地坐了上去，不再管我们，聚精会神地押着钱。填大坑多少玩家都可以，临时增加或减少玩家都不会影响赌局的正常进行。

我呢，新到一局肯定不会直接上去，照例要观察一通。他们玩的是两副扑克的填大坑，底钱 500，十多人一起下注，底钱一次可以达到 5000 多。这样的底钱在填大坑来说是很高的了，一次 5000 的底，谁拿了点数相差悬殊的两张牌都想一次性赢走。但是填大坑这个玩法很缺德，点背的时候总是翻番地输。比如我头把来了个 2 和 J，我要了所有的底，结果没钻进去，底钱就变成了 1 万。下一把，其他人抓了个 A 和 10，也要底钱，又没钻进去，底钱立刻变成了 2 万。缺德当然缺德，不然怎么能叫填大坑呢？无底洞，永远填不完。记得有一次玩填大坑，四个人玩，底钱 100，每个人手里平均 3 万左右。玩到最后谁手里都没有了本钱，所有人的钱都在桌子上成了底钱。最后没办法，四个人一商量，平均分了底钱散伙，谁放得多分得少谁倒霉。

看了一会儿我没发现啥毛病，大家都玩得很斯文，也很谨慎，很少有人去兜底。手上有大牌也只是 2000、3000 的要，不像我以前玩的，觉得能钻就兜底全要了，不能钻就直接放弃。当时我并没有多想，也没有怀疑，事后回忆起这次赌博，才想到这也是重要的细节。赌徒一般都很贪婪，决不会放过赢走所有底钱的机会。一个谨慎的赌徒并不稀奇，十几个谨慎的赌徒聚在一起就很少见了。初来乍到，我居然也没看出里面有任何不妥的地方。

看了一会儿，我故意做出好像刚知道游戏规则，表现出一副跃跃欲试的样子。场上的人也看出来了，很自然地邀请我上去玩，一切好像排练好的一样，我自然而然就坐到了桌子前。虽然前一局没有完，但是不影响我的加入。这里的规矩是，我只要下500的底钱，就可以直接参与进来。填大坑一个地方一个规矩，有的地方的规则要求，只有场上底钱没了，新人才可以参加进来，这是为了防止有人看底钱厚才来捡漏。

填大坑没有庄家和散家之分，所以我很少有机会去动牌，动不了牌也就意味着不能出千。但是我不是很着急去出千，先正常玩着，刚开始总要麻痹一下大家。一边玩我一边琢磨应该如何来操作，既能赢钱又能出千不留把柄。我偷牌的话，赢钱是没有问题的，但是我始终记得不要去带赃出千。从那次在哈尔滨出事以后，我基本不去偷牌了。但是在填大坑这个游戏中，不偷牌怎么能赢呢？因为玩家都很少有机会去动牌，只有轮到自己的时候才能伸手去拿上面两张牌，觉得有机会要第三张的时候，才去拿底牌，底牌必须直接打开。所以我没办法通过编辑牌序作弊。看来我得先玩，具体咋搞得好好合计合计。

我不出千时，手气很烂。总之只要不出千，就是输钱，这个已经成了我赌博生涯的规律，一次次在赌桌上被验证。这次也一样，两个小时下来我就输了2万多了。三元的那个朋友看到我输钱，很是着急。我坐他的对面，我很少去看他，但能感觉得到他坐立不安的样子。来之前我知道他在这里输了很多钱，还借了很多外债。为了赌，他卖了自己的房子和车，因为家里没什么可以输了，才想起找我们来搞事。说实话，我对他没有任何怜悯，只是觉得他活该。是我冷血吗？那小子很早就认识我们，他赢钱风光的时候干吗去了？

到中午吃饭的时候了，赌局暂时停止。有人送来各种盒饭，还有啤酒。大家凑在一起简单吃过后就要继续战斗。吃饭的空当，三元那个朋友总有意无意地出出进进。我明白他是什么意思，他暗示让我跟着去，可能要问我为什么一直输钱吧。但是我假装没看见，没理他的茬儿。

吃过饭，大家简单磨了一会儿牙，就又聚拢在大理石条桌前准备开局。我左边坐着个胖子，小眯眯眼；挨着胖子的是眼镜；眼镜旁边是大高个；大高个旁边是个打了发蜡的年轻人；年轻人旁边是三元的朋友。我右边是一个干巴巴的小瘦子；瘦子右边是个壮壮的中年人；中年人右边是个小个子；小个子右边是个50多岁的男人，看样子他是我们穿过的石材摊的摊主，大家都叫他“老板”；老板右边是一个大麻子脸；麻子右边是三元的朋友，我们大家围在一起，一共11个人下注。当然了，身边也有一些看眼的。赌博这个东西什么都缺，就是不缺看眼的。下午开局后，还跟上午一样，我一直在输钱。我玩得很谨慎，即便如此，很快又输了将近2万了。不过这个时候，我已经想好怎么出千赢他们了。但就在我准备下手的时候，一个场景引起我的怀疑，虽然他们配合得很隐蔽，但是我感觉到不对劲，只是究竟哪里不对劲我也很茫然。

## 2〉苦觅良机

下午，大家依然玩得谨慎，底钱不知不觉已经增加到3万多。从局面上看好像谁也摸不到好牌，都不敢去掏底钱，我也不敢。有一把我来了个2和9，我勉强下了2000去，摸出来一个3，赢回来2000。轮到了下家摸牌，瘦子摸了两张牌，摇摇头，放弃了，把牌直接放进废牌。前面说过，为了防止大家记牌，只有底牌钻进缝隙里才可以亮出来。轮到了那个壮实的中年人，他摸了两张牌，拿在手里看了半天，好像在犹豫要不要，考虑半天，才拿出1000元放在桌子上。他伸手去底牌拿出一张亮开，是个Q，估计也没钻进去，就直接把牌和了进去。底钱又多了1000元。然后是那个小个子摸牌，摸到手以后点了2万放上去，表示要底钱里的2万元，然后伸手去底牌拿出一张牌亮开，是个7。他亮了手里那两张牌，一个4一个J，他赢走了底钱里的2万元。4 和 J 赢走了 2 万不奇怪，赌桌上的人，什么注都敢下，4 和 J 下更大注也很正常。接着就轮到了那个老板。他摸了两张牌，拿出 1000 放进底钱里，表示要看底牌，结果摸出来一个 6，他直接把手里两张牌和进了废牌中，表示没钻进去。下边轮到了大麻子，不知道手里两张是什么牌，他也放上去 1000，然后伸手翻开一张底牌，是个 8，结果他也表示没钻进去，放弃了。轮到了三元的朋友，摸了两张牌，两眼放出精光，看来是拿到缝隙较大的牌了，果然他点了 1 万，伸手去翻底牌，结果竟然是个 K！K 就是任何牌都钻不进去的，当然输了。

有问题！这一轮过去，我开始怀疑场上有人出千。原因很简单，填坑这个东西，差不多有缝隙才敢去要牌。6 和 8 都属于中间张，很容易钻进缝隙。手里是从 A 到 6 的六张牌中的两张或者 6 到 K 八张牌中的两张，底牌是 6 才会输，一般人拿到这样的牌不敢去要。而 8 钻不进去的情况只能是 A 到 8 或者是 8 到 K 中的两张牌，这样的牌也很少有人敢要。一般想要牌下注的，摸到了 6 和 8 之类的中间牌，都是可以钻进去的。但是老板和麻子手上的牌缝隙并不大，连中间张都钻不进去，却都要了，而且还都是押了小钱把底牌的中间张拿走了。结果到三元的朋友，正好是一张钻不进去的大牌，一下输了 1 万。这时，我怀疑他们是故意要走了下边中间张的。

这样轮了半圈到了眼镜那里，也就是我左边第二个人。前面几个人都放弃了，眼镜摸了两张牌表示要，放了 2 万多上去表示底钱他都要了，摸出来一个 2，接着他把自己手里的牌亮了出来：A 和 10。轮到我左边那个胖子的时候，大家重新每人下 500 元底钱。

他们是不是有人认识牌？不认识的话干吗要去把底牌的中间张抠走了呢？我又开始琢磨，是扑克的问题吗？上来玩之前我已经观察过了，牌上没有任何记号，要想做了记号不被我发现，那是很难的。这也不是药水扑克，经过药水处理的扑克我可以摸出来。

这些年出现很多所谓高科技扑克产品：色差扑克、拉丝扑克、扫描扑克、白光扑克、记号扑克、侧光扑克、一对一对比扑克、药水扑克、隐形长牌扑克、红外线隐形扑克、电脑分析扑克、激光扑克、紫外线隐形扑克、6－9 两头扑克、扫边看边扑克、送变采花扑克、正面扫描扑克，还有以前写过的在长沙遇到的遇热变点扑克等，这些都是高科技的老千扑克。赌局上用有毛病的扑克一般是逃不过我的眼睛和双手的。虽然现在作弊扑克被生产厂家做得和品牌扑克没什么两样，甚至可以以假乱真，但是我对这些扑克就像对自己的手一样熟识。最初我经过观察，确认没事了才坐了上来和这些人玩的。

但现在我分明感觉得到，他们似乎认得牌，只是我不明白他们是怎么认识牌的。他们惊到我了，到这时候我已经输进去4万左右了。我没有出千，也没有其他任何表示，装作什么都不知道一样，继续一边玩一边观察。

他们下午下班特别早，跟大多数批发市场一样，石材市场不到3点就全体撤离了。不到3点，我们的局也随着批发市场的打烊而解散。我还没找到机会验证，牌局就散伙了。那天，我输了4万左右，三元的朋友输了5万左右。从石材市场出来，正下着小雨，沥沥拉拉，让人很是烦躁。

回到住处和三元碰了面，我们四个人一起坐下聊天。三元那个哥们嘴里嘟囔着啥，听那意思好像是埋怨三元吹牛，请了我来出千，结果也输了，看来是捞不回来本钱了啥的。我也懒得和他解释什么，一个人想着当天局上的事情。吃完晚饭，我和小海出去溜达。小海是和我一起进去的，场上的形势他都看到了。我问小海：“你今天看出点啥没？里面可能有人出千了，而且不是一个人，你觉得哪几个是一伙儿？”

小海一脸的茫然，说：“三哥，你这么一说，我也感觉不对，但具体哪里有毛病我没看出来呀。”

我心里那个气啊，狠狠剜了他一眼：“这个话还用你说啊！”我并不着急，我得先研究一下，看看他们是不是有人在出千。如果最后证实是我多疑了，那我自然会千他们一把，争取把赌桌上的钱都拿来。如果证实了我的怀疑，有人在上面出千了，我还真没想好应该怎么办。或许去找那个出千的人谈谈，分一杯羹？

晚上回去我和三元商量，让他告诉他的哥们第二天就别上去玩了，就我自己上去玩。那哥们一听就不乐意了，之前我们达成的口头协议是他出本钱，赢了钱平分。他本来以为我们来了肯定很快就能赢大钱，可谁知道第一天就出师不利，输得一塌糊涂，换谁都不乐意。没法儿，我们好一个劝，最后，我说：“白天输出去的4万元算我自己的，明天上去输了的钱也都我自己掏，你就答应，明天别上去就行了。”

他这才低下头，不再说什么，看来是答应了。三元在旁边听了不乐意了，和他那个哥们吵了起来。

我也懒得去听，回自己房间睡觉去了，外面还在下雨。

第二天，我、小海，还有三元的那个哥们早早就去了，输了钱早早去赶场子是所有赌徒都会做的事情。桌上还是昨天那些人，三元那个朋友没上场，加我正好有10个人参战，只是坐的次序有些变化。

除了拿场上的钱，我还想看看这里面到底是怎样一回事。是我太敏感吗？人们常说艺高人胆大，虽然我对自己的技术很自信，但还是很小心地去怀疑一切我认为不正常的东西。这可能是我多年赌博生涯养成的习惯吧，反正我也说不清楚，又或许我天生就是个多疑的家伙，谁知道呢。

我早早赶场就是想争取动一下扑克。填大坑的规则是谁都可以洗牌和切牌，所以不是很好去把握。如果我洗完了别人又拿去洗，又乱切一通，那我就是神仙也枉然，所以我得把握最好的时机。就算不能通过洗牌作弊，也没关系，我带了一种东西，同样可以出千赢钱。

大家坐好以后，老板就在办公桌子上的一叠扑克里随手抽出来两副扑克，丢到了桌子上。那个麻子脸很自然地开封，去掉了两幅牌的大小王，然后在桌子上随意地大把大把地划拉着洗。其他人边等边聊，有人见三元那个朋友看眼，就问：“今天怎么不来玩？”他有点尴尬，说：“最近输得猛，一时没钱了，等我借上再来翻本。”

我的全部精神都在牌上，心里估摸着谁可能是最后一个去洗牌的人。我随意地看着每个人的表情，想从他们的表情上找到点蛛丝马迹。可是大家好像对洗牌并不在意，有的在清点自己的本钱，有的跟旁边的人讨论自己最近的输赢，有的在谈论为了来玩把工作都耽误了之类的话题，总之，这八九个人看上去对扑克以及洗牌的人都很信任。

麻子洗完牌以后，把牌理整齐了，放在桌子中间，问：“有切的没有？”那个中年人说：“老板，你切一刀，大家跟你沾沾手气，最近你可是赢了不少钱。”戴眼镜的也跟着附和说：“对，叫老板切，大家跟着赢点，都像老板这样赢，还卖什么大理石？”

老板听了很受用，懒洋洋地伸手出来搬了一下牌，说："来，谁还继续切？"那个小个子男人也伸手去搬了一下，笑呵呵地说："都叫老板赢了我可不干。"大家都在笑，我也装成傻子样跟着笑，心里盘算着，看样子我再去洗牌就有点过分了。当时大家都在急不可耐地等着开局，一个个猴急猴急的，但是我还是伸手去搬了一下牌，说："我叫你们手气好，昨天我输了，臭臭你们。"大家听着都乐了，那个头发上有发蜡的年轻人对我大声说："大哥，你这样的大老板输那几个钱叫钱啊？我是给人打工的，输了钱回家就惨喽。"有人接他的话问："怎么惨了？是不是老婆不让进被窝？"大家笑做一团，那年轻人没搭话，也跟着乐。在一片哄笑中，开局了。

我没有得到洗牌的机会。其实我拿过来洗几下也没有问题，不过我不想让别人起疑，不想让别人注意我，反正时间还有一大把不是？

大家依次每人下了500元，照例从坐在最正东的人开始摸牌。

我也跟着大家下底钱，等着轮到自己摸牌。别人都仔细地盯着牌和场上的钱，而我，则很仔细地观察着场上所有人。到底哪里不对劲呢？我还是没看出来。

10个人玩两幅牌是很快的。头一圈输赢不大，底钱一直在万儿八千左右，总没有人陷进去，大家你2000我3000地要着。有了就钻，没有就放弃，不到半个小时，两副牌就摸完了。看局面没有什么不妥，莫非是我多疑了？

或许是下手的时候了，我心里想着。看看手里的8和J，轻轻摩擦了一下左手虎口地方的创可贴——那里有我出千的道具，一个小膜。

## 3〉贴还是不贴

这种小膜分两种，一种是局部膜；一种是全膜，是贴扑克花色的。局部膜是用来换点用的，比方说，我手里有两张牌：3和7，在赌博里配点的话，这个是比十的牌，点数最小。我用2的小角给贴上去，把3变成2，2加7，就是9点的牌面；或者拿6贴到7的小角上面去，也可以配成9点。不过实际操作过程中有需要注意的问题。局部的膜只能贴个小角，一旦全部展开，就露馅了：花色为2的牌上点数为3，还不叫人家抽？但是很多局上，开牌时不必完全展开，基本就是两张扑克合在一起，错开一个边，大家一看，“噢，是个2配7的9点”，然后就算账，很少有人特意看里面是多少点。如果遇到这样的一群人，局部膜就很好用。随便什么牌，贴个三角边就可以了。但是贴膜要求心理素质一定要过关，手要快，表情要自然，也要防止有人扒开去看里面的花色点，时刻要做好和牌送牌的准备。只要开牌、和牌糊弄过去，剩下的事情就好做多了。看完了大家没意见，一定要在送牌的工夫拿掉膜，三角膜很好下，具体怎么操作，这里略过。

很多赌局开牌时牌要完全展开，这时三角膜就不够用了。点数为3、牌花为2的牌面，谁敢给展开？这个也有办法，可以贴点。要不怎么说咱们中国人厉害呢，啥也难不住。有人觉得贴点很复杂，草花、黑桃、红桃、方片四样，那得准备多少膜？何况，临场还容易贴错。事实不是这样，贴点的膜其实就是一个小白膜，贴点也不是可以任意换牌，比如3，只能把它贴成2，小白膜贴在中间点上，外观看着就是个2。贴点膜不必考虑花色，也不能乱贴，只能在相似的牌之间贴，3可以变成2，5可以变成4，8可以变成7，9可以变成8，7可以变成6，8也可以变成6。但是10不可以变成9，10虽然比9多一个点在中间，但是他们中间的点位置不一样，9中间的点偏中间一点，10中间的两个点分别在两边。当然，快手也是可以把10变成8的。

别看说得啰嗦，但是要我去操作的话，也就一眨眼的工夫，两个三角边和中间的点都可以贴完，前提是我后面不可以站人。身后有人就不能轻易下手了。但是这样的操作也有后患，万一撞车，比如只玩一副牌，我把红桃5变成红桃4，恰好别人家也有个红桃4，那就麻烦了。所以这种出千的方式一般只用在多副牌里。最早发明这个东西的家伙估计是玩百家乐输大了想出来的，确实很好用，道具携带也很方便，把创可贴里面的东西拿掉，把膜放进去，只留个小边，随时都可以在手边进行操作。一般想出千的人，只带两个或者三个膜，在创可贴里叠在一起，在决定生死的那把牌换一下。有人或许觉着既然这么好用，次次去贴不是赢得更多？这是傻瓜想法，我还没见过那样的傻子。以前遇到过贴了一把把场面的钱都赢了就走人的，等别人发现牌不对，为时已晚，人家都走出几里地了，找谁去？只有抓住现行才算，否则没人会承认自己贴膜换牌。

全部贴就是换整张牌面。全部贴需要有很好的道具，市面上硬壳包装的香烟盒，大小和扑克一样。有人就用香烟盒子做道具，将整个膜藏在香烟盒里面。玩扑克的时候，要是看到有人把牌随手丢在香烟盒子上，你得留神，如果他开牌的时候，经过香烟盒，我建议你用指甲刮一刮他亮开的那张牌，说不定能刮点啥下来。

这样的老千我也抓到过。那是在一家赌场，赌场用的扑克比平时玩的要宽大很多。那个老千拿的香烟盒子也很大，应该是什么特供的烟盒，大小正好和赌场的扑克一样。我发现以后，把抓他的步骤和注意事项告诉了那家赌场看场的，不想那看场的人是个愣头青，人家把扑克放上去刚换了一半，他就过去把扑克抢到手里，当时两下里就打了起来。事后我笑话看场的：“你不会等人家都换了再去刮啊，着啥急呀。”现在回想起来也觉得很有意思。

言归正传，当天我带了三角贴去，因为根据第一天的观察，玩的时候手里的两张牌只是钻进去的时候亮一下就可以了，从下边翻出来的牌因为没东西遮掩，所以要直接亮出来，没人要求把三张牌一起亮出来。我觉得这是个漏洞，就想从手里摸的牌上做文章。我只拿了几个A的三角边，随便摸啥牌，比方我摸了9和Q，我可以把9的边换成A，这样我开出A—Q的牌面，缝隙大，赢的概率也很大，一般很少能钻死。

当我摸到了8和J的时候，我犹豫了一下，是不是把8的边给贴个A上去？输了这么多真窝火。要不再等等？桌上的底钱有点少。我又想了一下，要不等三五万了我再搞一下，万儿八千的有点瘦。于是我放弃了，正常要牌。

回头想想，也不知道是我的贪还是我的不贪救了我，这还真说不好。

# 4〉遭遇群蜂

转眼第一局就结束了，我基本没输多少，大概4000的样子，基本都是下底钱了。

第二局开始先要洗牌。这次是那个瘦子先抓起牌来洗，他斜叼着烟卷，眯缝个眼睛，嘴里骂骂咧咧的，拿着牌“哗哗”地洗着。赌钱的人大都这样，嘴巴里都不干净，很正常，没什么毛病。他洗完了把牌随手往桌子上一丢，说：“好了，你们切吧。”那个戴眼镜的也不客气，切了一下，大家都表示没意见，各自拿出钱来就要下注。我一看，不能再傻等着，就老着脸皮说：“我总输，我再洗洗，看看能不能转转手气。”

那胖子呵呵笑着说：“你手气确实不怎么样，我看呀，洗了也白搭，就是送钱的命。”大家哄一声都笑了。我脸上讪讪的，把牌拿手里洗了两下，把扑克又随手放了回去。我洗牌敢让任何人看，看上去跟别人洗的一样，没有任何毛病。只有我自己知道，我编辑了牌序，底牌依次是两个K、两个A、一个6、一个K、两个Q、一个4，最上边我放的是2和Q、J和3、K和2这样缝隙很大的牌。

依据次序，从最东面开始摸牌的拿到2和Q是敢全部要底钱的，那他必须再下5000，底牌是个K，出来进不了缝隙，这样底钱就成了1万。根据一般思路，第二家是J和3也是敢要底钱的，再钻个K出来，底钱就变成了2万。K和2也一样，这么一来底钱就变成了4万。后面几手啥牌我不管，但是任谁去钻，也总是死路一条。我呢，就等着6和4就可以了。万一被别人拿牌去抠一下，基本是不敢全要底钱的。而且我还埋伏了两个Q，想想这一路填过去，底钱得多少？万一我摸到的牌不好，我还可以贴一下不是？摸牌的时候只要拿了一张比6大的，另一张我就可以贴一下，把暴涨的底钱全部掏出来。想到这里，我心里有点美，仿佛看到桌上大把钞票已经进了我兜里。不过从我脸上可看不出任何表情，洗好牌我也随手放在桌上，等人过来切牌。

牌一放上桌子，果然有人要求切牌。那个大高个伸手过来随便切了一下，他切完后我洗好的顺序就跑了。不过这难不倒我，我就等着他切呢。刚才别人下注的时候我在洗牌，大高个切完牌，我故意拿出500底钱丢桌子上，丢的时候，我随手理了一下扑克。就这么一眨眼的工夫，牌序被我恢复了。外表上看，我只是很随意地把牌放在了最中间，又把场上的底钱整理成一叠。好像场上所有人都没发现，急吼吼地开玩了。

我心里暗暗窃喜，看来一切进行得非常顺利。

第一把是那个麻子摸牌，他摸了两张牌在手里，端详着底钱，场上10个人，底钱5000。按照规矩，摸到手的牌不钻或者钻不进去的时候不可以亮开。所以大家不知道他手里摸的是什么牌，但是我知道。他手里摸的是2和Q。这样的牌缝隙是很大的，都敢要底钱。我美滋滋地等着他点5000元扔上去要底钱。然而，他理了理手里自己的钱，摇摇头说："缝太小。"说完随手把那两张牌丢在桌子上。我心里一沉，难道我恢复的时候恢复错了？上面不是2和Q？我下意识地活动了一下手指头，不对啊，我对自己的手感是很有信心的。不容我想太多，马上轮到了胖子。他摸了两张牌认真端详着，似乎是在思考，他好像下了很大决心，点出500，放在桌子上，表示要500元，然后伸手去抠牌，是个红桃K。

我心里咯噔一声，底牌如果是那个红桃K的话，我的确恢复了牌序，那麻子手里确实是2和Q，他为什么不要呢？难道他知道那下边是个K？

按照计算，胖子手里是3和J，可他为什么只要了500呢？3和J是敢要很多钱的，难道他也知道底牌？

我表面上还是笑盈盈地抽着烟，胖子翻出K以后，笑了笑说："倒霉，没钻进去。"然后就把手里两张牌扣到桌子上。

接着是那个眼镜。眼镜摸了两张牌，应该是2和K，他看上去很激动，拿出5500，说："底钱我全部要了。"然后去翻底牌，还是个K，他好失望，很丧气地骂了一句娘，把牌扣下，扔进废牌中。这时候轮到了老板，老板摸起牌，淡淡地说"我要5000"，然后去摸底牌，翻开一看，是个A。他也不生气，随手把牌扔了下去，对那个麻子说："看我多勇敢，四眼哥哥多勇敢。瞧你小子，看了底牌输了也值当!"

如果我不知道牌，我肯定不会怀疑。不过当时觉得有点不对劲：他是不是要把底钱抬高一些让凯子上钩呢？可是万一底钱多了被凯子拿走了怎么办？我有点迷糊了。看场上的情形，那个麻子和胖子有问题，老板和眼镜还不明朗。

轮到了那个头上锃亮的年轻人，他摸了两张，随手就丢了，可能没有多少缝隙。我是他下家，我摸了两张，两张10，也直接丢了进去。转眼到了瘦子那里，他摸两张牌看看，毫不迟疑拿出1.6万，表示要全部底钱。翻开底牌，还是个A，他也输了。这样底钱从1.6万一下变成了3.2万。继续转，到那个大高个那里，他表示全部要了，抠出了那个6，亮开手里的牌：3和J，一下就把3.2万全部赢走。我心里“咣”地跳了一下，原先我以为他也是凯子，看来不是。原因很简单，3—J才多大的缝隙？4、5、6、7、8、9、10。如果前半圈底钱少，1万左右，全部要底很正常，一般人抓到3和J也就是敢要个万儿八千的样子，要知道两副扑克，里面有多少张A、2、3、J、Q、K啊？但是他竟然要了底钱，全部3.2万都要去了。

难道我遇到了做局的？遇到了群蜂？我脑子里迅速搜索跟这个局有关的信息，三元的朋友说这个局存在很久了，按说如果局太黑，很容易黄的，可这个局表面上一点问题也没有。但是凭我的经验和感觉，我知道我遇到了新的千术和群蜂，而且是一起配合了很久的群蜂。他们的默契程度简直比电影里的演员还要厉害。

有了这层认识，再看场上的形势和人，我就有点明朗了。我不敢确定的有两点，第一，我还不知道局上哪些人是一伙的，凯子又是谁。他们一群人做局，千谁呢？只是千我的钱，又觉得不太可能。行内有不成文的规矩，职业老千都去千彪子傻子，互相之间是很讲究的，没有人去玩同行。三元的朋友知道我的底细，或许三元的朋友是个凯子？十有八九是这样，从目前形势来看，我在他们眼里是个凯子，三元的朋友不是他们一伙的。另外，除了我，还有哪些人是凯子呢？第二，也是我最关心的，他们是怎么认得扑克的？我输了这么多钱，怎么也得弄明白具体是怎么回事吧，就这样走了我还真不甘心。虽然在人家的地盘上我啥也不能做，但是我怎么也得睁着眼看清楚了再死不是？如果我看出他们的毛病，说不定也能捡点漏呢。我得探探虚实，我就这么个脾气。

人家认得牌，我肯定不能贴膜换牌被人揍，于是悄悄地把手上的创可贴揉了下来，在手里使劲捏了捏，丢在桌子下边。首先，我要试探下，看看究竟哪些人知道底牌，哪些人跟我一样被人看作凯子。按照我的想法，或许我搞清楚他们是如何认识底牌的后，抓个现行，然后可以和其他几个凯子一起把钱要回来也不一定。

## 5〉切线扑克

他们用的扑克是哪种高科技扑克呢？是扫描扑克吗？我找了好几个角度，看了半天觉得不像。看来我不能光看，我得主动做点啥才是。不能洗牌，不能切牌，不能换牌，理理牌总可以吧。于是，我就趁着摸牌的时候故意去把牌给顺整齐。为了抠底牌方便，玩的时候牌是斜着放的。第一次我刚把牌给理正了，那个老板就马上又给推斜了——可以肯定，老板是群蜂里的一个。第二次，我趁着整理场中间钱的时候又把牌推正，那个壮实的中年人马上又去给推斜——中年人也是。就这样，我不厌其烦地推正了七次牌，有趣的是，分别被七个人给推斜了。我终于看出了门道，他们必须看到牌沿才能知道那是个啥牌。

我总是故意垒正扑克，终于有人不耐烦了。那个大高个不耐烦地说我："没事你总去动那牌干吗？没轮到你你就不能消停点儿？你给搞正了大家怎么抠底牌？"

我赔着笑说："大哥，这不是怕有人认得牌嘛。"

那个头发上有发蜡的小年轻接茬说："你认得啊？"

我说："不是那个意思，我是怕有人认识啊。"

眼镜接了话头："谁认识啊，谁能认识啊？那真是神仙，你告诉我，怎么认识？"说着转过身，眼睛直勾勾看着我，那意思非要我给他一个答案。我被他逼得很无奈，说道："这都玩了好几圈了，万一谁用指甲去划牌啥的，不就认识了?”那个胖子马上说:“小兄弟说得对!来,咱们这把完了换新牌,别叫人在上面乱他妈作记号。”

大家纷纷附和,都说,要换马上换,要玩就公平玩,不可以作记号。

老板又拿出两副牌,作出公正公平的样子。其实,我已经看清楚场上的形势了,除了我和瘦子,其他人都是一伙的,只有我俩是凯子。看来我真的遇到了群蜂,我看三元朋友着急的样子,估摸着他应该也是个凯子,具体是不是,我没有求证。谁知道呢,反正我还不能完全信任他,决定暂时不说。

赌局还在进行,这工夫光底钱我也下了很多进去。我拿了大牌也能下注,但是终究不如人家认得牌爽快,输赢随自己便,想赢就赢,想输就输。这么一折腾我又丢进去3万多。

快中午了,上午的牌局就要结束了,我还是没看出来他们认牌的诀窍,我郁闷坏了。这时候来了一个人。那人应该是石材批发市场的一个摊主,他看大家在玩,也有点兴奋,拿出钱准备上来玩。但是场上的老板不想让他上来玩,来回找理由搪塞那人,磨叽一阵,那人最终也没能上场。他站在一边看着热闹,很眼馋的样子。我就对这个人留意起来,说不定从他身上能找到一点线索。

中午吃完饭,大家还要继续玩。我连连摆手,说:“先不玩了,还得看石材。来了两天光玩了,差点把正经事耽误了,家里还等着我的石材呢,说什么也得看看,不然交代不过去,我得在市场逛逛,挨家看货比较比较。”大家都说,你干脆在这家买得了,老板也不是外人,不会坑你的。托词我早想好了,就说:“单位叫我定做狮子的,不要大理石。”

无巧不成书,哪知道最后进来的那摊主就是卖石头狮子的。他一听,好嘛,来买卖了,也不想上场玩牌了,非拉我去他店里看看。我就坡下驴,表示要跟他去看看货,他们也不好阻拦,继续开战。当时,那个瘦子已经输了6万多,他好像就在附近做买卖,输了钱那个老板借给他。虽然我跟他没啥交情,但我俩在同一张桌上被人当作凯子,一时间,我有点可怜他,也为他担心起来。可怜归可怜,我能怎么办呢,在人家的地盘上叫破局,不知道会被人打成什么样。出门的时候,我随手从大家玩过丢弃的牌上摸了一把,用手指头弹了10来张牌进袖子。那个时候的我弹牌进袖子,根本不需要什么滑道了，有地方就能弹进去。

我们跟着那摊主去看货，那摊主给我们看了好几个式样，我们都不满意。能满意吗？本来我们就不想去买，就是找机会下场，还不想叫大家怀疑。本想早点脱身，好到一个清静地方商量对策，但是这个摊主做买卖可真卖力，拉着我们耐心地推销石狮子。最后我们被他磨叽得实在受不了了，我面露难色，不好意思地跟他说："要不先订下，手里没钱了，都输了，本来还想进一批大理石条回去做台阶，再进一些大理石板回去做办公楼的地面。"小海也装模作样地拿笔记那些东西的报价。我呢，一边抽烟，一边看石狮子。扯了一会儿，也不知道小海和那摊主怎么说起他们赌的事，我就凑了过去。小海也挺能侃，作出真诚又惋惜的样子说："我们一定在你家进货，我们一回去，就把钱和进货单打过来。这次本来能直接买走，你看这个倒霉人。"说着他伸手指指我。

那摊主听到这里，拉拉我们的衣角，偷偷在我俩耳朵边上说："快别去玩了，他们都有鬼。那扑克他们都认识。你们可不兴告诉别人。"我装作不知道这件事，很惊讶地问到："这是怎么回事?"

他说："这牌我们都会看，鬼就出在牌边的切线上，单独看看不出来，放在牌里面对比着，一下就认出来。"

"看切线?"我问那摊主。

那摊主说："就是后期切割的工艺。"

我这时有点懂了，再问，那摊主死活再不说了，还和我俩说："你们也惹不起那些人，就认了吧，花钱买教训了。我这是看你俩真心想在我这里买东西才告诉你们的。"我俩再三和他保证，说一定保守秘密，回到公司马上把钱打来，马上来拿货，还让他按照小海下的单准备，就是价钱还得跟领导汇报。那摊主再三保证说自己已经给最低价。又来回磨叽了半天，我和小海才脱身。我得提一下，跟那摊主看货前，我已经把三元的朋友打发回去了，因为我还是不相信他。回去的路上，我把袖子里偷来的扑克拿出来好个研究。这个东西真奇怪，如果不是那摊主说破，还真能憋死我。经他一点，我拿出来一一对比，果然很容易认出牌来。

所谓切线扑克，主要是在出厂的时候利用后期工艺做成的。打个比方说，一叠连号的新钱，边上有切割过的痕迹。新扑克也一样，一叠扑克放在一起，边上有一条连起来的线。后期切的时候，按照一定规律切割，就会切出切线扑克。这东西看起来很简单，告诉你如何看，你就会了。可是要没人点破，神仙来了也和我开始一样，凯子一个。

## 6〉只有想不到，没有做不到

说起切线扑克，有一个人不得不说——他的出千方式让人无可奈何。大家即使知道他出千，也只能干瞪眼，无计可施。

也是一个冬天，我去齐齐哈尔周边地区的一个小镇看望一个朋友。去了就是成天喝酒吃火锅睡大炕，着实爽了好些日子。那里人都好赌，冬天没事都东家西家串，聚在一起就是赌钱，什么牌九、斗鸡、钓主、三打一、打红五，都玩。没事儿我也去看看热闹，但是从来不去玩，没想上去赢点钱啥的。因为待几天就得回去。但是我那朋友妹夫好赌，也是常输将军。他们玩得不大，一次三十五十地玩。没事的时候我捧个小手炉子站一边看眼，也挺有意思。

不看不知道，一看吓一跳。仔细一看，他们用的居然是我在沈阳石材市场遇到的切线扑克。因为见过，所以所有的牌我全都认识。那天他们结束战斗后，我和那朋友一说，他把他妹夫叫来，让我敲打敲打。他妹夫乍一听，傻乎乎竟然不信我说的。我就让他随便拿扑克给我猜，认识嘛，我当然一猜一个准。这下那小子也毛了，一副要打要杀的样子，立马抓到带扑克的人。那人一脸无辜的表情，说就是在商店随便买的。去商店一对质，确实这样。我们把商店别的扑克打开看，竟全是切线扑克！问小卖店店主是谁把扑克卖给他的？很多赌徒会采取提前在某个小店卖自己老千扑克的做法，小卖店店主一口咬定说是批发来的。那个哥们不依不饶，拉那店主去批发店，去了一看，我们都有点傻眼了，批发店里所有的扑克也都是切线扑克！

是谁把切线扑克卖到小镇上的批发店呢？批发商说扑克都是从镇上王驴

子的儿子那里进的货。王驴子的真实姓名我不知道，只知道他绰号叫王驴子——看外号就知道这个人应该很犟。我第一次见到他的时候，王驴子岁数很大了，有60多吧。他早年间是生产队的队长，那时他是说一不二的人物。王驴子从小就好赌，就连三年自然灾害的年月也没闲着。那会儿，赌博还没有现在这些花样，在东北农村只有一个玩法，俗称看老牌。所谓的老牌是一种叶子牌。叶子牌这种叫法很形象，牌宽窄和树叶差不多，正面中间印了水浒中的人物，上下两头是各种图案以便区分，分筒、索、饼，有点像麻将。玩法也多种多样，一个地方一个玩法。玩得久了，只要看人物图就知道是什么牌。现在这种牌在北方农村已经很少有人玩了，有玩的也仅限于老头老太太，但是在南方农村现在仍很普及，基本上大姑娘小媳妇都会玩。

早年间，每到冬天就是北方农村猫冬的季节，大家就凑一起看老牌，一次几分钱，输没了就赌工分。王驴子总输，后来输急眼了，就和自己老婆做扣儿。他在场上玩，他老婆在边上看眼，把别人和什么牌通过暗号告诉王驴子。可能他们的暗号太显眼，没多久就叫大家破解了。据说他们用的是十位减法暗号，估计是他们自创的，比如人家和8索，他媳妇就念叨2什么什么的，以此来告诉王驴子别打那张牌。大家知道他们夫妇做扣儿，谁也不去他家玩了。但是王驴子好这个，别人不来，他就跑别人家玩，也不带老婆去。说来也怪，玩得臭的赌徒，越臭越好玩。王驴子工分输没了，就拿地窖里的地瓜、萝卜和人家赌，地瓜、萝卜输光了，就打起了生产队公物的主意。他绰号王驴子，别人反对也没用。后来生产队的东西都被他输得差不多了，只剩下一窝猪崽子和一头老母猪。一心扑在赌桌上的王驴子，硬是冒着漫天大雪把小猪崽子赶到镇里卖了，回来继续赌。几十年来，当地人说起王驴子，必然要讲雪天卖猪崽的典故。

后来，生产队解体，王驴子成了无业游民，老婆跟别人跑了，他就带了一个儿子过活。早先几年靠给人干零活为生，因为他盘的一手好炕，垒的一手好锅台，所以不愁生活来源的问题。谁家盘炕、垒锅台都会找他。但是他一直好赌，赌了几十年还是傻瓜一个。上梁不正下梁歪，他儿子继承了他的传统，也好赌。不知道哪一年跑外地赌，因为出千被人把腿打断了，落下终生残疾，走路一瘸一拐的，人送外号：一米六、一米七。原因是他走路的时候，重心在好腿上时个头一米七，走一步就变成一米六。

人穷思变，被人打瘸后，他不知道从什么地方搞到了老千扑克，回家拿给王驴子看。王驴子看着扑克，一下就愣在那里——王驴子仿佛几十年来第一次开了窍。父子俩商量一番，决定卖掉住了几十年的瓦房，两人住进当地部队遗弃的澡堂子。不知道后来怎么运作的，他们和附近所有的副食品批发商取得了联系，只批发他儿子进的扑克。想来是按照本钱或者亏本卖给批发商，我估计批发商肯定不知道这些扑克的猫腻。何况王驴子父子的扑克做工很好，玩起来手感也好，可以仿冒各种品牌扑克，质量称得上上等，所以没几年他们父子俩就垄断了这个小镇子上所有扑克的进货渠道。王驴子父子卖给批发商的就是切线扑克。我们又走了几家批发点，大家都异口同声——扑克是从王驴子儿子那儿进的货。镇子很小，这样一折腾，几乎所有人都知道了。

大家议论说，难怪王驴子最近赌钱发家了，从小镇大规模经销切线扑克开始，王驴子和他的儿子无论到哪个赌局上玩都能赢钱。短短半年，这爷俩就发达了，还盖了个小二楼，每天都穿得锃亮，学会了找小姐。王驴子的瘸腿儿子还找了个小姐结了婚，正琢磨着生儿育女。

本来这事跟我没有一毛钱的关系，不想让我给看破了。最后这事情不了了之，大家对王驴子无可奈何。王驴子死活不承认他知道扑克的猫腻，还要死要活的，弄得来问的人头皮发麻。扑克不是他买来带上桌子的，认得牌怎么了，你有本事你也可以啊。像王驴子父子这样，为了在赌场上赢钱，什么方法都能想出来的，只有你想不到，没有他做不到。

## 7〉贼喊捉贼

话头转回到沈阳石材市场。当天下午，我和小海没告诉三元，以他的火爆脾气，非闹出大事来不可。但是我很难受，这个事就这么算了？我不甘心，出道这么久，结果被一群小老千做局千了，想想就堵心。但是我又能怎样呢？

去捞点回来，理论上可以，但这是人家的地盘，人家一大群人等我掉坑里呢，我还傻乎乎跳进去？晚上快吃饭的时候，小海拉我出来，神神秘秘地说："三哥，我有办法了。咱举报他们，拿点奖金。"

我说："你怎么尽出损招啊？咱们不去玩，人家也不开局，举报谁去？咱们去玩了，人家不连咱一起抓了啊？我可不干。"

小海说："没事，我研究了，我姑姑家的表哥在公安厅，先问问看。"

小海家除了他，都是警察，简直就是个警察世家。我说："那好，你问问吧。"

晚上他就带他表哥来了。他表哥穿着便衣，剃个小平头，一看就是警察。我们几个人找了个桑拿去洗澡，洗澡的时候把三元支开，我们三人凑一起说话，说起了赌局和局上的金额，还说起了我们的凯子角色。小海的表哥沉思片刻说："你们可以上去玩，到时候一起抓，抓进去再放，就当演戏了。"

但是他听说局上全是一伙，而且赌资只有二三十万不值得抓，有点犹豫。小海忙说："这个没问题，我们上去可以勾引他们多下注。"

赌局上抬高赌资，我没什么问题，不过我还是不放心。担心抓我进去不能放。就是放了我，又怎样呢？我的钱已经输了，没收赌资也不能返还给我？也就是出出气，对我来说，出这个气没啥意义。

小海的表哥知道我的想法，马上拉着我做思想工作，还承诺说举报了可以拿奖励。按照他们内部的举报规定，可以拿没收赌资总数的27.5%，具体怎么算法我就不知道了。我只记得小海的表哥信誓旦旦向我保证说："我害你还能害小海吗？我害了小海，回家我爸爸不得剥了我的皮？"

我想想也是，再说前面输了12万，现在有机会找回来，这个机会不能错过，但是我还是有点顾虑。小海的表哥看我顾虑重重的，竟把他们队长带来跟我谈。当时就谈好了，我们当内应，端了这个赌窝，没收的赌资按照举报奖励给我们现金。那队长是个爽快人，说话直来直去，我现在还记得他。

看来只能跟警察合作了，出气还能拿钱，不干是傻子。

想要彻底端掉这个赌窝，关键要看我和小海的配合了。第二天一大早，我们又去了。上去照样玩，又输了不到3万。虽然我也认识牌，但架不住大家都认识，更何况，今天上来了就是演局。玩的过程中我唉声叹气，多次表示输了不少钱，把买石材的钱都输了，就不信一直这么背，总想捞点本钱。根据事先套好的词儿，我恋恋不舍地跟他们说：“明天单位就打款过来了，买了石料就得回去上班了，再没有时间来玩了，真遗憾啊。今天可能最后一天玩，临走的时候能捞一把就好了，希望哥们给个机会。”大家一听都来了精神。纷纷问我想怎么玩？

我说：“简单。还这个玩法，得提局，最少底钱一个人2000，每人必须先亮钱。”

大家叽叽喳喳，来回磨叽，我不着急。废话半天，总算达成共识。在中午左右，我把带的3万都输光了，我又做出输急眼的赌徒模样，当即表示：“明天咱们继续战斗，单位款明天就到位，我带20万过来，先把石材买了，等下午来装车。剩10万玩一下，输赢到点就走人，回单位上班。不够10万的不可以上来玩。”他们确实把我当成了凯子，满口应承下来。我表演得也很逼真，一个十足凯子样，没人发现我们的阴谋。

下午回去和抓赌的说好了，第二天场上的钱肯定过100万（除了第一天是11个人，后两天一直是10个人。按照一个人10万计算，正好是100万了）。我们约好第二天上午再见面，我跟小海筹集资金，钱够了我们俩在钱捆上打好了记号，用报纸包好了装手提袋里。

第二天来到与小海表哥约好的地方。来了6辆桑塔纳，全是地方牌照，车里一个个小伙子真精神，都穿小夹克，里面全是微型冲锋枪，把我羡慕坏了。我小时候特别向往当警察。

我们找出纸和笔，把那个摊位在石材批发城里的具体位置、办公室里的格局、出入口、门在什么地方等等，详详细细给他们标注好了。说好了，我们先进去玩，看到机会合适了，小海挂他表哥的电话，响一下就挂，算是信号。小海表哥接到信号，就带人进去抓。他们啰嗦了半天，主要是说行动的方方面面都要留心，每个步骤需要注意些什么问题。我表示都没问题了，就和小海一起去了赌博的地方。其他人都装成顾客分散进入市场，到处溜达。

进去了发现多了两个人，不知道是凯子还是他们看局大了邀来的，都带了10万元。大家都亮完钱以后就开始玩。那个告诉我们扑克秘密的摊主也在看热闹，无奈之下，小海只得硬着头皮跟他计算一共进石狮子要花多少钱，就跟真的要做这笔买卖似的。小海还保证说已经叫三元的朋友拿钱去了，马上就过来结算。来的时候我们也没带三元的朋友，他算什么角色呢？我们一起的？还是赌徒？所以事先找三元把他拉别的地方去了。

果然，2000 的底钱把局搞得很火爆，他们估计也是狼操狐狸——急眼了，一点也不像第一天那么斯文谨慎了，有底钱就掏底牌，不像最开始玩的时候还能多演几下戏。我呢，一边冷笑一边像傻子一样下底钱，高兴了我也掏底钱。玩的时候我特别留意了那个瘦子，他玩得很稳当。直到那会儿，我依然不能十分确定他也是凯子。我只能在心里说：你要是凯子的话，哥们对不起你了。

玩了差不多快有一个小时的样子，我觉得差不多了，就故意问小海："催催那小子，问问货款咋还没送来。"

小海装模作样地挂着电话，见他拨了一下通了，马上切断，说挂错了。然后继续挂，第二次可能是挂到三元的手机上去了，大声问："货款拿来没有？车找好没有？"

话音未落，外面就有动静了，一个看摊的女的忽然大喊："你们干什么干什么？"接着传来大理石倒地的声音，门被人踢开了。

冲进来一群人，还没等人家喊，我立刻把手抱在头上，先投降再说。

那个队长亮出证件，说："我们是公安局的。"公安局的人来了，谁还敢抵抗？警察们进来开始清理钱，那看眼的摊主也挺倒霉的，口袋里揣了 1 万多也被人搜了出来放进了赌资里。然后清理聚赌的人，一个个戴着手铐，挨个押了出来。外面已经围满了人，当地派出所派出警察维持秩序。一会儿的工夫我们都被塞进了车子，警车拉着我们浩浩荡荡地进了公安厅。

到地方后，进了房间，每个房里有个大铁笼子，我们被迫分开，一个房间的铁笼子里丢几个，就再没人管了。进笼子才发现，里面原先已经有两个人了。一个在抱着脑袋呼呼大睡，另一个对着栏杆打瞌睡。幸运的是我和小海被分在一个房间的笼子里，没有其他人。看来他们还是蛮讲究的嘛。眼看到了中午也没有人来搭理我俩。一直靠到下午 3 点多，姗姗来迟的小海表哥才来把我俩放出来。我使劲瞅着小海，小海脸上有点挂不住，把他表哥好个骂。他表哥一个劲道歉，说去出现场，刚回来。

然后他把我俩的东西都拿来交还给我们，把我俩拿去的赌资也还了回来，却绝口不谈奖金的事情。说你们先回去，事情完了再联系之类的话。小海问起奖金，他表哥说必须处理完了审批才可以拿到奖金。人家既然这样说，你能怎么办？只好打道回去。

后来，那些警察也确实兑现了奖金，只是兑现得有点慢。大概快一个月后才给的，要是按照27.5%计算的话，应该能给到近30万。但是最后只给了14万多，其他的不知道被谁吞了，但是肯定不是小海。

从第一天去赌到最后，我一直输钱，算上奖金的话输赢持平。如果说有什么收获的话，就是在警察局住了半天铁笼子，知道了一种叫切线扑克的老千扑克，也了解了那扑克的神奇。

目前这样的群蜂局还是很多。他们之间分工详细，局演得特别逼真，让人防不胜防，而且很难有人能去叫破。虽然我自认是一个千术高手，但是遇到这样的组合出千方式，我也得认栽。换一个凯子上去呢？结果可想而知。

## 8〉套中有套

群蜂不仅仅存在于专门的赌局，一些街头、火车或长途汽车上也常有这样一群人做局骗人的。很多人可能都遇到过这样的赌局：在街头猜铅笔。时下有很多老千常年结伙在街上骗钱。他们设局的方式非常简单，就用两支铅笔做道具，一支蓝色的，一支红色的。其中一个是庄家，负责现场操作。他把两支铅笔在手里岔开，然后将一张100元钱当着众人的面卷成一个套，在蓝色铅笔上套一下，再在红色铅笔上套一下，速度越来越快，在两根铅笔上来回套，反复十多次，忽然停止。停止时他用钱套把两根铅笔卷在一起，攥住不再让大家看，然后吆喝：“押了，押了，红的还是蓝的？押一赔一啊。”下注的地方是地上白纸上画的两个圈，一个红颜色的圈，一个蓝颜色的圈。如果认定当时的套子是套在红颜色的铅笔上，就把钱放进红圈，认定套在蓝笔上就放进蓝圈。等大家都押完钱以后，庄家打开手掌，来验证刚才钱究竟套在哪支颜色的铅笔上。

我想很多人都遇到过类似的街头赌局。当你经过时，看到很多人在看热闹，便凑了过去。你也知道天上不会掉馅饼，其实你心里想：我只是看看热闹，不会押钱的。但是有人在玩，他们玩得很好，每次都能猜中钱套在哪个颜色的铅笔上。而你在旁边冷眼看着，套子套在哪支铅笔上，你看得清清楚楚。那些每次都押中的人，押的结果和你眼睛看到的一样。比如某一把确实套在蓝色的铅笔上了，大家也都押中了，赢了很多钱。坐庄的看起来有点急了，在下一次开始套的时候就加快了速度，但是速度再快，也快不过大家的眼睛。庄家又输了。你也跟着看，也抓得住当时是套在哪个颜色铅笔上。

这时，你是不是心里有点痒痒啊？心里想着：前几把也押点就好了，他们都赢了。这下妥了，人家就等着你上去押钱呢。你稍微挣扎了一下，也掏出小钱参与了上去。你的小眼睛飞快地跟着人家的套来回跑，他套得再快也没有你眼睛快。停止的时候，你认定套在蓝色的铅笔上边，便出10元押一下。大家也都纷纷附和是蓝色的，也去押蓝色的。结果开出来一看，果然是蓝色。你是不是很兴奋啊？旁人也都赞美你眼神好，反应快，听了这些，你是不是心里很美很受用啊？下一把你又看中了，还是套在蓝色的铅笔上边，大家也都说是蓝色，于是你更相信你自己眼睛所看到的。有人鼓励你押多一点，你会不会动心了呢？也就多押10块20块，输了也不会肉痛嘛。这个时候会站出来一个人说："好像是红色啊。"你肯定要鄙视他："什么破眼神啊？明明就是套在蓝色上面的嘛。"旁人也跟着你一起嘲笑那人。那人不为所动，押了红色。其他人跟你押在蓝色上面。等庄家解开钱和铅笔，是红色，你输了。

大家为你惋惜，有的说："刚才好像是套在红色的上边。"有的说："套的速度有点快了，没怎么看清楚。"看大家都这样说，你是不是也怀疑自己看错了啊？

下一局开始了，庄家来回地套着。有人说了："你能不能慢一点啊？"庄家刚才通杀了一方，心情很好，说："可以啊。"放慢了手上的动作，你看得清清楚楚，套子忽然在红色的铅笔上停住了。没错，是红色。你毫不犹豫拿钱去押红色，不用说，打开以后那套子是套在蓝色上边的。你又输了，很不服气吧？大家都不服气呢，都说："不行，再来一把，再来一把。"你的情绪也被大家调动起来，继续猜，可惜你的运气实在很差，你押红出蓝，押蓝出红。押哪里哪里不中，一直把腰包里的钱都猜了进去。到最后等你输光了，那边有人大声喊："警察来了。"这边一哄而散，怕警察抓。你是不是也害怕啊？啥也没想拔腿就跑，跑了几步，哪有警察？

不对劲！等你再回头找刚才那些一起赌的人，哪里找去啊，都跑没影了。于是你有点怀疑，有点不甘。但是能怎么样呢？人家把你的钱赢走了才是真的。

不用说，这个局上的凯子就是你自己，其他所有人都是一伙的。很多人想不明白，明明看到套子是套在蓝色的铅笔上去了，自己眼睛都没敢眨巴一下，怎么打开的时候跑到红色的铅笔上去了呢？可能有人还检查过铅笔，没毛病啊。怎么套子会跑？会转移？

其实这样的骗局很简单。谁都可以让那个套子听话，说到哪个上边就到哪个上边去。找两支筷子，一头大一头小，拿在左手。把钱卷成套型，来回套一下看，套完了卷起来，然后打开，好像还是在原来的那个筷子上啊？让我告诉你应该如何去套。

先将钱横向等分三份，折两下，然后卷起来，握在手里就是一个圈。其中一个半圆有两层（纸币的2/3），另一个半圆是一层（纸币的1/3）。手要捏住两层半圆，不要让人看到，这样在视觉上给人一种错觉，纸币的长度就是这个圆的周长，谁也不会怀疑这个圆周只是纸币周长的2/3。然后将两层那面放在手心，大拇指握住外面的半圆，来回套筷子。套在小头上停住，然后将两支筷子并拢，纸币压展，按顺时针方向绕在两支筷子上，走完一圈（2/3）纸币后，还有1/3，长出来的部分继续缠绕，直到钱的两端汇合在一起。如果你想让小头那支在套里，打开的时候，一圈圈解开就可以，如果你想让大头的筷子在套子里，双手抓住纸币两端一下将钱抻开，那套子里的就是大头的筷子了。

会玩这个把戏，庄家想开哪个就是哪个了，你永远也赢不了。想叫你赢，开宝的时候，原路绕回去；不想叫你赢，就一把抻开纸币。你想你如何能赢呢？在这样的街头小赌局上，很多人输了钱，甚至还有把金项链、手表都押上去的，有的妇女把戒指、耳环都押上去了。还有人在火车站、长途汽车上输得一分钱没剩，最后连买回家的车票钱也没有了。这样的人很多很多，说他们可怜吧，其实真的是很可怜。但是你要不贪，谁能骗到你呢？

## 9〉警惕站前美人计

火车站、长途汽车站也是小老千们钟爱的团伙作案地点，那里人来人往，最适合对陌生人做局，而且非常低级的局、非常拙劣的骗术也有很多人上当受骗，有时候我还真想不明白这是为什么。

许多站前老千局场景大致是这样的：你在等车或者等船，时间还一大把，你还没地方去，正考虑找个地方打发时间。这时，有人拉你去附近旅店休息，一般还是面容姣好、态度可亲的女的。她对你保证她的旅店价格低廉，条件也不错。去不去？这一路奔波，旅途劳累，离开车时间不长不短，到远处找钟点房得花好多钱呢。旁边美女说得天花乱坠，处处为你设想，保证你休息得好好的。你是不是想，就去睡一觉，然后就跟着去了？好，那儿正有一场好戏在等着你哩。在你到达旅店以后，各路演员便纷纷出场演出了。

这一路，美女跟你闲话家常，你不由得放松了警惕，告诉美女你是哪里人，来这里干什么，等等。进旅店后，你发现她给你安排了个四人房间，里面有一个面貌忠厚的中年人正在那里睡觉或者看杂志呢。看你进来了，和你打个招呼，寒暄两句，告诉你他也是赶火车的，在这里歇歇脚。你信了，其实，这个是埋伏在那里等你的。房里两个人，开始聊天，聊了一会儿，是不是有点无聊？不着急，人家自有安排。一会儿又来了一个，大包小卷的，一看也是出远门的，还真巧，和你一个地方的口音。老乡嘛，是不是觉得很亲热？

由于开车时间还早，跟生人在一个房间里，你是不是不敢睡啊？人家压根也不会让你睡觉，反正猛拉关系套近乎，一会儿就成推心置腹的铁子了。是不是还无聊？你老乡提议打打扑克消磨一下时间，你看如何？三个人玩不起局啊。简单，那中年人叫服务员帮找一个，服务员得知你们打扑克少一个人，就会说旁边单间里正好一个哥们也无聊呢，不如你们问问他吧。当然了，推拉一会儿他就进来了。住单间，一看打扮就知道是大老板，而且看上去还有点呆。

各路演员全部到齐了，下边就是演戏。你的戒心肯定有吧？那好说。大家都规定不玩钱，就赢几根烟？不抽烟？那就赢点水果，正好路上吃。玩了一会儿，你是不是觉得不刺激啊？大家也都觉得不刺激，就有人建议玩点小钱，轻不溜的，一元两元的。你肯定不介意吧。开始肯定让你赢，一会儿你就赢了几百元。那老板输了，其他两个人是不是也输了点？你一看，他们玩得可真臭，我的点可真兴旺，水平也不错嘛。正好，同房的两个人都要求加大点赌注，那老板肯定无所谓了，人家有钱嘛。你被人家一忽悠，是不是也觉得自己是赌圣？加就加吧，这些臭手还跟我斗？

加了筹码还叫你赢，你是不是很高兴啊？关键一把，牌抓起来你一看，哎呀妈呀，十年九不遇的大牌，于是多大你都敢干。放心，之后你肯定输。而且一直输，抓了小牌输，抓了大牌也输。输急了，手上兜里的钱都不是你的了，怎么办，旁边有个提款机，要翻本就去取钱。怎么办？钱输了回去不好交代，不行，得赢回来。是不是就去银行取钱了？回来还是输。最后输得剩一张车票了，那你就可以滚蛋了。

你是不是反应过来了，他们骗我的吧！不行，咽不下这口气，报案去。这时候旅店老板正好来了，问你们在干吗？你告诉他自己被老千骗了。老板反问你："知道不知道赌钱是犯法啊？我要报警，你们不能在我这里乱搞。"说着，拿起电话就要往外拨。旅店老板要报警了，你是不是害怕啊？出门在外是不是多一事不如少一事啊？于是你就这样吃了哑巴亏。就是你真的报案了，人家也早跑没了，你找老板？老板出来一亮相，你还没见过！刚才不是有老板吗，咋回事呀……

这样的低级千局遍布全国所有的火车站，基本都是团伙作案。一群人，什么地方都有，事先商议好步骤，先派美女拉凯子来休息，他们根据凯子的口音临时组合成牌架子（所谓的牌架子就是三个人正好少一个人，少的那个人就是凯子，所以行话叫牌架子），原先在房间里等你的和后来进来的都装作互相不认识，这两个家伙行话叫“取子”，负责演戏，拉拢你上钩。住单间的有钱人行话叫“蒙子”，有钱还有点呆，输钱无所谓。后来进来的假老板行话叫“镇子”，专门镇唬人的。你认输走了他也要尾随你一路，看你是不是去找警察了。看你没找，他们继续抓寻下一个目标。看你叫了警察，就找个地方猫着。你折腾吧，无所谓，旅店老板也能推辞：都是临时歇脚的，谁登记啊，而且都是客人，早走没影了。

车站老千局一般都这个套路，玩的内容南北有差异，北方一般以三打一为主，也有玩斗鸡的；南方是以斗鸡为主，叫扎金花。

三打一，提前准备两副牌，一副正常玩，一副提前编辑好了顺序。当他们提出加码你答应的时候，他们其中两个就会找个理由互相争执，吸引你过去裁判，另一个则趁你注意力被吸引时换上那把编辑好的牌。抓完了，你家大小王，四个2，两门A。谁遇到这样的牌都肯定喊满贯，底牌拿回来，还能上A。美不，搞不好你A都得当废牌去扣了。别高兴得太早，人家有一家7张主等着你呢，怎么打都得碎牌。

斗鸡也差不多这个路子，搞三个K给你，自己家三个A。他们玩得这么低级，上当的人也很多。要说他们局布得有多好，我看未必，还是你自己太贪心了。

也有大局演起来的时候，比如有的地下赌场。地下赌场里面，人少了人们都不愿意去，就三五个人，换谁都不会玩。有的地下赌场根本没什么人光顾，怎么办？赌场便请来各路演员，扮成形形色色的赌客，演出一派喧哗的景象，就像我第一部书里写到的五哥的赌局，除了凯子，其他都是演员。你要不信，那说明你是个凯子。可能整个赌场里就有1/5的人是来赌钱的，其他的都是演员。你看他们有的人赢了钱眼红是吧！那是专门演给你看的，轮到你就没那么幸运了。这样找演员的地下赌场要多黑就有多黑，什么老千都出，就是专门千你们这些1/5人的钱的，你不输谁输啊？也许有的人看完还不信，那我也没办法。难怪有的地方管抓凯子叫“杀猪”。

也有一对一演戏的，对象往往是赌性不深的老板：有钱，还不怎么好赌，也没时间赌。那也有办法，只要能找机会和你坐一起就行，聊天喝茶，能接触上就可以办成。这些老千找机会在大老板的茶水里或者咖啡里下点药。这是一种毒品，专门刺激人大脑的某个神经，据说喝了以后大脑皮层会很兴奋，什么事情都不认输，好斗。下完药等药性出来了，用言语刺激，问那老板：“敢不敢赌几手啊？”被下了药的人能正常？就怕刺激。他肯定拍拍胸脯说：“有啥不敢赌的，赌老婆都敢！”往往一输就是好几百万，还能欠一屁股债。等药劲过去，他还不知道怎么输了，但知道自己去赌了，输钱了。这种药刚开始出来的时候很贵，现在好像便宜多了。

也有的专门约外地的老千去出千，然后当场抓住你出千的证据，勒索钱。我以前在塘沽差点被陷害那次，差不多就是这种路数。赌钱的老千才不讲什么公平，为了赢钱，他们什么损主意都有，为了赢更多钱，他们内部也会勾心斗角，甚至大打出手。

## 10〉超烂押宝局

我做老千那些年有一个人不能不说。他姓杨，在家排行老二，人称他杨老二。我和他在一个押宝烂局上认识，这个局跟百分之九十以上的押宝局一样，有庄家、散家、看账的、玉米骨和四根小棍，每天都很火爆。押宝的游戏规则很简单，四根小棍，庄家在散家看不到的地方将代表1、2、3、4中的一根投入空心玉米骨做成的小盒子里，让大家猜是几。庄家会选一个自己信任的人主持下注、维持秩序、分派赌注，以及向庄家通报场上情形。押法很简单，散家猜最可能出几、最不可能出几，可以押最有可能出的那一门，也可以选择输哪一门。比如，散家认为庄家会出3，最不可能出2，就可以押3输2，结果如果开出1或4，庄家和散家都保本，赔率是1∶1。散家也可以押两门输两门，赔率也是1∶1。如果散家押一门输两门，输了就是押上的那些钱，中了可以得双倍。此外也可以押“固定”，就是押一门输三门，押中庄家赔三倍。还可以叫底，就是独占其他散家都输的那一门，押中可以连庄家的底钱和桌上散家的钱一起拿走。

这个局持续了很久，而且一直很火爆。经常有生面孔出现，天南海北的，哪里的口音都有。很多生面孔的人都是凯子，都幻想来碰运气赢点钱走。在这样的局上想凭自己运气或者脑力去赢钱的都是凯子，有凯子的地方就有开事的老千。这个局上老千数量之多，花样之多，我现在想起来都觉得头疼。大家都知道，押宝是猜大小形式的赌，公平的话确实很锻炼人的判断力。我曾经遇到一个庄家，连押十九个1，最后大家都被整晕了。不过想在这个烂局上凭运气和判断力拿钱，那他活该背运倒霉了。

赌局设在一家五星级的酒店里，所以一直都没人去查。有段时间里，我们这里的大赌徒对五星级酒店很是钟情。不说别的，警察想进去查点什么都不可能的，穿警服的甚至会被保安客气地挡在外面，而酒店方也不忌讳，公然放出话去，没有市局局长的签字，警察别想进去查。所以很多赌徒都把局设在五星级酒店里，包一个房间召集人们来赌。只要有人玩，稍微打点水钱就够支付所有的费用了。因为后台够硬，不怕被抓，所以吸引了各地的专业老千来出千。

这里每天都有很多人，房间里闹哄哄的，很是热闹。各色老千都睁大眼睛抓凯子，有找机会往宝棍上下药水然后探测的（用化学药水和感应探测小仪器可以知道宝棍是几）；就连一些稍微开点事的凯子也不甘寂寞，合起伙打暗号占空门赢钱。总之，押宝局里各色出千手法都能在这个局上看到。但是我喜欢这样的烂局，我靠破解其他老千的暗号捡漏。常来玩的那些，我就每次少赢一些，细水长流嘛。有一些不常出现在这个局上的，我破解了他们的手法，就瞅个机会，连底带账全部要了。那段时间，在这个烂局上一天也能划拉不少钱。反正我也不坐庄，就当个散家。玩过押宝的人都知道，散家随便啥时候都可以押，随便啥时候都可以只是在边上看眼。

其实捡漏也不是那么容易的。因为人多，流动性大，所以场面有时会很乱，往往有下10万的底还不够下边这些散家分的。很多输急眼的都去抢庄来坐，押宝局上，输赢往往就是几把的事，做好了一把就能赢很多，做不好一把也能直接被人端走底钱。要在这样的局上去找别人隐藏很深的暗号很有难度，可能你这边刚破解出来，人家已经赢了不玩了，或者到一边去做散家了，也可能是觉得赢够了不玩了，又或者是被输红了眼的人抢了庄的。因此，只好耐心等他们下一次坐庄的机会，趁机捞点，而他们的暗号随时可能更新变化，所以也有失手看错的时候。不过我有的是耐心和时间，天天守着，总能捡点漏。

期间也有因为用药水探测被大家发现引起打架斗殴的事情。后来大家都玩精了，为了防止自己做宝的时候被人下药水，不管谁坐庄都先把棍子泡在茶水里泡着，然后再拿出来坐庄。即便如此，也有人千里迢迢地去购买药水来这个局上搞，想着遇到哪个新手凯子不去泡那棍子，瞅准机会，下药水搞一下，押中一把就够本。捡这种漏的人有好几个，也天天来守着这个押宝局。

我呢，经过长时间观察，发现那些以暗号出千的人有三伙人，他们之间彼此也知道对方跟自己一样靠打配合赢钱，他们似乎达成某种默契，互相都不拆台。于是就出现了这样的情况，某一伙人其中一个坐庄，其他的人在下边押钱占空门（占空门就是知道要出的是几，提前把要出的那门给包了，别人押不上那一门，这样下边押钱的人不是输就是保本，没有赢的机会）。其他两伙人要么不押钱只是看热闹，要么在局面不火爆的时候拿几千元帮着提提局捧捧场。

某天突然发生了一起斗殴事件，却不是三伙人之间的火拼，而是其中一伙人内讧，闹得挺厉害，还有一个住院了。这件事之后，这伙人便退出这个局。

## 11〉分账不均引发的斗殴事件

那伙人本来是四个人组成的，在这个局待了很久，他们之间的暗号非常复杂，而且每天都在变化，破解起来非常困难，往往刚破出点头绪，他们已经不坐庄了。他们在这个局上先后拿走不少钱，在我眼里他们是很好的一伙搭档，只要保持下去，他们每天的盈利都不错。可是这样的搭档好像因为分赃的问题出现了裂痕。

先介绍一下这四个人。勾勾毛，40 多岁，因为天生头发自来卷而得的外号，他有一份体面的工作，具体是市政还是环卫的我不记得了，好像是搞园林建设的。大天，30 多岁，因为他喜欢玩牌九，别人便都叫他大天了。还有两个是哥俩，叫大刁、小刁。他们四个人配合也很有规律，一般总是小刁去抢庄坐，小刁出宝，大刁看账唱账，大天和勾勾毛在下边装作和他们不是很熟识的样子押钱、占空门。偶尔大天和勾勾毛也抢庄坐，不过到他们的时候，他们自己顶账，其他三个人在下面打配合。根据我的观察，他们互相之间配合很默契，很少有人能察觉到他们之间的猫腻。他们在赌桌上就好像不相干的人一样，戏演得绝对到位。

那天，小刁抢到了庄，到另外一个房间里去做宝，做完了再面无表情把盒子递给大刁，大刁负责看账。我知道他们之间有某种暗号，一直试着破解。小刁出 8 万做底，是限合 1 万的牛局。1 万一合，散家一次最多押 1 万，庄家最多赔 1 万。不过外面的散家可以互相抬杠，差价也是 1 万。如果互相抬杠的话，抬来抬去，能把局搞得很大。比如，我输 3 押 4 押 1 万，另外的散家也可以出 2 万抬高赌注，其他人如果选输 4 押 1，就得用 3 万去接，互相接来接去的局就变大了。庄家赢不赢不重要，关键是下面的同伙打配合，把场上凯子的钱划拉走了。小刁装好宝盒递给大刁，大刁送暗号给勾勾毛和大天，其中一个占空门（肯定会押中嘛），另一个抬局，两人配合得相当不错，把局面搞得异常火爆。小刁的 8 万一会儿工夫就输没了，基本都进了大天和勾勾毛手里去了。我替他们算了一下，他们一共赢了 16 万多的样子，除了小刁的本钱 8 万，赢余应该是 8 万多。

这个时候，小刁作出一副沮丧的样子，边叹气边把坐庄的位置让开，表示自己输光了不能玩了。这还不算，他一个劲骂自己做得臭，点儿背，居然把把被人猜到。很多人替他惋惜，同情他一下就输了 8 万，纷纷过来安慰他。我看那些凯子的彪样都想笑，被人卖了还替人数钱，不知道人家才是真正的赢家。所以说，在赌场上过于相信自己的眼睛是要吃亏的，因为你看到的很多东西都是假象。

除了我这个有心人以外，还有人在仔细计算大天和勾勾毛的赢余，那人就是大刁。毕竟是他们合股的买卖，我算是无聊看热闹，大刁算是自己想有个数：到底赢了多少。可能他觉得账有点问题，怕回去更捣扯不清，就想当场核对一下。他叹口气自言自语地说：“真他妈背，8 万一个回头钱也没看到。”然后盯着大天，阴阳怪气地说：“你小子真厉害，三把连底带账赢了9万吧？”

大天估计大刁在对账，也不能捅破，认真地回答道：“哪有那么多啊，也就6万的样子吧，”说着指指勾勾毛，“这小子赢得多，今天估计把前天坐庄输的钱打回来不少了吧？来，你小子赢了，给大家出一合吧。”

勾勾毛赶紧说：“我他妈的就赢了7万，前天老子输了10万多，到现在还没抓回来本钱，我得再捞点才能保本。”

场上的凯子也开始议论自己刚才输了多少，哪一把押得比较臭，哪一把看准了没有押钱，或者嘟嘟囔囔说哪一把自己要是胆子大点全部要了就好了。小刁絮絮叨叨跟人抱怨自己输了8万，有意无意地套大家，想看看别人都输了多少钱。

问了一圈，大约心里有了底，小刁问到：“就你俩赢钱，场上我和大家一共输了十六七万，你俩合一起才赢了13万？妈的，莫非出鬼了，钱都被谁赢去了？”

大刁看着大天和勾勾毛，意味深长地说：“赢多少就是多少，怎么还怕人跟你要咋地？”

大天有点不高兴了，说：“我赢的钱都在手里捧着呢，多下的都叫勾勾毛赢了。”勾勾毛反驳说：“我赢多少就是多少，当我勾勾毛没见过钱啊？”

看热闹的劝解说：“吵吵啥？人家赢了还能给你啊，查来查去的。”

表面上看这些讨论很正常，每一个赌局结束后都会出现这样的场面，赌的人都喜欢互相讨论你输了多少我赢了多少。但是这四个人之间可不是那么简单，主要是互相对一下账。他们四个人都在说账为什么对不上，在互相找原因，想知道究竟是谁贪污了。别人听不明白，但瞒不过我这个有心人。

本来我以为事情就这样过去了，因为他们随后几天还是同盟，还继续在局上合伙拿钱。也许他们回去解释清楚了？钱也对上了？具体情况我不了解，也不想了解，跟我没有一毛钱关系嘛。

过了几天还是小刁坐庄，我手里抓着钱在那里看着，期望能抓住他们的暗号是什么。我一旦破解了他们的暗号，就马上连底带账全部要走。他们的暗号天天变化，所以很难破。不像另两伙人的暗号好破，那样我就养着，跟着捡漏。他们这伙没必要去养，拿一把是一把。

局面上看还是大天和勾勾毛在下边打配合，但不知从哪里杀出一个程咬金，一个不起眼的人好像能看穿盒子一样，连着三把都连底带账全要，而且全部都要中了。这三把，那人十分坚决，底账全部都带，而且是赢了三把就马上收手，拿着钱就走了。这三把一下赢了16万多，那人一走，桌子前的人都看出里面有问题，大家纷纷指责小刁放水给那个人，有的人说那人是帮小刁占空门的，有的人说那人把小刁的本钱给保护起来。但都只是猜测，谁也拿不出证据。大家把心思都放在拿走钱的那个人身上，都怀疑小刁跟他是同伙。但是我知道，事情绝不是这样，当时我见大刁和小刁的脸色都变了。他们盯着大天，仿佛是在征询：那人是你小子带来的吗？这么一闹，小刁不能再坐庄了。

第二天，大天进了医院。大天被大刁连捅七刀，差点连小命都丢了。原本亲密合作的同伴怎么能下这么狠的手？原来，因为他们四个人每次都对不上总账，大刁和小刁怀疑是大天私下扣钱了。大天并没有私下扣钱，其实是勾勾毛做的。奈何怎么解释他们也不听，账总也对不上，大天被他们三个人数落不讲究，说准备过几天散伙，不带他玩了。大天心里气不平，想报复又惹不起那三个人。他们甩了他，他也没奈何。越想越气不忿的大天，想出了一个坏招。

他在这个局上另外找了一个人，把他们之间的暗号都告诉了他，让那个人看到暗号后直接把要出的那一门全要了，赢了钱后他俩分。大天的心思是反正也是要散伙了，不搞白不搞，你们哥仨（勾勾毛跟大刁、小刁有点亲戚关系）对我这样，别怪我不客气。况且两个人分账总比四个人分账来钱快。但是事情做得太明显，惊了大刁、小刁，还没等他们改变打法，人家已经不见踪影。团伙里出了内鬼，他们怎能善罢甘休？于是他们又聚在一起分析，大天自然是死活不承认，双方便争执起来，最后吵架升级为动了手脚，大天被大刁连捅七刀，送进了医院，还好没捅到要害部位。大天没去报案，而是把他们几个人合伙占空门的事告诉了天天来赌钱的人。消息传出，一下就炸了庙。很多人不管是不是在小刁庄上输了钱，都借着这个由头，纷纷去找他们要钱。这哥俩一看大事不妙，跑得无影无踪。

很多赌局上常会出现老千团伙因分赃不均而引起斗殴的事情，大家见怪不怪。第二天，押宝局依然火爆，除了赌博间隙有人偶尔提到大刁兄弟，他们很快就被人遗忘了。

## 12〉初逢杨老二

我在这个局上也不是单纯靠抓人家暗号捡漏赢钱，偶尔也出几把千。我总靠后续钱的方式来搞点事。所谓的后续钱是很多老千常用的出千方式，场上开出结果来，宣告谁是赢家的时候，趁乱把钱押上去，这就是后续钱。这个千术要求出千人眼快、手快，而且场面混乱才好出千，只有在押钱的人很多，把钱押得满满当当的情况下才好去做。要是人家一门就押了一份钱，去搞后续钱肯定不行。最重要的是要有很好的观察力，看把账的人的精神头是否够用，如果把账的精明，就少玩几把，如果把账的眼神不够，就可以多玩几次。

别以为这种千术有多么专业，其实日常生活中这样做的人很多。在火爆的局上，押钱的人多，为了区分钱都是谁押的，就一垛垛地码钱。押钱的时候一个散家的钱占一个位置，不会出现两个人的钱摞一块的情况。比如两个散家都押天门，那两个人的钱顺着排开放在天门的位置上。在火爆的局上，七八个人都押天门，一叠叠钱排开，能放七八叠，庄家赢了就一把搂回去，输了就要挨个查点，押了多少，是谁押的，一家家赔完了，才继续下一回合。很多坐庄的人也会遇到这种情况，在赌的时候想着下边没押多少钱，但是一翻牌亮开点后钱一下就多了。怎么回事？人家钱实实在在押在那里，庄家只有一个选择：赔给人家，谁叫你点没人家大呢？很多人不会千术，但是做这个却很在行，就看看账的和庄家眼神够不够用。多赔了钱也是活该，谁叫看不住账呢？即便遇上眼神够用的庄家，看出有人开了底才下注，也只能骂那人几句，把他的钱丢出去了事。

看账的眼神够用，也不能百分之百防住专门练出来的老千。后续钱也得练，练得不好，就需要跟别人打配合。比如比大小，一个散家是大点的牌，估计能赢，就给同伙暗号。同伙马上就用任何可能引开庄家注意力的方式去转移视线，庄家一旦走神，那个打暗号散家面前的钱就悄悄多了。押的人多，庄家也不可能记谁具体押了多少钱。下边就是有人看到了也不会告诉庄家的，谁愿意去管那事呢？下边的散家都希望庄家输掉——很多赌徒都迷信这样的说法：庄家赔错了钱就有可能倒运，所以下边就是有人看到了，也是不会告诉庄家的，除非他们是一伙儿的。

后续钱也很讲究技巧，很多老千在下边押钱的时候都是用手握钱。这样出千的老千都喜欢把手指头（中指）插在钱里拿着钱，因为续钱上去方便。他伸手放钱的时候，经过他认为会赢的那一门，下边那叠钱就掉下去了，但是桌上的人只是看到了他手上面的钱而已。我就专门练过后续钱的技巧，也去地下赌场搞过，不过我搞的是地下赌场的轮盘。对方没有监控设备，纯人工看场，只要他们的注意力被别的东西吸引，我可以在1/10秒完成下注的过程，把筹码放在我想放的地方去。当然了，前提依然是要有很多人押钱，再就是那轮盘玩的不带电（不带电是行话，就是地下赌场不出千）。可是地下赌场不出千的太少了，而轮盘也是大家平时不太喜欢玩的。就算有人玩，也是寥寥几个人打发时间，很少有火爆的场面出现，所以我一直没太多的机会施展。我也曾经在澳门大赌场的轮盘边上观望过，我自信可以瞒过所有的服务人员和巡场的，但是那里完备的监控设施打消了我的念头。不过，在普通的赌局上，这个手段很好用，往往能很轻松地拿到钱。开牌后下注，不赢都难，难的是机会的把握。

这样的老千很多，他们故意在赌局上制造混乱，然后浑水摸鱼，我敢说大部分人都被人家这样搞过，只是自己不知道罢了。

我就一直在这个押宝局上等着捡漏或者等着找机会后续钱。场面混乱了，偶尔也这样来几下。所以说乱局我基本也都喜欢，因为只有场面混乱了才好出千后续钱。而我做得也特别谨慎，遇到精明的看账人，我一般都不出手，只有看账的发蒙了，我才去搞一下。我对自己这个千术很有信心，以为自己可以做到神不知鬼不觉，但是我疏忽了一个人，杨老二！

杨老二是某天下午出现的，看他的穿着打扮，像个商人，一副财大气粗的样子：戴着粗粗的手链，粗粗的项链，大大的扳指，提个手包，很有派头。最初我也把他认定为一个凯子，并没太上心。这里每天来来往往很多人，我自然不会每个都认真观察。过了一阵，我看他总赢钱，才觉得这个人不简单。我赢钱是抓暗号捡漏，细水长流慢慢搞。他呢，玩得风生水起，大起大落。要么就赢得大红大紫；要么输很多后赢一把大的，不但能抓回本钱，还能稍微赢点；也有一天下来小打小闹基本保本的；当然他偶尔也输，但是输的次数很少，就是输了也是输个几万而已。能在这种超烂的局上赢到钱的人，基本都不简单。何况他还是自己单打独斗，没有任何同伙。我开始留意他后，发现他不跟任何人打配合，就一个人在局上玩，还总能赢。我之所以对他上心，主要因为想去研究他是如何赢钱的。

我知道他肯定有猫腻，要不然就是神仙了，但是具体怎么猫腻法我还真没看出来，研究了好几天也没研究明白。弄不明白我也不想了，管他怎么赢钱的呢，和我没一毛钱关系，我来这里的重点是赢钱，大家井水不犯河水，我玩我自己的，他玩他的。当然，偶尔无聊了还是会琢磨琢磨。杨老二可不是这样，他应该很早就注意到我了。

那一天，我全神贯注地在一个局上搞事。那把押钱的人很多，管账的顾东顾不了西，我准备用后续钱的手法弄点钱。当时桌上已经有很多捆钱了，大家的注意力都在庄家手上的宝棍上，闹哄哄地喊着自己押的数字。开宝那人也很紧张，他把宝棍从玉米骨里拽出来，紧紧握在手里。看样子不是1就是4，因为宝棍边缘没有刻痕，押2和3的人都失望了（因为2和3的宝棍边缘上是有刻痕的），于是他们都期望出一个自己押的钱不会输的门以保本。当时我正好站在4的门前，看大家的注意力都在那根棍上，就把1万元放在押4大头的位置上，这样出4我就赢双份钱，出1我也能保本。出2和3我就输了，但是已经知道结果，不能出2和3了。我紧紧盯着那个开宝人的细微的动作。他本身是押1输4，出2和3保本。既然2和3都排除了，不是1就是4，对于他来说不是赢就是输。他的大拇指还在那个棍中间来回摸索，我想如果有刻痕（有刻痕的是1，没刻痕的是4）早就大喊了。大概因为没有摸到那个刻痕，他才一直在那里摸来摸去吧。赌徒都这样，输了也不想承认自己输了，总幻想天上能开个窗，随时掉点元宝啥的下来。那人也总怀疑是自己没摸到那个刻痕，所以才来来回回地找。根据他的表情和动作，我认定那个棍是个4，便毫不犹豫把钱后续上去。万一我看错了，也不输。

我自觉神不知鬼不觉地后续了那1万元，那把4门前的钱被摆成各种样子，我又做得十分隐秘，庄家、管账的，以及下边的散家谁也没有发现我的小动作。终于，庄家亮出宝棍，果然开出来4。我如愿以偿得到了1.9万元（押宝规定散家赢钱了庄家直接抽水钱，庄家赢钱了再打水给包房里的人）。我收着钱，寻思着下边该怎么做，忽然觉得有人在捅我。侧脸一看，是那个杨老二。见我满脸都是疑问（之前我和他并不认识，也没有说过话），他偷偷比量了一个我后续钱的动作。他知道我在开了盒以后续钱！我使劲地盯着他，脑子迅速地转着，莫非他和庄家有什么关系？不会吧，如果有，我不可能看不出来。我只能盯着他看，告诉他：老子不好惹，最好乖乖的不要声张。反正我也不怕他给叫破，顶多我不承认就是了，没抓到我手腕子就不怕他嚷嚷。

但是杨老二没有去叫破的意思，相反他偷偷给我伸了个大拇指，那意思是赞赏我手段高超。然后他若无其事走过我身边，拍拍我的胳膊，意思是让我放心，表示自己不会去说破。我也顺着他的意思去拍拍他的肩膀，我们两个都笑了。既然都被人识破了，我也不能继续出千了，后面机会再好，我也只能放弃了。再说局还在，我一点也不着急。当时来看，更重要的事情是弄清楚杨老二究竟是啥意思，莫非是想分一杯羹？我该给他多少呢？我得先套套这个杨老二，跟他套套近乎，而且看样子他好像也想和我结交。

我跟他打了招呼，他递给我一根烟，我很自然接下，开始有一搭没一搭聊天，就这样，我们认识了。

## 13〉第一次合作

当天晚上便一起出去喝酒聊天，虽然我和杨老二各怀鬼胎，但我们还是很快就打得火热，当然，我们两个都存有戒心，我知道他有很多东西都没告诉我，他也知道我跟他说话有许多保留。开始的两个礼拜，我跟杨老二都在互相试探，彼此并不信任，所以我俩在一起交流起来特别累，但为了赢钱，还是尽量往一起去凑。他不愿意明说，挡不住我自己观察。这两个星期里，我也没白忙乎，我发现这个杨老二天天都能拿货，后来我干脆不去出千了，也不去辛苦抓别人暗号了，跟着他偶尔押几把，也有点赢利。但是又怕他给我带到沟里去，每次都不敢跟大钱，还好这个家伙一直没有带我去沟里的意思。这个时候我看出他不是想来分我后续钱的一杯羹，但是他肯定有所图。他到底图我啥呢？有一次散局后，和他一起喝酒，我故意挤兑他说："咱哥俩这么多天在一起混，我怎么就没看懂你呢？"他哈哈一乐，悠悠地说："我不也一样没看懂你？"那天喝酒气氛不错，我借着酒意问他："你咋总能赢钱呢？"

杨老二说："我脑子好呗，猜别人心思一猜一个准。"

押宝确实是猜心思的游戏，要是公平玩的话是很有意思的，不过这种烂局根本没有公平可言，认识两个多星期还不和我说实话，我心里有点气。我没好气地说："不说拉他妈倒，以后各玩各的。"

他也不恼，反问我："你又是如何做到总赢钱的？"

我呛他说："你不是都知道了吗？"

他摇摇头，说："我咋能知道呢？"

我有点恼了，说："咱哥俩行就行，不行一拍两散。这样磨磨叽叽的很没有意思。"

这时他才吐口说了实话。其实他注意我很久了，一直不知道我为什么总赢钱。他也知道这是个烂局，和我的心思一样，认为能在烂局上赢钱的人肯定有几把刷子。那天我后续钱，他其实也没看得特别清楚，只是估计而已。他之所以发现我后续钱也很偶然，某天他把钱放在最后一排，下完注，后面肯定再没有人押钱了，结果庄家输钱赔钱时他本以为最后那叠钱是他的，可是看钱堆大小又不对。他发现自己的那堆钱在前面，一点没变，才对他后面出现的钱有了疑心。他行事特别谨慎，生怕和别人的钱搞混了，所以每次押钱都是把上面的钱折一下，好去区别。他说他记得非常清楚，我去拿多出来的那摞钱时就注意上了我。那次他特意把钱押在最后面，可是庄家开盒以后他发现自己后面又多了一叠钱。他敢肯定自己押的时候后面没有放钱，那天的动作其实是故意试探我一下。我呢，被惊得够呛，我还以为他懂呢，原来是这么一出。我居然没发现好几次我都是在他的钱后面续钱，我在这个细节上犯了错误，还好不是大错误，还好是杨老二。我暗自庆幸，也提醒自己下次可得注意了，赌局上每一个细节都非常非常重要。话说到这个份上基本都是讲开了，虽然互相还有点戒心，有些话也只说一般，但是也不必兜着圈子交流了。但是我还想知道：他是如何赢钱的？自己为什么不悄悄赢，为什么非要拉着我呢？

我一直追问，可他就是不说。我又急又气，真想痛痛快快把他按在地上揍一顿，看他说不说。比量了一下，估计打不过他。又一想，我干吗着急，他总来贴我，肯定想从我身上搞点什么，要不就是找我合伙，迟早会告诉我的，我就等他自己说。杨老二则有一搭没一搭试探我是不是专业的老千。我告诉他我是一个专业的赌博老千，当时他马上就像找到宝贝，握着我的手连连说："可算遇到了，总算没白来一趟。"

我被他的热情搞得有点摸不着头脑，不知道他究竟想做什么。他又问我都会那些赌博方式，可不可以详细和他说说。我猛摇头，托词说："那可是我吃饭的手艺，不能到处去显摆。"

他看我还不和他全部交底，就问我："老三，你是不是对我有戒心？"

我也没客气，说："你也有些东西没跟我说呢。"

他马上就明白了。他从怀里掏出一个精美的打火机，递给我看，看来他是靠着这个打火机来辨认盒子里装的是几。我拿过打火机，这东西沉甸甸的，之前我也见过他用它点烟，当时并没有在意，没想到他是靠着这个东西。我翻来覆去看了几遍也想不明白这个东西如何能看到盒子里的棍是几。要说是紫外线透视之类的东西。应该有发射光线的地方才对，或者那个宝盒是用紫外线材料做成的。可是不可能啊，宝盒不是塑料材质的（要是用紫外线材料透视，宝盒应该是塑料材质做成），也不是我们最早玩的那种简陋的苞米骨。再说了，杨老二好像和组织赌局的人没有什么关系，他们不是一伙人。杨老二看我摆弄半天也找不到头绪，就乐了，过来拍着我说："这个是最新的科技产品。走，我领你去见我的两个朋友，仔仔细细和你说。"我一听，他还有两个朋友？这么多天我咋不知道呢，我把房间里来来往往的人过了一遍，不可能啊？他见我一脸迷茫，摆手比划了一个不要多问的手势，让我跟他走。我迷瞪瞪地跟着他转了半天，竟然还是回了那家酒店，来到赌局楼上的房间。他拿出房卡，利索地打开门，这是一间套房。房间里两个中年男子正在下象棋，见我们进来，停下来跟我们打招呼。

我打量了半天，这是两个完全陌生的人，从来没有出现在押宝局上。他们也在上上下下打量我，杨老二跟他们说："人我带来了。"那两个人都过来跟我握手，然后自我介绍了一番，大家寒暄几句算是认识了。杨老二告诉我，这两个人是他的合作伙伴，他在押宝局上之所以能赢，也是三人配合的结果。说着话，杨老二把鞋脱了丢给我。我还没搞明白，杨老二说："来，老三，你穿上。"我说："我可不穿，别沾染了脚气。"杨老二神秘地说："你就穿吧，我让你体验体验什么叫高科技产品。"接着不由分说叫我换他的皮鞋穿上，穿上后他问我："感觉如何？"我说："没啥感觉啊，就是有点大。"忽然脚后跟"突"地跳了一下，我吓得蹦了起来。他们看我蹦高，乐得够呛。我有点明白了，鞋上有感应设备。

这次，他们携带了一种高科技产品来赶局。打火机是一个微型的CT透视器，有传输无线信号的功能。打火机其实是个微型CT光头，杨老二用打火机将局上信息发给楼上两人，这两个人在房间内负责将接收到的信息进行分析，然后把结果通过信息接收器再传达给杨老二。信息接收器就在杨老二的鞋根上。鞋根里的机关跳三下，就代表那个盒子里是3，以此类推。

微型CT透视器是很先进的产品，也有人叫它"赌场里的提款机"。它隐蔽性很强，操作既简单又方便，主要由两部分组成：微型CT器、微型CT光头。光头一般被做成普通打火机的样子，还可点火抽烟；也有把光头做成手机或者是手表的样子；也有的放置在手包的接头处。配套设施是一套信号传递的器材，很多人选择用耳机传递。不过，杨老二他们选择了一个更新的传递方式，让人根本无从琢磨。这个东西就是神奇，它几乎能透视所有的瓷杯、塑料杯、金属杯、木、竹、布料等，不管厚薄大小，只要用CT光头对准想看的东西一晃，就立刻可以在无线微型CT接收机上看清里面物体的大小、形状、方位、花色、点数。现在这个东西应用很普遍，很多玩丢色子或者押宝的地方都有人用。现在的人，为了赌真是啥东西都能发明出来，遇到这样的东西，你还敢说有公平的赌局？

我总算知道杨老二为什么能赢钱了，有这样的东西不赢是傻子。杨老二没去大赢，因为他们知道赌局是个烂局，很多人在上面捣鬼、递暗号、占空门。而且他们也想长期靠这个局慢慢捞钱，本来我还以为他们不敢去大赢，才想着找我入伙，让我去使劲赢，然后大家来分钱。可是聊了半天才发现人家根本没那意思，只是想分给我一杯羹而已。天下还有这样的好事？

但是杨老二一点也不着急说为什么要带我一起赢钱，只是说看我可结交，想和我处个朋友。虽然我知道事情没有这么简单，多一个人分钱有啥好处？但对我来说，有钱不拿是傻瓜，拿了再看他都啥想法。能一起干就干，干不了咱还可以脚底抹油——溜嘛。赌桌上就这么回事，没有仗义不仗义的说法，赌徒之间、老千之间，只有共同的利益，全没有仗义一说。我虽然不知道杨老二为什么和我套近乎，但是我知道他想放饵引我上钩，回头他肯定对我有企图。但是我估摸着他不是来害我，反正我留了心眼，万一以后他来求我的事我办不到或者对我不利，我完全可以抽身走人。我知道他这么做肯定有用意，他不愿说我也不去问，该装傻我就装傻。

## 14〉事出蹊跷

就这样，我们四个人结成了临时同盟，一起在这个赌局上拿钱。出面的就是我和杨老二，他们两个继续在幕后指挥。我和杨老二也设定了一些不引人注意的暗号，每次盒子里是什么只有杨老二知道，他接收到了就通过暗号告诉我，我在上面演戏，该我赢还是该他去赢钱随机应变。怎么押都保本，有时候也得输点进去，总赢容易引起怀疑。我和杨老二配合得还真不错，每天都有不少进账，没人怀疑我俩。我们能演得这么巧，关键在局品得好。可惜，这样的情形没持续多长时间。

刚开始，我俩配合得真不错，每天都有钱拿。赢了的钱都不叫钱，我干脆也在这里开了个房间，也享受着住五星级酒店的待遇，懒得回去。我们四个人天天凑一起，像特务一样研究来研究去，讨论今天该拿多少钱，上去怎么演，怎样传播信息，有没有新来的凯子。每天杨老二接收反馈信息，我再接收杨老二的暗号，见机行事。我和杨老二的好日子只持续了不到两个星期，就出了状况。

那一天照样我先去的赌局，在上边遛着玩，等待杨老二的到来。一般都是我先进去，他一个小时后再来。明面上我俩装作互相不是很熟，仅仅是在一个桌子上玩打打招呼的那种交情。这个局每天都有新人加入，每天都有输光了的老人消失。

玩了一会儿，杨老二慢腾腾地进来了。转了一圈，掏出烟，用打火机点上，看他那架势一切已经就绪。他手里拿着打火机漫不经心地把玩着，看了一会他把钱从口袋里掏了出来，做出随时准备押钱的样子。那把庄家出了盒，他把烟放在右边牙根咬着，我知道里面是个4，那把我没押4，而是押在3上面，选择输1，2和4保本。杨老二押了个4的大头，结果不用说，是个4，杨老二赢了。下边几把按照我俩的约定不去探测，让过三把再说。三把过去了，该我押钱了。盒子刚出来的时候，杨老二揉了一下右边眼睛，我知道出来一个3。这个时候上面已经有人押了1万的朝（朝就是押宝里的押1赔1），大家猜测能开出个几，都在议论应该如何押钱。我故意把2万放在1上，然后和大家讨论押的理想不理想。押宝嘛，本来就是一个猜的过程。但是必须手快，先占个地方再决定搬走还是不搬。有人说上次出的是1，不可能再蹲（蹲就是连续出一样的数字）了。我说：是啊，有道理，但是我还真不敢输这个1。能不能跳（跳就是押宝里的跑对家的意思）一下啊？别人说：那你就1、3都要。我说：你当我傻啊。我可不押杠子钱。这个时候大家都在陆续押钱。我一看3上还有个5000的剩余。我就把钱搬到3上。但是没去输那个1，选择1保本，选2、4输钱。这样3上面有五家在押钱。算起来基本是底账和本钱都没剩，很多人看好了那个3。演戏嘛，要有个过程。我可不想一下就把3都吃了。那样会很快就暴露了。慢慢拿，不输总拿钱，一天赶下来是很多的。中间让三把出来自己凭脑子去猜，管他对不对，拿小钱溜着，这样不容易引起别人的怀疑。

等大家都押好了的时候，把账的人唱完了账。就要开盒了，大家纷纷抢着去开。把账的人把盒子送出去喊了一句：开了。大家于是都紧张地看着抢到开盒的人，看他把盒子打开后会是几。结果打开竟然是个4。我输了。杨老二竟然告诉我个错误的消息？不能吧，这些日子配合下来，没出现过这样的事情啊？是他接收时感觉错了？还是他不小心揉了眼睛？可是我看杨老二的神色，好像他也不相信会是个4。我想是不是他接收错误了？当时也就没去认真想。

又等了三把过去。盒子递出来后，杨老二通过暗号告诉我是个4。因为前面他要过一次底账，我上次没要成，所以还是应该我去要。好像大家都不看好4，前面三把分别出的1、2、3。谁也不信数字会顺着走，所以没有愿意去押4的，而且大多数人都选择了去输那个4。我一看，好买卖啊，就在4上全部接了得了。我就把手里的钱放在4上，这样连底带账一接就是5万左右的样子。押在2门的人很多，其他玩家都认为会走回去。2上面也有人想连底带账的都要了，我也就没客气，选择输那个2，让他们来接我，然后我再抬高赌注，这样互相一直杠到了8万。后来押2的不加了，我自然也不可以继续加了。

别人抢盒子的时候谁也没抢过我，我心里那个美啊，合计这一把拿了个大的。我把盒子打开，把棍子攥手里摸。天啊，宝棍竟然有刻痕。4是光秃秃的棍。不应该有刻痕。我摸出来了，是个2。

我输了？我使劲把棍子拍在桌子上看，确实是个2。8万元一根毛都没剩下，一下都输了（因为我为了让押2的加注又下了3万块钱），我还没回过味儿来，钱被看账的人一把划拉走了，都不跟我姓了。我趁抬头的机会看了杨老二一眼，他脸上一点表情也没有。这小子骗我？故意告诉我假消息？还好押2上的没继续抬，继续抬的话我肯定还会加。

杨老二不可能骗我啊，他要害我能得到什么？三个外地人，底细都被我弄清楚了，就不怕我都给抖落出来？那样的后果是很严重的，他们也应该知道的。合计归合计，事实摆在那里，我怎么也想不通，不行，我得找个机会问问。不能再玩了，我从人群里挤出来，到外边的沙发上抽烟。大家为我这把没有要中而惋惜，都说人家不可能顺着1、2、3、4这么走下去，我也懒得去和别人讨论。

过了一会儿，杨老二也挤了出来。在外面看了一下热闹就转身走了，走的时候看都没看我一眼。

坐了一会儿，杨老二来电话了，电话里他说："老三，你听着别回答。我在楼上，出了点状况，你来一下。"我"哦"一声表示知道了。我找个机会出了房间，看没人在我后面就上楼。

进了房间，他们三个人都在，向我解释为什么会出现混乱。那把我在3上输了5000元的时候，他们两个人在房间里并不知道我输了，还以为那把我俩演戏赢到钱了呢。那把探测到是4（最后开出2）的时候，一探测到是4的时候，他们就立刻传递给了杨老二，杨老二马上传递给了我。因为押宝都是抢着押钱，有的时候明明看好了那一门能出，但是钱都被人瓜分了，所以传递得不及时也不行。就在我跟人互相抬杠演戏的时候，房间里两个人中一个人眼尖，发现了问题，但是已经晚了。因为我们之间的联络方式只有杨老二的脚后跟来感觉，而且信号简单，弹几下就是几。他们没招，马上就乱弹一气，期望杨老二能发觉里面出问题了。但是那个时候我的心思都在局上，没有去看杨老二，而杨老二也不知道为什么他们要乱弹。还没想明白是怎么回事，我钱已经输出去了。但是杨老二不能有任何的反应，只能看着我把钱输了，他是不能来阻止我的。

问题出在宝盒里，他们在监视器上看到了宝盒里有两根棍！杨老二手里的探头是活动的，把账拿宝盒的人也是活动的，所以杨老二得找准，得对准了宝盒。杨老二知道棍子在宝盒没打开的状态下装在什么位置，所以他的角度找得很好。房间里两个人也都睁大眼睛使劲盯着，一个报出数后，马上觉得不对劲，因为他不单只看到了宝盒里那个整个图像的棍是4，他还看到另外一根棍也在里面，就是那个2。也就是说，送出来的宝盒里装了两根棍！

## 15〉宝盒机关多

当时我听了觉得很奇怪，装两根棍送出来？怎么可能？开的时候只看到一个2，并没有那个4啊。大家押完了钱就抢着开盒，那么打开宝盒的时候另一根棍跑哪里去了？这里面有门道。

我们几个合计了一番，一致认定得去弄清楚盒子里的机关。我和杨老二研究了一下，决定让杨老二在宝盒出来以后，拿探头全面探测宝盒，这样我们才能看全里面的内容（之前只是探测放棍子的地方）。于是杨老二一个人下楼，我就在房间里等着。

过了一会儿，这边就接收到了信息。我仔细看了半天，也没有两根棍在里面。杨老二的那两个朋友赌咒发愿说确实是看到了两根。我们三个人又看了好长时间，依然不得要领。是不是换了庄家？我也下了楼，进去一看，押宝局还那么火爆，果然是换了庄家。杨老二挤在桌子边上两千三千地乱丢着。听着大家的议论才知道，刚才坐庄的那个小子赢了30多万走了，散家都是输家。大家纷纷议论刚才庄家做宝的水平真好，该跑就跑，该蹲就蹲，大家刚觉得摸到点规律，不想人家就拐回去了。我在那里站着，听着这些凯子对刚才那坐庄的人的赞美之词，看着他们羡慕的样子，不禁笑出来。我不光光笑他们，也是在笑我自己，竟然当了把凯子，而且还不知道是怎么当的。就模糊地知道有两根棍同时出来，打开的时候少了一根。等想再研究，人家拿钱走了。

当天就研究这个事情，也打听到了那个坐庄的小子是组织赌局哥们的朋友，姓邵。以前来过，偶尔也玩玩，输赢不大。有段时间没有来了，这次来了就赢了。后来我又和杨老二他们反复试验了几次，再没出现这样的情况，看来只有那个小子坐庄才玩这个。于是我们商议那小子不坐庄的时候我们继续搞，等他来了坐庄，我们再研究看是怎么回事。不在他坐庄的时候搞事，看明白再说。反正这个局上不缺凯子。

第二天一早，那小子和帮他看账的就到了，看样子是头天赢了，得到了甜头，大有再继续大杀四方的意思。他们一直在等着抢个庄去坐，但是想坐庄的人实在太多了，一直快到中午，他才抢到了庄。和所有坐庄的人一样，姓邵的小子在把账的人身后用床单把自己蒙起来。在床单里面做宝，然后把账的接过来以后唱账给他听。机不可失，我立刻按照和杨老二的约定，一个人上了楼，由杨老二负责用探头探。到了楼上，那两个哥们正聚精会神地盯着显示器看呢。我也赶紧凑了过去。那个东西屏幕上显示得不是很清楚，只能是根据大致的轮廓去判断，所以看久了眼睛很累。接收过来的信号得使劲去看，因为宝盒动来动去的，很少有静止的时候。杨老二的探头也跟着动，才能保持在一个角度。杨老二还得随时装出一副要押钱的架势，才能站在桌子边上。而桌子边上人太多了，杨老二经常被挤得失去角度，不过他始终努力保持相对不错的角度。

几把过去，我就看明白了。每次庄家从被单里递出来的时候，盒子里面确实是两根棍子，在盒子里是呈相对排列。里面两根棍子随着看账人不同的行动步骤变换方位。我不明白的是，那个把账的小子如何做到让里面的棍子动起来啊？明明看里面就是两根棍子，但是送出去开了以后，被拿出来一根，另一根藏在什么地方呢？就那么大点一个小盒，怎么能一下就变没了？我对这个盒子不由得好奇起来，可能是职业病吧，每当遇到新的千术和出千道具，只要有点意思，我一定要研究清楚。现在想来，我要是把研究赌博的心思放在正经事上，说不定真能做成点啥大事业呢。

大概过了一个多小时，宝盒里变成了一根棍子，估计是换了庄家。

过了一会儿杨老二就过来了，一问，果然换了庄家。我们又凑一起穷研究半天，都觉得那个盒子里有机关。根据我们的推测，操纵机关的应该是那个把账的小子，应该是他在递盒子的工夫将两根棍子交换了方位。这样说来，把账的每次都知道里面分别是几，然后根据桌子上下注的情况来权衡应该出两根棍中的哪一根。虽然他们这样搞事，但是不影响我们去搞。按照我的意思，尽量不和他们撞车，各玩各的。他们坐庄我们就象征性地溜几下，他们不坐庄我们就去拿货。虽然话是这样说，但是也要监视的那两个人每次在他们坐庄的时候报出里面两个都是几，好研究这个姓邵的小子坐庄的时候我们之间的暗号应该如何来传递。毕竟有的时候钱押起来很多，虽然别人互相杠的时候没有多少东西可以捡漏，但是如果有一家带底账杠别人钱，别人不和他杠，我还是可以去拿一下的。还有我特别想研究明白，他们是如何传递信息的。

等我下去的时候，那个姓邵的还没走，在边上押钱。听大家议论他又赢了 10 多万，后来被别人把庄抢了去，看样子因为赢得少他有点不甘心。他在场并不影响我和杨老二继续搞点小动作，我满心期待这个姓邵的小子再次坐庄，我好研究研究他们到底咋回事。我还有一些细节没搞清楚，还没搞明白那根棍是如何变没有的。

趁个空闲我们四个人又在楼上的房间里瞎研究了半天，最后商议：如果那小子再次坐庄，他们将探测的重点放在变了还是没变，什么时候变的，这样我好观察棍子变化的一瞬到底发生了什么。在他们坐庄的时候暂时先不管里面是几和几了，只管告诉杨老二里面的棍子交换位置的情况。我呢，就负责盯着那个把账的小子，看他做了什么小动作，怎么把小棍变没的。我们四个除了拿钱，最有兴趣的就是那个宝盒的机关了。

到了下午，姓邵的果然又抢到了庄，我和杨老二一看他坐庄，也来了精神。于是我们就按照事先说好的，由杨老二来告诉我里面的棍是否变动了。我呢，因为不押大钱，基本都在观望，所以也没有开盒子的机会。但是我也观察出了他递盒子时候一些细微的手上动作。杨老二告诉我变的时候，他手上有个抻和扭的小动作。动作很小，需要格外留意才能看到，我认定那是他出千的动作，也就是让里面两根棍调换位置的动作。我只能去猜测，具体是不是，我并不十分确定。

我一直站在最前边，拿着钱盯宝盒却不下注，让那个把账的小子很不爽，那家伙也是没事找抽的家伙，就因为他过来招惹我，结果酿成大祸。当时，我正观察呢，他过来就推了我一把，嘴里还不干不净地说："不押离远点，别占茅坑不拉屎。"我有点不满，看了他一眼。他还挺冲的，问我："你他妈瞪个球眼，玩就押钱，不押别挡害。"我一看那小子是个浑人，当时没有发作，只好低着头出来。我打不过他，也没想和他打，但是他的不客气激起了我的好胜心。出千还这么嚣张？不搞你一下，你还拿我当凯子。当时的想法很冲动，现在想起有人说过的话：冲动是魔鬼。这句话一点也没错。

那会儿，我已经大致看出宝盒里的古怪了。那个宝盒学名通宝，外观和咱们平时玩的普通宝盒一模一样。为什么叫通宝呢？因为盒子里有机关，一个隐藏的转动仓，可以一次分别把两个棍放进两个仓内，然后可以根据场上各门押钱的大小来确定出哪根棍子来比较合适。当然了，这个只是最早赌局发起人和他的几个朋友知道。只有他们几个人做宝的时候才这样做，一次出两个号的棍子，然后再根据钱是如何押的来决定出哪个。而其他人不知道那是通宝，还以为那就是一个普通的宝盒。操作这个东西需要技巧，有一定要领，没用过的人，就是丢给他，鼓捣半天也研究不明白。在赌局上，操作者将宝盒拿在手里，可以单手操作，动作要领是必须先上下使劲压住盒盖，然后轻轻抻一下。抻的时候要搞清楚自己是啥角度，对准角度抻一下，转动机关，宝棍的位置便发生了变化。送的时候再故意装作账没报利索，假装还不能马上交出宝盒的样子，乘机使劲晃动，这样一来，里面就翻转定型，另一根宝棍跳回暗仓中，拿到宝盒的人就只能看到其中一个。那东西做工巧妙，开了盒子你也不会发现有暗仓。

现在还出现了遥控通宝，不再需要人工操作，做得更好更巧妙，只要外围的人遥控就可以了。还是那句话，赌局上眼见未必是实，别以为你玩的押宝是一个合理的东西。

押宝算得上是最原始的赌博方式了。因为很多人一直都认为押宝最能体现人与人之间的脑力比拼，而且规则容易掌握，所以一直很受广大赌徒的欢迎。押宝局上也出现层出不穷的作弊手法和作弊工具。除了药水探测、透视探测、占空门、传暗号等种种方法，我还见过用最原始的苞米骨做成双宝的（我们对一次盒子里能装两根宝棍的都这样叫），就是把玉米粒去掉以后，把里面的心都掏出来，然后用它来装棍子让大家猜。但是有能工巧匠，就把这个玉米骨用锯条给锯开，然后进行再加工，在里面根部的位置装一个小小的错动仓，把机关暗门设置在根部的位置，然后把锯开的苞米骨合拢，用强力胶水粘好了，外面再稍微装饰一下，拿在手里仔细端详，根本看不出这个苞米骨是被人改良过的。这个东西更容易操作，它的错动仓是并齐排列的，坐庄的人准备 8 根棍子，也就是两套 1、2、3、4，分 A 套和 B 套。提前将 A 套四根中的一根装进错动仓下边，然后利用其余的三根棍子，每次装一根出去。要是大家押中了，把账的人在桌子上轻轻磕一下玉米骨的根部特定的地方，里面的错动仓就会立刻交换方位，变成散家没押中的那根棍。准备 B 套，是为了防止万一临时有人抢着坐庄，庄家手里只有三根棍子容易引起别人的怀疑（因为有一根总在玉米骨的下边转动仓里呢）。等真的有人看你坐庄赢钱了，临时来抢庄坐，就要拿 B 套给人家。当然了，玉米骨里还有一根。不知道的人就当它不存在了，做鬼的人也不用担心，不掌握窍门的人是不会触动转动仓的。

由于有了这些出千方式，让一个真正比拼脑力的赌博方式彻底变了味道，成为各种老千做局骗人的工具。这可能是当初发明押宝的祖师爷做梦都想不到的吧。

## 16〉人争一口气，佛争一炷香

我顶看不顺那把账的小子，更何况我自认是一个高段的老千，被人当作凯子，这口气怎么也咽不下去。有了这个想法，我就去找杨老二他们合计。我的意思是让他们给我报出的是几，我把那8万元给拿回来。他们都反对我这样做，认为8万块从别的凯子那里很容易拿到，犯不上跟这伙人过不去。但是我犯了牛脾气，执意要把钱拿回来。最后他们只好对我妥协，于是我又站到了赌桌前。

那个把账的小子看我又挤到最前面，态度很不友好，我还真不知道哪里得罪他了。他看了我一眼，白眼仁多，黑眼仁少，倒是没说啥，因为他得报账给那个藏在被单下边的人听，顾不上。我估摸着，那个姓邵的紧贴在他背后，通过捅的方式让把账的人知道里面分别是几和几。然后把账的根据桌子上押钱的形势来决定应该出那一根。或者赢，或者适当输点，谁也不敢把把赢。我想：你不是出两门吗？那好，我两门都要，其他两门输。玩过押宝的人都知道，这样押钱（要两门输两门）的胜算虽然是一半一半，但是押宝局的水钱打得太狠了，一般只有输急了的人才会这样做。我也没想去拆穿他们，同时，我也不想把他们搞惊了，我只是想拿回我的8万元而已。

可是那看账的小子确实太惹人烦了，所以之后的事情超出我的控制，到现在我还后悔，不该去拿那8万元。在赌局上，我很少因为斗气而出千，那次，我就是为争一口气。杨老二也找好了自己的位置，第一把，通过杨老二的提示，我知道里面出的是1和3。我也没客气，1、3杠上，底账全要。由于我自己占了两门，底账上不了多少钱，连底带账一共不到3万的样子。虽然有点瘦，但是有毛的总不是秃子。我本意是拿8万就走人，多了一分钱也不想拿，合计着拿几把就够了。第二把杨老二又通过暗语告诉我盒子里装的是2和3。我又没客气，直接2、3给杠了上去，当然也赢了，但是也没拿到多少钱。第三把是1、2一起出来的，我为了不那么明显，选择了保本。这样押了几把，那个把账的小子并没有看出我已经知道了盒子里的内容。

他还是一脸不耐烦，对我说："你总押杠子钱，还让不让大家玩了？你要是觉得不过瘾，咱俩去单把杠玩（单把杠就是两家单独玩，不允许别的玩家参与，每次散家庄家必须押两门输两门）。"别的玩家一听，马上作出反应，不满地说："杠子钱又不是不让押，你有本事把宝做得滑一些，他杠几把不中就得发蒙，你坐庄还怕人家押你大杠啊？"那小子辩解说："这不是想叫大家一起玩嘛，他这样总去杠，大家都插不上手了。"就在吵吵嚷嚷说话的工夫，庄家把宝盒递了出来。大家马上转换话题，猜测里面会是几。我连着押着杠钱，把其他散家的思路和庄家的思路都给搞乱了。押宝这个东西就这样，有人在杠子上要了底钱带账，庄家一般都会改变出宝的思路，专门对付押杠子钱的人。

但是这些凯子不知道里面是两根棍子一起出来的，所以他们都在为了庄家是跑了（数字与上把不同）还是蹲了（数字与上把相同）争论不休。有的凯子自己乱了头绪选择观望，看我拿着钱没有下注，就问我："你怎么不杠了？庄家这一宝是做你的。"我说："我还真想继续杠他，但是大家一起玩有意思，我就不杠了。"听了这个话，那个把账的小子又不乐意了，把手里的宝盒伸到我面前，挑衅似的说："来，你不是能杠吗？继续杠来，我还不信做不住你了。"

我知道里面是几和几，本来我想看几局再押钱，或者溜溜局。但是那个把账小子逼赌的样子，让我心里很不爽。我没搭话，大伙纷纷赞扬我总能猜到庄家出什么，一杠一个准。那个把账的小子看上去不服气，叼根烟斜着眼睛看着我，意思让我再杠一个看看，大声说："你再给我杠一个，老子看你这把还能杠准不。"我看着他，他也看着我，宝盒里面是1和4，我不想把他们给整惊了，所以在2、3挂角杠了一下，想输一把给他们。毕竟我怕暴露自己知道里面是两根棍子的事情。虽然他们出千，我可不想轻易去结仇，何况他们还都是本地人呢。再说了，也给对方一个台阶下，与人方便，自己方便嘛。反正他们的存在也不妨碍我在这个局上拿钱。

盒子没开，那个小子知道我没押中。换一个会来事的，开宝说两句客套话，事情也就过去了，可恨的是那小子嘴里不饶人，冷笑着说："我就不信了，你小子还能把把都押得中？赢了几把就得瑟上天了，你要没个卵子拽着你还能上天啊？"边说着话边要把盒子给我。我本来是准备输这一把的，但是一听这句话也恼了。泥人还有三分土性呢，我心里想，你他妈出千还这么嚣张，当真把老子当傻子耍，不给你点颜色，你也不知道天有多高地有多厚！我就把手收了回来，不去接他的盒子。这一把场上就我自己押了钱，所以别人也没权去开那个盒子，我不接，他也不能递给别人，就死活要塞给我，使劲往我手上推。人争一口气，佛争一炷香。就冲他这句话，我也不能去接。我把押在2、3上的钱给收了回来（在外面散家没有接盒子之前，是可以撤销押注或者改押其他门的）。我把钱拿在手里，冷冷地说："是吗？就冲你这句话我怎么也得搬一下。"说完，我把手里的钱直接在1、4上挂角。虽然他们是本地的，但是我也不惧怕他们，我当时还想着：是不是找人揍他一顿，让他从这个局上滚蛋。不过当时我绝对不想去揭他们的老底。

我使劲把盒子给拽了过来，把账那个小子大声说："2、3的杠子钱搬了，搬到了1、4大杠。"边唱着账边很不情愿地把盒子松了手。我把盒子打开，里面是个4。我故意用力把棍子在盒子边缘拉了一下（开盒的人都这样，在盒子边缘用力拉一下再把棍子拿出来，就表示自己押中了。因为那个时候棍子在开盒子人的手里攥着，别的玩家并不知道是几。只能通过开盒子人的动作去猜测。一般押中了都这样拉一下，也有没押中也乱拉去吓唬人的）。拉完后我就把4棍放在桌子上，也没和那小子客气，直接把他面前的钱划拉到自己的手里。问他："你们还续底钱不？续的话我继续杠你们。"这个时候把账那小子和庄家应该是有所察觉，隐隐感觉到了我破了他们的局，但是他们也只是怀疑，不是十分的肯定。所以他们也想试探我一下，或者是想找回一点面子？庄家在被单里说："续底钱，再做一庄，我还不信做不动了。"

庄家在被单里搞了好久，才把盒子递了出来。把账那小子吆喝着："宝来盒来。”好像在为自己打气。这个时候杨老二递给我一个在日常局上很少用的暗号。这个暗号是说里面是空的，啥东西也没有。一般押宝局，允许庄家在连续失利的情况下，出个空盒子出来探探大家是如何押钱的。盒子出来了把账的就示意我押钱。我也不能不装装样子，要是不押的话，那就太明显了。我把钱继续放在1、4的杠上说：“这把你还没跑，我抓一下。”接着半开玩笑半认真地说：“这把杠不中，就坚决不押杠钱了，把大家的兴致都搞没了，有点不好意思了都。”其实说这话是给自己台阶下，也是给对方一个台阶下。虽然我不惧他们，但是我也不想把局给搞黄了，也没想要和他们起任何的冲突。事情闹大了我也没法再拿钱了。

最后这一杠我损失不了什么，对方也不损失，空盒子嘛。戏要演完，押完钱开盒子，开出个空盒子来。大家一片感慨，有的人说：“遇到押杠子，宝不好做了，大杠押得太好了，早应该出个空盒子来看看了。”也有的说：“庄家真是个伶俐的人，这样出个空盒子下一把我也得发蒙。”我也趁机说：“下一把还真不好押了，正好我把前些日子输给他的8万元抓回来了，够本了，你们玩吧，我不杠了。一会儿还要出去办点事呢。”

我理了理手里赢来的钱，准备收手撤下来。我的目的达到了，原先输给他的8万元也赢回来了，更重要的是我的面子也找回来了。那小子出空盒很明显有点知道，有点惧怕我了。我的心思已经不在局上，甚至开始合计一会儿该去哪里消磨时间。一会儿去和杨老二他们把钱分了，洗个桑拿，然后再美美地睡一觉，等这个小子不在的时候再来搞其他的凯子。

就这个工夫，庄家下一把的盒子又递了出来。大家闹哄哄地押着钱，都知道我不去单把杠了，等了半天的散家凯子们急不可耐地下着注，一时间桌上横七竖八摆满了钱。把账那个小子也卖力吆喝起来，局面又火爆起来。虽然我表示我不玩了，但是杨老二还是尽职地报给我盒子里是几。看他的肢体语言，这把盒子里面出的是一根棍子，只是个3。我使劲舔了一下嘴唇，意思是：没看清楚，让杨老二再报一下。杨老二又报了一次，确认了一下，确实是出来一根棍子，是个3。看样子庄家惊到了，知道了我看穿了他们的猫腻，没有一下装两个出来。嗯，庄家这个小子挺懂事的，也挺会玩的。我心里琢磨着。

把账的小子看我要走。顺口说了句："大哥，赢钱了不甩点喜钱给哥们啊？看兄弟我唱账，没功劳也有苦劳啊。"人家张了一顿嘴，我还赢了钱，确实应该给他甩点红。于是我就拿出2000，做出一个押钱的动作，扔在4上输那个3。我也只是做做样子，就这样比划着虚押一下，其实只是做给这个小子看的，别的凯子是不会明白的。我想让这个小子明白，我老三啥都知道，别把我当凯子。钱押上去我故意说："这把赢了都是你的，权当是给你押的钱。"他看我输那个3，也笑了，故意说："希望大哥你能赢，这样就是4000的喜钱呢。"我说："万一我输了，可再没零头给你甩红了。"他说："大哥，真的希望你赢了这一把。"我看人家也有认栽的意思，也不好太过分，就把这2000元拿起来，直接丢给了把账的这个小子，说："我不押了，万一我输了，我还得掏。"他接了过去，很客气地和我说："谢谢大哥。"

他当然知道我为什么比划着去输那个3。明白人之间说话不用太透，互相就会懂了。我暗自得意着，看那小子前倨后恭的样子，心里特别受用，我让他明白我不是凯子，还不去捅破他，还把钱拿走，还叫他服我，我老三太厉害了。走出房间的时候，脚踩在地毯上，我甚至有点飘飘然的感觉。

## 17〉欺人太甚

到了楼上的房间，我们几个分了钱，决定暂时停工，休息一下，出去散散心。说了一会儿话，我又去了楼下的赌局晃了一下，看他们玩。这个时候，姓邵那小子也不坐庄了，也站在那里看热闹。我进去的时候，还互相点了点头，算是打了招呼。一会儿，他俩就走了。我当时也没有去在意，稍微看了一会儿，也摇摇晃晃地出了酒店。

出了酒店，阳光特别好，一阵风吹来，我有些发闷的头脑清爽很多，这才发现酒店房间里空气真是太差了。我站在路边，呆呆看着街上车来车往，心里空落落的。点了一支烟，我想开车兜兜风。车放在和酒店隔了一条街的居民楼下，我慢慢悠悠地向那居民楼走去。可能那几天战斗得太累了，我整个人散散的，有人从后面跑过来也没察觉到。走过马路，我远远看到自己的车，打开手包翻找车钥匙。这时身后的人越跑越近，我还是没在意，专心找着钥匙。

脚步声在我身边停住了，我转头看了一眼，五个年轻小子，就站在我身后，一个个不怀好意地看着我。我第一感觉就是：不好，快跑。已经来不及了。还没等我做出要跑的架势，人家已经动手了。他们每个人手里拿着一根甩棍，没头没脸地往我身上招呼。开始我还能躲几下或者挡几下，后来就被人家打倒在地了。干脆用双手死死地抱着脑袋，心想你们看着打吧，反正我是没还手之力了。也不知道多久，可能是他们打累了，也可能只是想教训教训我，觉得目的达到了，便停手了。其中一个恶狠狠丢下一句话说："小子，以后离这个赌局远点，否则见一次我就打一次。"然后扬长而去。

躺在地上好一阵子，我才回过味儿来。那几个小子早就走远了。偶尔有几个路人经过，看我一身狼狈，匆匆就走了，还有几个远远地站着看我。我爬起来简单检查了一下自己，好像哪里都没有被打坏，只是浑身很疼。衣服在地上滚得很脏，还有几个大鞋印在夹克上，大喇喇地仿佛是在嘲笑我。我坐着发了会儿呆，才站起来艰难地走到车前。还好包还在，找出钥匙开了车离开了。

我漫无目的地开着车乱跑一阵，找到个安静的地方停下，点了支烟，理理思路，看来应该是刚才坐庄姓邵的家伙和把账那个小子找人来教训我的。大概是觉得我挡了他们财路了。我狠狠吸口烟，用力将剩下的半支甩到车窗外，他妈的，出千还这么张狂，还搞在我头上，看来有点有恃无恐了。

回想一下，我自觉做得并不过分，我甚至都没有去揭穿他们。我心说你们也太凶了吧，欺人太甚了，不能就这么认了。我合计着说什么也得找回来，要不这口气我实在咽不下。我挂了个电话给三元和小艾，把他俩约了出来。小艾跟三元一样，也是有名的混子，打起架来不要命的。

见了面，他俩看到我灰头土脸的样子很是吃惊。听我说完事情缘由，立刻就想去赌局上拿人。我拉住他俩，让他俩先别着急去。我等他俩的时候已经想过了，那几个小子被他俩拿了顶多也就是揍一顿，最多要点钱。我的想法更为恶毒一些，让他们无法在那个赌局继续混。我的计划是要找机会拆穿他们，让那些输得没法翻身的赌徒去对付他们，赌输的人是很可怕的，有那几个小子好瞧。那时，根本不用三元和小艾动手，那些人就能把他们吃了。我找他俩来只是为我自己壮胆，陪着我回酒店。我自己回去，还真有点打怵。

和他俩合计一番，商量好行动计划，又给杨老二挂了个电话，告诉杨老二发生的事情，让杨老二在赌局上盯着。那两个小子只要一出现，就要立刻告诉我，我好去逮他们。杨老二也是个爆炭脾气，挂了电话立刻就去了赌局上去看那两个小子在不在。一会儿，他回电话说那两个小子不在。当天不能对付他们了，只好等了，得等那两个小子坐庄的时候我们再去。

我又给杨老二挂了电话，告诉杨老二说我要去拆穿他们，在那两个小子坐庄的时候，杨老二要继续探测，确定盒子里是不是装了两根棍子。如果是，就立刻告诉我，我好去拆穿他们。杨老二满口应承。要拆穿他们，必须得到杨老二的支持，杨老二如果不探测，我无法确定盒子出来的是一根还是两根。万一是一根，那我就不好去做了。我有点担心他们受了惊会不会继续出千，转念一想，但凡猫吃腥了嘴巴，是不会轻易放弃的。或许他们会以为，我被打跑了，再不敢出现在那个赌局上，所以他们会安心地继续出千。

我不怕他们不来，打一顿警告我，不让再出现在这个赌局上，就说明他们还是想继续捞钱。我拿不准包这个房间开局的人和他们有什么渊源，会不会因为这两个人得罪了什么人。小艾的一番话打消了我最后的顾虑，他说认识那几个小子，还说只要他出现，保管叫那小子老老实实听话。小艾当时满不在乎地说："开局的那小子也就是后出道的小崽子，他要敢唧唧歪歪不听话，连他一起都收拾了。"

三元对这些毫不在意，只问我打我的五个小子的情况，好像去拆穿这个局的事和他没关系一样，他只想狠揍那些打我的家伙。

## 18〉两败俱伤的黑吃黑

第二天我们早早就聚集在一起。小艾带了四个哥们，准备好了家伙，三元也带了几个人来。我们大家分散着来到那酒店附近的一家比萨饼店里坐着吃东西，等杨老二的电话。等待的时间过得很慢，大半天过去，杨老二终于来电话了，告诉我说那小子已经来了，正在等着坐庄的机会。接到消息，我们立刻就进了酒店，只等杨老二告诉我们那两个小子坐上庄了再进去。我早进去了，惊动了他们就不好抓了。最好来个人赃并获，他们不出千可不是我愿意看到的结局。

半个多小时后，杨老二再次挂电话告诉我他们已经坐上庄。这半个小时真是漫长，大家也都有点不耐烦了。一听说他们已经行动了，我们马上就可以开始了，大家都兴奋了起来。我们进房间的时候，局面正火爆。坐庄的藏在被单下面，把账的那小子还在唱账。他们被众多赌徒里三层外三层围在中间，根本没发现我进了房间。

一下进了这么多陌生人，开房间的小子立刻就过来。他一眼就认出小艾，两人凑在一边去说着话。说啥我也顾不得去听了，我的目标是桌子上那个盒子。

那一把庄家的盒子已经开了，大家都在计算自己是输还是赢。依照我的计划，最好的时机应该是盒子放在桌子上的一瞬。这把看来不行了，我还得等等。把账的赔完桌面上的账以后再把盒子递给庄家，由庄家继续做下一盒。当时盒子在桌子上，如果我跑过去抢过来然后砸开，让大家看看里面的机关，就算大家看到里面有暗格，好像也说明不了什么问题，所以我不能贸然去砸那盒子，只能等到杨老二给我信息，告诉我里面是两根棍子一起出，那时动手，那些输红眼的赌徒会给他们好看!

于是我也远远地站着看热闹，尽量不让把账那个小子看到我。那小子的精力全都在账上。我等着他喊："宝来盒来（庄家出宝的时候，把账的都这样喊，意思是大家可以下注了）。"把账那小子计算完桌子上的赌注后，把盒子递给了庄家。庄家在被单下摸索了一会儿就把盒子递了出来。把账的小子把盒子抓在手里，吆喝着让大家押钱。我看着杨老二，他对我点点头，表示这次出来了两根棍子。

我可以行动了。赌徒们押着钱，根本不知道有人在出千，更想不到出千的会是两伙人。由于有人壮胆，我也没客气，使劲扒拉开人堆，挤到了桌子前。我拿出5000元来，选择了一个3押了上去。杨老二已经告诉盒里是1和4，我故意选择了输4。那个把账的小子看到我，有点吃惊，恶狠狠地看了我一眼。但是看我上来押钱，而且没押中，脸色有点缓和。估计在他看来，我是来说和的，故意把钱输给他们。因为我把5000元摆在输的位置上了，他知道我能够看到里面的宝棍开几。他看我手上没有任何动作，脸上甚至还露出了讨好的微笑，便放松了警惕。何况大家钱都押上去了，他是不可以回盒的。

开盒子的时候我没有去抢盒子，只是在一边看着，由于场上的凯子选择输4的比较多，如果庄家出1，那就能赔一些，如果出4，那庄家能赢一些，所以庄家出了个4。我的5000和别的选择输4的凯子的钱被把账那小子一把收了去。4上也有几家押钱的，但是不多，他们正在清点4上面押了多少钱，核对是谁押的时候，开完了的盒子和4棍就放在桌子上。我趁机一把给抓到了手里，紧紧抱住。

那个把账的小子看我把盒子和棍拿在手里，并没在意，还是全神贯注地计算输赢。他叼着烟，那烟上有半截烟灰，含混地说："你要坐庄啊？"我说："我不坐庄啊，不过我咋感觉我押对了3棍，怎么就出来个4棍呢？是不是3棍被你变走了啊？"他看着我，不知道我的话是什么意思。我没管他，接着说："我得看看，这个宝盒我总觉得有点不对劲。"话音未落，把账的小子察觉到我的目的了，停止了算账的动作，直勾勾地瞪着我，十分凶狠。

他忽然"腾"的一下站了起来，好像准备来薅我，然后抢我手里的盒子。我见势不妙，使劲往边上挪了挪，希望离他远一点。但是周围押钱的人实在太多了，我没能逃到安全地段。他一把抓住了我的衣服领子，抬手就给了我一个大嘴巴子，打得我有点发蒙，脸上火辣辣的一阵疼。接着，一双手在抢我手里的盒子。我哪能让他拿走，顾不得疼，使劲护着盒子。

那盒子很小，很难抢到。我边和他争夺边转头四处看小艾和三元在什么地方，这时杨老二出人意料地扑上来，一拳头打在那个小子脸上，那小子可能还没想到有人出头，被打了个趔趄，我乘机逃开。看来杨老二也是个猛人，他离得最近，动手最方便。那小子看到有人对他动手，就从腰里掏出一根甩棍，"唰"的一下拉开成一根棍子。这个时候庄家已经从被单下出来了，赌博的人看到有人打架，都纷纷向后躲闪。

那小子刚把甩棍拉开，三元和几个哥们已经冲过来了，抓头发的抓头发，架胳膊的架胳膊，马上就把那小子和庄家给控制住了。这个是我们提前合计好的事，当时说好无论怎么样先别打人，不着急，要先控制住人，好揭穿这个局。但是有个哥们可能气不顺，猛扇那个把账小子两个嘴巴子，打得啪啪的响，看着真是过瘾。包房间那小子的哥们（负责维持秩序的打手）作出拉架的架势，三元恶狠狠地说："谁要拉架帮忙就全部放躺了。"再看小艾带的几个哥们凶神恶煞一样地把住门口，喝斥道："暂时谁也不准走。"包房间的那个小子急忙过来想做说客或者想调和，他拽着一个架着庄家的小子命令他松开手。小艾喊了他几句，他也没什么反应。小艾火一下子蹿上来，上去薅住他说："我小艾说话不好使是不？别他妈给脸不要脸。"看小艾脸色不对，那小子也确实很怵小艾，连声说："艾哥，你这是干什么？"场面一度很混乱，所有人都在吵，有起哄的，有找自己钱的，也有在说庄家还没赔完钱呢。

三元大声说："你们都闭嘴，这两个小子出千。"三元这一嗓子真管用，所有人都不说话了，房间里立刻变得很安静了。三元顿了顿说："这两个小子出千骗你们钱，马上告诉你们是怎么回事。一会儿大家的钱都不少。"我一看时机到了，就把宝盒子放桌上。大家挤过来好奇地看着，仿佛我要变魔法一样。我把这个空盒子当大家面给盖上，按照之前研究的心得，让里面的转动仓调换了方向，然后让大家打开自己看。有一个输了很多钱的哥们带着疑惑打开盒子，盒子里面还有个 1 棍。大家有的有点明白了，也有的人还是不明白，傻子一样问身边的人究竟是怎么回事。我看三元的哥们手里提着一个三角锥，就要了过来，当着大家的面把宝盒撬开，把里面的转动仓展示给大家看，然后又把两根棍子分别放在两个转动仓里面，又操作了一次。房间里立马炸了窝，愤怒的赌徒争先恐后上来抓那两个小子。三元和他的哥们好不容易才把大家给劝住，那两个小子惊恐地看着发生的一切，想做点什么挽回局面，或者想变成什么东西逃掉，可惜他们动弹不得。

三元也爽快，对众赌徒说："你们的钱就是这样输的，这个小子骗了我哥们 10 多万（其实算起来我在他俩身上没输钱，但是三元想讹几个钱。正好那俩小子手里差不多有这些钱），我们今天就是为这个事情来的。"说着话他把那两个小子身上好个翻，连桌子上的钱都划拉在自己手里，掂量了一下说：

“差不多够赔我们的了，你们谁输了多少钱你们自己找他们要，我就不管了。”说着，他用脚踢了几下那把账的小子说：“我和这个小子还有点事没完，你们谁输钱就找那个（庄家）要。”说完叫人放开庄家，单把把账的小子拉到另一个套间里。

坐庄那小子一直在辩解什么，小艾的一个哥们不知道咋也犯了毛病，冲过来卡住他的脖子就是一顿暴打。输钱的那些人一看有人先动手了，也不由分说，先打了解解气再说。场面又乱了，我也管不了那么多了。我跟三元去了另一个房间，小艾和那个包房间的小子也在这边说着什么。把账的小子被人薅着头发动弹不了，小艾看到人被架过来了，就走到那小子身边，斜着眼看着他说：“你怎么这么能呢?”说话的工夫用大拇指指着自己说：“你知道我是谁不?”那小子讨好地说：“我知道，是艾哥。”小艾没吃这套，大声骂道：“我是你爹!”接着又是一顿老拳。那个小子的脸很快就被他打封了，三元拉住小艾，不让他打了。经过三元的逼问，那小子承认是他找人来教训我的。还交代了那几个小子是火车站前一家歌房里做事的。

三元让他带大家去找他们。三元去厕所找毛巾给那小子揩揩脸上的血，收拾利索了，我们一伙就集体从酒店撤出来，奔那家歌房去了。走之前我还到另一个房间看了一眼，大家似乎已经平静下来，都很文明地计算自己输了多少钱，让那个小子筹钱赔偿。那庄家辩解自己拿不出那么多，也说谁谁在他身上没输过多少钱，数额不对啥的。还说自己赢的一共大概有多少，和大家说的数字碰不上。看他们争论得面红耳赤的，后来具体咋搞的，我也没打听。

到了那家歌房，只找到三个小子，另外两个没找到。他们在歌房里好一顿打，音响、包间门都被砸坏了很多，满地都是玻璃渣子。三元他们出手又快又猛，不一会儿工夫，那三个小子和几个出面的都被打得不能动弹，像死猪一样躺在地上，满地都是血。因为那歌房有很多啤酒瓶子，他们打人都操起啤酒瓶子对着人家脑袋上猛招呼，甚至人家都躺地上不动了也不罢休，还要上去对准脑袋砸几酒瓶子，再踢几脚。担心有人报警，我急忙拉三元、小艾收手撤了出来。事后想想那家老板也挺倒霉的，起码砸坏了四个大屏幕电视，还有音响设备。那个把账的小子也被大家放躺在歌房里，屁股上被人捅了两刀，估计好几天不能坐。

我也算见过很多世面了，见过很多暴力血腥的场面。不过看那三个小子被人打得满地爬，最后像死人一样躺在那里，感觉特别激动，身子不由自主地抖着，看来我身上也有嗜血的一面。平日里，我看见高一点壮一点的家伙自己先怯了，从来不敢主动挑事，生怕别人多看我一眼。在赌桌上我只能背地里出千弄钱，从来不敢扮赌圣啥的吓唬别人。有了钱，也不能告诉别人是怎么来的，也不敢光明正大地跟别人交流挣钱的方法。所以，当我头一回这样真刀真枪快意恩仇，感觉真他妈好。当时，我一点也没预料到，这种美妙的感觉之后，很快就是让我内疚很久的大麻烦。

当天我们得胜而回，几个人得意洋洋地跑到一个地方去开庆功宴。吃饭的时候我把杨老二给大家介绍了一下。三元把讹来的钱给大家分了一下，当是辛苦费。杨老二也高兴得不得了，掏钱给大家一个人找了一个漂亮小姐，说是犒劳大家。然后小艾和三元都把自己的哥们给打发走了。看着他们每人挎个妹妹心满意足地离开，我们几个人在一起好个笑。

吃完饭后，我们四个人又找个地方去喝茶。本来以为这事儿就此了结，没想到没过多久三元出事了。一次，三元去一家饭店吃饭，恰好遇到了那个把账的小子，不知道怎么就又打了起来。对方人多，三元就两个人，三元用一个打掉了瓶子底的啤酒瓶子插进了那个把账小子的后腰里去了，捅得很厉害，当时那小子就躺在血泊中。三元也吓得不轻，赶紧跑了。那小子进了医院，抢救了很长时间才救过来。后来三元被抓了，我和几个哥们好一顿活动，才没让这个案子到检察院。三元被判了两年教养，在里面待了一年半左右才出来。为了这个事我亏欠他挺多的，这也是为什么有很长一段时间只有小海陪我到处去赶局的原因。

为了拿这 8 万元，搞出这么一连串的事情，确实不是我所能预料到的。光赔偿就赔了 10 万多，还有住院费、医疗费、误工费、营养费，七七八八，反贴进去一大笔。

# 19〉成了赌场“技术总监”

这个押宝局被我们这样一搞，基本算是黄了。杨老二千里迢迢跑来就是为了赶这个局，有这个局在，他每天都有不少钱拿。现在局黄了，可是杨老二却非常高兴。看得我满头雾水，我就不明白：财路断了，杨老二咋还这么高兴。原来杨老二野心更大，他这么大老远来，可不仅仅是为抓几个凯子，他是为职业老千来的，恰好遇到了我。有人可能认为凡是老千，只要赌就能出千。其实不是这样的。赌博名目繁多，加上高科技层出不穷，所以现在老千大都专攻一种或者几种赌博游戏的千术，有的甚至只会一种出千的方式。千万别小看这一种，那也能让凯子输得裤衩都没了。像我这样对千术本身有浓厚兴趣、遇到新千术总有很高的研究热情的，可以说是凤毛麟角，也因此，我对每种千术都懂一点，虽然说不上精通，但能看出里面的门道。这样也就够了。我见过很多老千都这样，只精一种，但是遇到别的赌博游戏，他要是上去玩也是个凯子。不过老千就是当凯子也不会陷进去，因为老千都知道啥时候应该收手。比如，很多人会打麻将出千，但是你让他玩扑克，你要是搞鬼要他，他很可能也是个凯子。比如电视上那个老郑（反正已经得罪了，也不少这一回了），他对赌博游戏算是涉猎很多了，但是如果把他放到押宝局上，他也是一个凯子。或者我自己小小吹嘘一下，我和他推牌九，他要是不服敢玩，他的钱就都是我的了。德子（我在一个牌九桌上认识的一个老千哥们）也算一个接触面很广的老千了，但是我和他去数玉米玩，他的钱也是我的。同样，有人要是拿一种我没接触过的赌博方式来千我，我可能也照样是个凯子。就杨老二来说，他主要利用高科技出千，离开高科技，也是凯子一个。

一个老千在赌桌上，是很容易被懂行的人发现的。即使不知道他是如何出千的，也可以看出他是老千。道理很简单，一般赌徒赌钱时眼睛看着钱，看着点数。老千在桌子上是看人，看人家精明不精明，看人家是否注意他。

就像小偷一样，走路或坐车，不看路，总去看人家的包或者口袋，一个道理。杨老二虽然只是个摆弄高科技的老千，但是他接触赌博多年，很多东西都接触过，他在那个押宝局上看我的表现就知道我是个地地道道的老千。

现实生活中，一般老千之间是很和平的，大家混得都不容易，能放一手就放一手，互相之间还是很讲究的，像押宝局上那俩小子那么霸道的属于不懂世故的。而我这样轻易把老千们吃饭的手段揭露了的人，应该算是千门中的叛徒或败类吧。

我在赌局上最风光的那几年，也算千门中难得一见的人才了。所以，杨老二见到我后，认为找到了帮他开赌场的最合适的“技术顾问”。押宝局打人事件过后，我就和杨老二成了朋友。一个外地人能在我被人打的时候冲上来帮忙，这样的哥们谁也不会嫌多的。和他厮混了一段时间后，他便极力撺掇我和他去宁波玩，说那里有几个局，我就跟着他去了。赶了几个小局，抓了几个凯子，故事千篇一律，无非做戏骗钱。在宁波，还认识了他两个兄弟：杨老大和杨老三。这三兄弟很殷勤，东道做得没话说，没事就天天拉着我到处去玩。这哥三个在当地很有些名气。就是和他们成天混在一起的日子里，他们总和我提要开一家赌场，我开始有些犹豫，担心赌场被警察扫掉时自己受连累，熟了以后，我看到了他们的实力，便答应了。

杨老二执意拉我入伙很有深意，其实以他们的实力和势力，在当地开个赌场是很轻松的事。不过，杨老二可不想开那种一切靠输赢几率、靠收取服务费用运转的赌场，他想控制所有赌客的输赢，所以才来找我参与。

一旦决定了，事情就好办多了，我们四个人各自负责一摊子业务。杨老大是那种处理事情比较稳妥的人，他负责找场地，打点各方面的关系，统筹安排赌场的事务。杨老三是那种带点鬼机灵的人，他负责找人来玩，相当于业务部门的主管吧。杨老二对高科技赌博工具比较熟悉，他主要负责采购、定做各种赌博用品，相当于内勤总管。我负责培训赌场的工作人员，从荷官到赔码，要让他们在短期内成为合格的赌场工作人员，同时还要协助杨老二置办赌博用品，相当于技术总监。

这哥仨发动所有的关系，大家干劲十足，前期的筹备工作进行得相当顺利。按照我们事先研究好的，杨老大在城乡结合部找了一个废旧的室内篮球训练场，场地大概有400多平方米，也可能是以前部队留下来的电影院，总之，地方很宽敞。房子有点旧了，两边的窗户玻璃早就被小孩拿石头都给打碎了，就连窗上的木头也被别人拽去生火了。在这里开赌场，不必像澳门的赌场一样，装修得金碧辉煌的，谁知道能用几天呢？于是，商议了一下，采取最省钱实用的方案，稍微修葺了屋顶和墙壁，把窗户全部用砖头垒死，里面安装了一些大灯，就可以用了。反正也不是开宾馆，这样的地方开赌场最合适不过了。

他们不知道通过什么渠道找了一些年轻人让我挑选。听他们说话，估计都是自己亲戚家的，私下都是叔叔伯父的叫。我就像现在大公司人事部门负责招聘的人，他们来应聘，我先看他们的手，觉得手比较好的才留下来。然后就是培训了。赌场开张前，我天天给他们上课，把自己搞得真像个老师似的，着实是过了一次当老师的瘾。只可惜我这个老师没教人好东西，教他们玩扑克；教他们各种赌法的游戏规则；教他们如何打水：怎样快速计算水钱（因为赌客玩起来不会只拿整数去押钱的）。正式上完课，还留作业，让他们没事就成天算数字，比如如何摊筹码什么的。还要开小灶，私下看哪个比较机灵的就单独教。最早看中了一个小伙子，浑身透着机灵，下午没事的时候就单独找到一个地方，教他如何在牌靴里拖牌，如何拖第二张牌，如何快速计算哪张牌补到谁家才对赌场有利，如何看场上局势，避免出现总杀大赔小的事情，等等。我告诫他们，赌场那么做肯定会被人砸。每个赌桌的荷官，我都得单独找时间教他们如何在主持的赌桌上出千。那些日子，干起活来特别认真，就怕有什么重要的东西忘了教给他们。当时，偶尔也会想起自己当年被人选做荷官的日子，想到一晃这么些年过去了，我也熬成培训别人的老人，心里不由感慨万千。

赌场为了吸引客人，准备上很多赌博项目：一个百家乐台子、一个啤酒机（吹球）台子、一个色子（赌大小）台、一个轮盘台、一个番摊（也叫数番），什么二八杠、21点，一应俱全。也进了一些机器：狮子王国、三七机、水果机，杨老二天天找人反复调试。反正一句话：来了让你赢你就能赢，让你输你就得输，除非你不上来玩。

吹球可以控制大小球和特定的蓝红球；赌大小要控色子，要大有大，要小有小，要豹子有豹子。色子是专门去找来的，甚至都不怕人砸开看。色子台有一个小遥控装置，放桌子上然后按动按钮，它可以自己翻身。数番的桌子是特制的遥控桌子，也可以任意控制。轮盘的球心是铁的，可以随心所欲打到某个具体的区域或者某个数字上去。反正所有的项目都很黑，都是和你出千。这样筹备了近一个月时间，方方面面都准备就绪，赌场开业了。

开业那天，我们不敢张灯结彩，不敢放鞭炮，更不敢在媒体上做广告大肆宣传，于是，就赠送进赌场的人筹码，算是开业红利。为了安全，杨氏兄弟甚至放出探子在各个路口盯着。虽然杨老大说各个关节都打点了，但也要这样做。赌场偷偷摸摸开业，必须在安全防范上狠下工夫。就拿卖筹码来说，筹码卖出去，钱要立刻转移，防止鸡飞蛋打。一般都是杨老大先把钱给转移了，等最后大家离开的时候再去拿回来兑换。赌客来赌，也必须先去市内某个地点集合，然后赌场用车拉过来。面包车的玻璃窗都是用黑布遮挡住的，人坐进去完全看不到车窗外面，不管怎么样，先给你转晕了让你分不清楚东南西北。就怕遇上密探、记者啥的。

赌局上闹哄哄的，赌场经营层面的分工特别细致，要多复杂有多复杂：看场子的、放风的、卖筹码的、放贷的、来回安排大家休息的、联络大家来玩的，大家各自为政，各有各的分管部门和领导。看起来好像大家各做各的，但是目标都是一个，就是抓这些凯子腰包里的钱。另外，别看是小小的赌场，里面的关系可以说是盘根错节，光股东就有10来个，我也不知道一下子从哪里冒出来这么多，很多是干股。最早稳定的时候，赌场每个月都要交一些钱给一些地方，拿了赌场的钱，相关人士也就睁一只眼闭一只眼了。赌场开起来以后，杨老大负责放高利贷，杨老二专门组织人维持场子里的秩序。杨老三还是外围，联系人来玩，负责安排大家吃住和用车。我呢，还是技术总监，防止有人出千，提示荷官出千、放水或钓鱼。

一切和当初筹划的一样，特别顺利。开业那天，我站在门口，看着面包车一车一车地来回运送赌客，一种成功的感觉涌上心头。想想大家在一个月里忙忙碌碌，就为开业时的红火。看来过去一个月的辛苦没白费，安排得这么周详，一切看起来都OK了，万事俱备，就等着凯子送钱来就可以了。

但是事情没有十全十美的，开业第一天，百家乐的荷官就出了状况。

## 20〉心理不过关的荷官

开业那天来了好多人，不知道杨老三都在哪里找来的。大家好像都对百家乐挺有兴趣的，纷纷来咨询如何玩，也有会玩的当场就拿钱上来押了。可能第一次真金白银地玩，荷官特别紧张，总出差错，该补牌时，他还得别人去提醒。我在桌子边看着，给他鼓励，让他慢慢来，但是他却一直不在状况，不是忘记了翻提示牌，就是庄赢他去翻闲，再就是敲了铃忘记说“买定离手”，手忙脚乱的，就连基本的主持台面都得边上配码的丫头帮他提醒。就这个状态，能维持下来也就不错了，更不要提出千了。我们在一边干着急没办法，以前啥状况都想到了，就是这个大家都没想到。杨老二怕输钱，急忙找我研究应该怎么办。我安慰他说没事，先看看，让他有个适应的过程。过了将近两个小时，那个荷官才逐渐找到了自己的状态，玩得顺溜起来。杨老二在外围站着，不断拿眼神鼓励着他，提示他该出千时大胆出千。因为牌靴里的横梁是镀银的，他完全可以提第一张牌的小边，通过反光来看那是一张什么牌。关于第一张牌是该发还是该留，决定补给谁家对赌场有利，在培训的时候我都和他说得很详细了，而他练习发第二张牌（第一张牌该留时就直接发第二张，做到这一点而且不被人看出来，需要一定的技巧）也很溜了，考虑到不能总去杀大陪小，我们还特别规定了一套东西，让他在场上接受杨老二的信息指挥。开业前反复演示多少次，觉得可以配合得天衣无缝了，就等着开业后派他上桌子拿钱了。但是这个荷官心理素质不够过关，任杨老二如何暗示，就是不敢去提那第一张牌，更别说去权衡桌子上的庄闲点数了。

杨老二是干着急也没有用。他越去暗示，那荷官就越紧张。我一看，总这样下去不是个事，就过去把杨老二从赌桌边拉走，不让他在那里，反正就那样了。那个荷官过不了自己的心理关，逼他也没用。就凭游戏规则和这些赌客玩，他们赢的几率也是很小的，所以我觉得不必要去担心。百家乐的水钱也是很大的，我一点也不担心赌客能赢走多少钱。

百家乐这个玩法本来就缺德，看着好像很公平的样子，其实5%的水钱就能要了赌客的命。一个人拿1万元上去玩，按照每次就押1万元计算，且不论你输赢，押庄50把，押闲50把，能被赌场打去多少水钱？就拿这个赌场来说，后来到这个赌场来玩的人很多，每天光水钱都会超过10多万。杨家哥三个很会做生意，看哪个人输多了，不定期返还那个人40%的水钱，以此作为回馈老赌客、大赌客的手段。其实这样做是很有道理的，别说返40%水钱，就是百分之百返水钱也没有问题。毕竟赌场能控制输赢，赌客拿多少钱来赌场玩，理论上都是我们的，只是为了面上好看，得演演路子。

让赌客赢一些，不但可以刺激到赢了一点的那个人，还能刺激到旁边犹豫不决的赌客。反正赌场在那里，慢慢的总会让赌客都吐出来。这需要一个过程，主要是要让赌客体会到搏杀起伏的感觉。赌场里每个环节都是在为赌客营造大起大落的搏杀感觉呢。当赌客找到这个感觉并沉迷其中后，就会不由自主来这里送钱。大多数人都是这样输的。有人为了某一个点数而感叹，有人因为赢了一把牌而庆幸自己运气好，此刻，他们已经掉入赌场设置的迷局中，完全沉浸在大起大落的刺激的感觉中，情绪越来越高涨，或悲或喜，因而失去判断力，没有足够的冷静来思考周遭真实的世界和丑恶的骗局。

就像杨氏兄弟的赌场里，赌徒的输赢都掌握在我们的手里。感觉某人能带人来玩，就适当让他赢点，不怕他赢了钱不来。人心不足，赢了这1万还会想着那1万呢。而那些输多了急于想翻本的赌客，那是坚决不客气，下多少杀多少。基本都这样做，反正你输光了肯定会千方百计筹集赌资继续来玩。输光了他去抢、去骗、去偷也会搞点钱回来继续赌，腿断了他都能爬着过来。

不说远地方，就在这个赌场，就有很多输红眼的赌徒，最后走上绝路。最倒霉的是一个银行的小子，赌急眼了，把自己的积蓄全部输了，亲戚朋友也借遍了，最后竟然打起自己经手的钱的主意，在银行通过涂改票据挪用了很多钱。后来看实在填不上了，就逃亡了，也不知道现在是个啥下场。还有个女的，也很凄惨。她丈夫在外地辛苦打工邮寄一些钱回来，都被她拿到赌场里输光了，后来想不开，自己服毒死了。她还有个孩子，小小的年纪，就变成了孤儿。另外一个小子，钱输没了，跑去抢劫。在楼洞里用砖头袭击一个女子，结果打在人家头上，把人打死了。

现在，每当夜深人静睡不着的时候，我就自己点一支烟抽。脑子里像过电影一样地想着那些人、那些事。那些被我千过的人，形形色色，竟然很清晰地出现在我的脑海里。我本来以为我早已把他们忘记了，毕竟，这些年我赶过无数局，见过成千上万的凯子。有时候我硬起心肠说他们都是活该，赌徒有什么好同情的，谁让他们贪心去赌的？可是，当我在夜半时分回忆起他们的音容表情时，心情竟久久不能平静，他们本该有属于自己的幸福生活和美满家庭啊。天津那个小荷官，她哀求和惊恐的眼神，总像鞭子一样抽我，叫我想哭。

不久前，拿到出版社寄给我的第一本书的样书，一个人开车去没人的地方，就在车里看。看到自己以前背井离乡，颠沛流离，我在车里悄悄地哭了。我真希望自己像个普通人一样平凡地过自己的小日子，但是那些场景总是不经意间出现在脑海中，一闭上眼睛，或独自待着的时候，就跳出来折磨我一次。我真不知道应该是去忏悔还是应该怎么补救。老千就是利用普通人的贪念，制造了一个又一个梦幻般的泡影，引人上钩。而赌场就是老千们施展本领吃人的地方，不要存任何侥幸心理去赌钱，这是我对还准备去赌的人和正在赌的人的劝谏。

如果我也和杨老二的那个荷官一样，过不了心理关，就当不了老千，也许我的人生不会有这么多阴影。天赋这东西，真说不上是好还是坏。当时，我拉着杨老二去别的桌子看了看，都没出现什么状况。毕竟不是所有台面都需要荷官直接操作出千。像轮盘，就是外围的人根据桌上下注的情况在暗地里操纵，荷官只负责把珠子打出去就可以了。大小点、番摊，也是外围控制。

百家乐的这个荷官平常我教他的时候，他练得很熟练，但是叫他在台面上实际应用，他就害怕了。实战需要很强的心理承受能力，不是旁人能左右得了的。杨老二再怎么逼他也没有用。所以我让他按游戏规则来。当时想换人，但是也没有马上可以用的人选。随后，我和杨老二合计了一下，当下培养肯定来不及了，只好慢慢在这些配码的小丫头里来发掘。但是这个台面控制不了，肯定是不行的。当务之急是马上上一套设备，找人去占空门，或者上几个高科技牌靴，上几个带扫描的自动洗牌机。当时我们光想怎么快点捞钱，一个台面，特别是百家乐的台面（几乎来玩的人一半是奔着这个游戏来的)，输赢不能控制，我们不乐意接受这个事实。还好第二天早上关门时，盘点头一天营业额，没有输钱。杨老二把那个小伙子好个骂，人家叔侄关系，我也不好说啥，只有去准备那些高科技的牌靴和高科技的洗牌机器救急。

后来在赔码的丫头里挖掘出一个来做了百家乐的荷官，才达到了一步出千的目的。

说到这个荷官怯场，让我想起小海经历过的事情。小海最早没认识我的时候，成天到处找一些手里有点活儿的老千去抓凯子。那个时候正好有一个推倒和的麻将局，小海在上面输了点钱。正好别人给他介绍了一个麻将老千，俩人接上头以后，小海有点不放心，让那个哥们先演示演示看看。两个人找副麻将，当时就在家里演示起来。那个哥们给小海演示了如何偷打出去的闲张，如何码牌（那个时候还没出现自动麻将桌，一切靠自己码），如何在抓牌的时候抓第二张，如何给自己码杠子，如何抓牌的时候换自己门前码好的牌。小海看得目瞪口呆，连声说好。就凭这个本事，去任何麻将局上拿钱一点问题也没有。小海急忙屁颠屁颠联系局，当时他仿佛看到了那些凯子的钱都被那个哥们给赢来了。他呢，天天好吃好玩地招待那个哥们。

小海把麻将局组织起来后就带那个哥们去了。小海先上去玩，玩了一会儿借口点背换换手气，就把那个哥们给换上了场，小海就站一边看热闹，等着那个哥们赢钱。一下午麻将打下来，那个哥们输了9000多。小海一看，心里就赞上了，心说：这个哥们还真会玩，知道先让大家吃吃甜头。当天散了的时候，小海对他可崇拜了，拉着他出去好一顿潇洒。第二天他俩又去了。那哥们打了一天，输了2万。小海合计：也是放水，不着急。那哥们啥水平他亲眼看到了，反正局还长。但是两个人手里都没有多少钱了。当天是三家赢，那个哥们一家输。临散局的时候大家都约好了第三天继续玩，可以适当提提局。那个哥们也同意了。

第三天又去玩。玩了几圈牌，那个哥们还是输，不到6圈就输出去1万多了。小海在旁边看眼实在坐不住了，故意念叨说：“该收一收了。”那个哥们也懂小海说的是啥意思，连连点头说好。可是他越想赢就越输，越输小海就越着急。小海就不停地念叨着一些话提醒他，意思说别再放水了，应该收点回来了。但是那个哥们好像没听到似的，到散局的时候输了3万多。好容易捱到人散了，小海急赤白脸问那个哥们怎么不出千赢钱？那个哥们哭丧着脸说：没敢。看那几个人像社会人，自己就害怕了。暗地里自己比量了好几次，也没敢出千。把小海气的，原地转了好几圈。最后实在不甘心，死说活说动员了好几次，那个哥们说确实不敢出千。

其实，小海也曾经和我请教过打麻将如何出千。我也告诉过他，但是实际打起来他也不敢去应用。拿他的话说：总觉得大家在盯着他看。他玩的时候我也在旁边看过，最基本的出千他都不敢。比方说：他上家抓上垛的牌，不小心把下边那张牌翻了一下，他恰好看到那是张什么牌。他明知道自己马上要抓的牌是个废张，要是我抓，我肯定去抓旁边垛上面那张，快速将下边这个废牌直接拿到上边填补位置就可以了，没人会去注意这个的。这个手法小海也会，平时他自己演练的时候也很麻利，但是在场上他就是不敢做。我后来和他说："实在不行你就当那张牌不存在，直接抓上边的，放进自己家牌垛里，谁也说不出啥了，没注意嘛。就是别人看到了，你可以说抓错了（一般打麻将抓错了只要发现不及时，牌放进了自己牌垛里，别人基本是不大深追究的，大不了挑个废张出来说那是刚才抓回来的就是了）。"但是小海做贼心虚，不敢去抓那张牌，总觉得大家都在看着他的手。他也是过不了自己的心理那一关。其实人们在打麻将的时候眼神都是散的，很少会跟着你的手走。

很多人看了我的帖子和书，在网上留言表示对千术有了一点兴趣，有的甚至想学。我说最好打消这个念头，就算学会了，玩得再怎么滑溜，也很难过实战的心理关。在众目睽睽之下出千，可不是那么容易做到的。要知道，环绕在你身边的都是一群输红了眼的赌徒，万一失败了，很可能会马上被人放躺在地上的。这个心理压力可不是一般人能承受得了的。平常我也接触过很多小老千，在自己认识人的小局上出千出得可顺溜了，一旦把他放在一个陌生人的局上，他啥也不敢做，看来在他眼里还是熟人好欺负。

我们是在一个饭局上听小海说以前的糗事，当时我们都乐坏了，三元的一个哥们正喝着啤酒，没忍住，一口酒喷了满桌子，害得大家都没吃成。

## 21〉邋遢小老千

赌场开起来了，先后换过多少个地方，我自己也说不清楚了，就记得一两个星期就搬一次，坚决不在一个地方待很久，基本都是城乡结合部的仓库、礼堂、农家大院、废弃的厂房。不必大兴土木搞装修，只要把赌桌、工具拉过去就可以开工了。也到过宁波附近的一些镇子，附近几个大一点的乡镇都去过，具体去过哪些我实在想不起来了。不论我们搬到哪里，赌场都不缺人。杨老三每天都能把这些赌客给聚拢到一起来赌，渐渐地也把一批人赌得倾家荡产了。赌场出千骗人，也有老千挖空心思出千骗赌场。这些人的手法五花八门，不过最后都叫赌场给抓住了，下场都挺惨。在赌场出千，本来就是与虎谋皮。

平日里，我就在赌场里瞎转悠，主要防止有人来出千，经常挨个桌子溜达去观察。我第一次出手抓住的是一对年轻小对象，而为了抓他们，确实让我费了一番周折。先说那小伙子，一副不修边幅的样子，赌场开业当天就看到他在赌场兴高采烈地赌，也就几百几千地压着钱。这个赌场这么黑，他哪能赢？没多久，大约输了 6 万左右。他似乎没有什么正当职业，也不是什么专业的老千，最多是个凯子。

那天，我跟往日一样在赌场里溜达，又看到他。看上去他没怎么睡好觉，皮鞋都开了个小口也不在意，头发有点长，乱蓬蓬的，大概很久没有剪了。这段时间，我经常能见到这个小子，也经常见他输光了，算是半拉熟人吧。他来只玩百家乐，我也从没特意去观察他。在我的眼里，他只不过是一个落魄的小赌徒而已。他有一个漂亮的对象，每次他来，那小丫头总跟着他。她很年轻，留了一头长长的头发。每当看到那小子赢钱了，她就跟着高兴，脸上总闪着兴奋的神情。每次那小子输了，她也跟着着急。有的时候那男的下稍微大一点注的时候，别人晕牌的时候，她也大声地跟着喊牌，着急的神色都表露在脸上。每次那小子输光了的时候，她就神色黯然地跟在他身后依依不舍地离去。偶尔那小子赢点钱，那丫头也能要几个去别的台面上押几手。因为他们总来玩，所以我知道。但是我从来不去注意他俩是否会出千，因为他俩怎么看都是十足的凯子，每天按时来送钱的小凯子。

他们出千（严格来说不是传统意义上的千术）特别隐蔽，数目也不大，很难发现。那天我在百家乐台前看着热闹，那个时候新培养的小丫头已经可以游刃有余地主持台子了。我就是看大家玩，注意是否有人搞鬼。赌桌上，大家都在忘情地赌着，看着一切都很正常。看完一把牌，我就想去大小点台看看。转身刚走了几步，忽然脑子里觉得好像哪里有点不对，那感觉很奇怪。就好像刚离开家没走出几步远，忽然发现自己忘记带什么东西，但是总也想不起来自己到底忘记了什么东西。我急忙折回来看百家乐的台面。回去一看，没有哪里不妥当，一切都在有条不紊地进行，大家押钱，荷官发牌。我连着看了好几手牌，也没有看出哪里不妥当。但是刚才脑子里那一下是什么？我还真没有印象，站那里发呆半天，又观察了半天，就是想不起来刚才是什么东西在我脑海里闪了一下，把我又拉回这里。

在台前站了很久，到底还是没想起来是什么东西驱使我回来看的。我暗暗嘲笑自己，寻思自己是不是有点神经过敏了，是不有点强迫症？以前我经常会做这样的事——出家锁好了门，走下几层楼，脑子就会想：刚才门锁好了吗？仔细合计一番，嗯，锁好了。再走几步，脑子里又在问自己：真的锁好了吗？于是自己也不确定起来。就急忙返回去再拽几下门，才能安心走。这个时候我都怀疑自己是不是精神病。这台子好像什么问题也没有，但是我却开始对这个台面多了一份留意，看这个台面的时间也比平时多一些。

而且，这个时候别的台面已经不用我操心了。大小点上了高科技的色子遥控盅。以前地下赌场是把磁铁线圈埋在桌子里，通过遥控器来控制色子的大小点，荷官操作的时候必须把盅放在指定的位置上去。但是这个遥控盅不用那样做，可以随便放在任何地方，因为它的磁铁线圈是在遥控盅的底盘里，线圈伪装得更为巧妙，你就是砸开看，也找不到线圈。线圈其实是伪装成了底座的边，材料是特制的，颜色和盅浑然一体。色子同样是高级材质做成，随便砸，里面什么也没有，外面看就是一个普通的色子。但是那可是高科技的东西，当初买的时候可花了大价钱。这个色子的具体材料是什么我也说不上。其他像番摊、轮盘、21点、杠子暗地里的操作，杨老二的几个哥们摆弄得比我还熟练，我也就懒得去操那个心了。我只是在龙虎斗和百家乐两个台面前挨个看。这个期间那小子也捣过几次鬼，只是我像个傻子一样没看到，或者他是等我去了龙虎斗的台前看热闹才操作的。

真正让我看出那个小子出千是第二天晚上。赌场晚上8点刚开始营业，其他的桌子基本还没有开张，但是百家乐上已经热火朝天了。我远远站着看大家玩。我的注意力基本都是在拿牌和晕牌人的手上，开牌的时候，场上所有人的注意力都在牌上。押钱的、看眼的、工作人员，都焦急地等待会开一个什么牌。押钱的人可真多，庄家、闲家都押了不少钱。庄家押的钱比闲家少很多，但是因为新近才加入了一个大凯子，据说有钱得不得了。他可是一条大鱼，他要是陷进来了，以后还会常来的。他刚开始玩，玩得很谨慎，小小地下着注。这样的大凯子，得慢火炖他，这个是我们大家一起研究了很久的事情。那一把，他的钱押在庄家，所以荷官根据提示必须要让闲家赢，让这个凯子感觉这个赌场很正规、很公平，没有杀大赔小，以后才会慢慢放大注进来。

开牌时候果然闲家赢了，场上押在闲家的赌徒爆发出一阵欢呼。看着这些凯子欢呼雀跃的样子，我一点心疼的感觉都没有，也不担心他们赢钱了会不来，都是老客了，今天为了钓这个大凯子先让你们吃点甜头。配码的丫头把庄家的小钱都收了回去，去赔闲家。那个大凯子的人缘好像很不错，大家都知道他有钱，输赢这点不在乎。大家看他输了，都上来讨好他，都说了些替他惋惜的话。里面有多少真正惋惜的成分，就说不好了。其中一个替他惋惜的，百分之百是假惺惺的。那个人就是把他拉进这个赌场玩的人。因为他拉人来玩，赌场会给他百分之三十回扣。这个回扣并不是这个地下赌场的专有经营手段，澳门正规大赌场也有，也是按照百分之三十计算。但是那里为赌场拉客的人就光明正大多了，还有个响亮的名字，叫博彩经纪人，他们就是专门介绍内地的客人去澳门赌场玩的。在澳门，博彩经纪人是一个正当的行业，还有协会呢。他们把客人介绍进澳门的赌场玩。客人赢了，赌场也给他们回扣，也是按照百分之三十计算的。我们赌场的“博彩经纪人”看我在看他，给了我一个会意的笑容。

这时，那个大凯子正在整理手里的筹码，一脸的不在乎，和大家兴致勃勃地讨论下一把会是什么，互相交流计算概率的经验。就在派码的丫头挨家赔闲家钱的时候，我脑子里又有东西闪了一下。桌上有问题，这一次可是被我抓住了，那是一个5000的筹码。

在我印象中，那个筹码应该是押在庄家的位置，应该被派码的丫头收走才对。但是派码的丫头没有去收那个5000的筹码，因为它正躺在闲家的押注区上，等着丫头赔钱呢。这个筹码莫非长了腿，自己跑过去的？

## 22〉移动的筹码

我也终于想起来头天是什么让我折了回来的。那感觉就好像前一天晚上做梦，早上起来总想不起来，白天忽然见到熟识的场景，一下子就把晚上的梦清晰地回忆起来一样。当时我就是这个感觉。头天晚上让我折回来的也是一个本不该移动的筹码，那时也是一个5000元的筹码，本来是押在庄家，但是开牌闲家赢了以后，就跑到了闲家的位置去了。这件事情有点诡异，筹码怎么可能自己移动呢？刚开始，我也不敢百分之百确定那筹码换了位置。不过，那个筹码还是在我脑子里留下了一个印记。我把整个过程在脑子里过了一遍，觉得自己并没有记错。

一般百家乐上大家把钱押好了以后，就没人再去看钱了。特别是开牌的时候，几乎所有人的注意力都在马上要翻开的牌上。对于赌徒来说，开的这张牌决定了自己这一把是否押中了，是否赢了。而对于赌场的人来说，一定要看住这张牌，杜绝别人出千。而看热闹的那些人也都要去看，他们看的就是开牌的热闹，感觉开牌时的刺激和紧张。因此，很少有人会去注意下注区内的筹码。这个和打麻将不一样，打麻将的时候，整理自己的牌和抓牌的时候是最容易搞鬼出千的，因为那个时候大家的注意力都在自己家有什么牌、可以吃什么牌上，这个时候最容易偷牌换牌；还有就是别人出牌那一瞬间，大家的注意力一下都集中在那个牌上，这个时候也是偷牌的最佳时机。再说了，百家乐的桌子大着呢，大家要押钱，都得探起身子来，才能把筹码放进押注的区域内。开牌期间不允许动筹码，而某个人探身去移动筹码不被人看见是不可能的。然而，那个5000的筹码确实移动了位置，从庄家押注区域内跑到了闲家的押注区。没人探身移动筹码，那筹码就突兀地从庄家跑到了闲家，好像有鬼神在搬运似的。

于是我就留意起来。配码的丫头在赔那5000元的时候，我发现是赔给那个邋遢小子的。他那小对象在他身后一脸的兴奋，他也是好开心的样子。就这样我注意上了这个小子。他在桌子边上坐着，数着筹码，不时和她女朋友交头接耳地说着悄悄话。下一把开始的时候，他并不急于押，只是自顾自数着筹码。直到荷官快要敲铃的时候，才拿出200的一个筹码放在了闲家上面。开牌的时候，好像闲家大不大和他没关系一样。跟其他凯子不一样，他并不急于去看闲家大还是小，而是左顾右盼地看着四周人们的动静。比起场上的牌，老千更关注玩牌的人。而此时桌边其他所有人的目光都在晕牌人那里。那个晕牌的人把着扑克的边一点点小心翼翼地掀开，嘴里念念有词，大约是在祈求老天保佑，让好运伴着他吧。和他押在一门的赌徒都激动地喊“三边”（所谓三边就是6、7、8三种点数的牌。这三张牌边上有三个花，从牌的短边推进去，如果前边啥也没有，说明底牌是个6，如果是7、8，从短边推进去可以看到中间的花色点，中间有一个花色点是7，中间有两个花色点是8），那喊“三边”的声音是一浪比一浪高。其实那一门的输赢我早知道了，但是看着这些凯子一个个专注的样子，我知道今天晚上的收成肯定还是那么好。

那个邋遢的小子还真沉得住气，好多把了，也没有出千，只是几百几百地押着小钱。但是我也不急，我得好好看看，我到底有没有看走眼。根据我的观察和之前的模糊印象，这个邋遢的小子肯定是出千了。我有足够的耐心等待他再次出千，吃腥嘴巴的猫是不会知道收手的。别说他已经输了那么多，就是赢了，只要他还在桌子边坐着，他就会继续搞。接下来的好几手那小子也没怎么押钱，只是小提溜地玩。玩了一会儿他要去厕所，就把座位让给他长头发女朋友坐，自己去了卫生间。他女朋友也二三百地溜着玩。过了一会儿，他从卫生间走回来，又坐到了桌子边上去，不过手里多了一个5000的筹码。又溜了几手，机会出现了。

那把牌有很多人下注，庄家和闲家的下注区都出现了5000的筹码，而且不止一个。于是荷官指示开始押钱的时候，他小心翼翼把筹码放在庄家的位置上，跟我印象中的那个位置丝毫不差！本来我想给那个荷官一个提示，这把让闲家赢，好看看那小子怎么让筹码移动的。但是那个荷官当时已经接受了另一个哥们的提示，这把要庄家赢。我就不好去干扰了，我不能让荷官感到混乱。姑且先看着，反正不着急，根据我的经验，他还会继续搞的。闹哄哄地开牌后，大家发出一阵有点失望的叹气声，这把开出一个和来。虽然有人指挥，但荷官也不可能随心所欲一定让哪一家赢，还要看牌靴中截留的那张牌来现场决定，出现和局有的时候是荷官左右不了的。但是大多数情况下还是能做到说杀哪一门就杀哪一门的。所以赌场一般也允许荷官根据自己看的第一张作出判断，比方说，荷官手里留了一张7（发第二张牌的结果），庄家闲家都是花牌，都是比十点，如果指挥的提示是让闲家赢钱的话，补牌的时候就把这个7补给闲家。但是下一张牌是什么，荷官也不知道。万一也是一个7呢？补给庄家，就是一个和局。或者下一张是个9，补给了庄家，闲家就输了。这种情况极少，一旦出现，也只能说明闲家是倒霉蛋。对赌场而言，一两把的输赢无关大局，掌握全场的输赢就可以了。

我在赌场通常只负责技术方面，操纵输赢是其他人的工作，所以我轻易不愿越俎代庖，我依然没给荷官信号，按照约定，和局下一把还继续接受上一把的指令。荷官操作得也不错，庄家赢了。我在旁边冷眼看着，那个小子好像轻轻地舒了一口气，神情马上放松了下来。从庄家闲家开牌的过程，他就一直处于一个紧张的状态。并不是紧张究竟会开什么牌，而是紧张是否有人注意到他。眼睛看看这个人，看看那个人，他看人的样子，很不自然，有点做贼心虚的感觉，偷偷摸摸的，而上半身的姿势也有点怪异。

然后又是溜局，他好像是在等待机会。我估摸着他是在等庄家和闲家押注的区域再次出现几个5000的大筹码。如果只有一个5000的大筹码，荷官和旁边赔码的也会留意，两边都有的时候，才容易下手。溜了好长时间的局，期间也出现了庄家和闲家的押注区域出现了5000的筹码的情况，但是他却没有去押那5000的筹码，还是在溜局。看了半天，我还真有点沉不住气了。玩了不大一会儿，他又去厕所。回来后又押了一次5000在庄家上面，庄家那把又赢了。然后又是溜局，我的耐心几乎被磨光了。他又溜了一会儿局，我在那里胡思乱想：妈的，不会一会儿又去厕所吧？正想的时候，他果然示意他那对象自己要去厕所，让她占着地方。她对象马上乖巧地坐了过去，他手里攥着筹码就又去了厕所。我气不打一处来，这小子是不是膀胱有毛病啊，干吗总去厕所？而且只要押大点的筹码，就必须去一次厕所，里面是不是有什么毛病呢？

从厕所回来坐下来，他又把筹码押了上去，还是押庄。开牌的时候，大家照例都在关心着开的是什么，我就只盯着这个小子，他却毫不知情。这一把闲家第一张牌就是8点，庄家那个看牌的人正在紧张地晕着第二张牌。荷官用铲子把闲家的牌收回来，放在自己门前。大家都紧张地看着闲家会开出几点来。我眼前忽然发生一件很奇异的事情：那小子押在庄家的5000筹码悄无声息地动了一下，眨眼间就自己跑到了闲家的押注区上。看得我心里一跳。

我仔细观察着这小子，我想弄明白他用什么方法让筹码移动的。这小子坐姿跟别人很像，旁人一般不会注意到。他左胳膊横着放在桌子上，右手在左胳膊里边。就在筹码动的时候，他的右手有个轻微的拽的动作，右手动作的幅度很小，筹码同时跟着移动。百家乐桌上各种押注区域是这样画的：以荷官为中点呈半圆向外展开，内圈是庄家押钱的地方，外圈是闲家押钱的地方，在庄、闲押注区域之间有一条分界线。他先把钱押在庄家，发现庄家的点没有闲家大的时候，便四下打量身边的人，趁大家的注意力都在最后开牌上的一瞬间，他隔空去拽那个5000的筹码，一下子就把筹码拽到闲家押钱的位置。当然如果开牌庄家大，就正好不用拽了。

但是我使劲看了半天，没有什么东西连接着筹码啊。要说拽，得用绳子或者线，但啥也没有。我甚至有点怀疑他会气功，难道他真的会隔空取物？真有点意思。桌上没人发现他的小秘密，赔码的丫头给他赔着钱。又一次出千成功，他和旁边的对象说着悄悄话，都露出了开心的笑容。

# 23〉拴筹码的发丝能不能捆牢爱情

邋遢小子又要去厕所了，他起身离开时的一个动作提醒了我。他把地方让给他女朋友占着的时候，好像不愿与女朋友分开一分一秒，磨磨叽叽道别，恋恋不舍地摸着女孩的头发。看起来跟其他热恋的小情侣没什么两样。就在他手插在他对象的头发中摸索的过程中，他对象嘴咧了咧，好像是吃痛的样子。我这一下看明白了：这个傻小子是拽了他对象几根头发。他女朋友咧嘴是因为头发被拽下时有点痛。看着这小子做贼似的往厕所走，我全都明白了，他是去厕所用头发丝绑筹码去了，然后把筹码放在庄家押钱的地方，万一闲家大，就去拽动连接筹码的头发丝，把筹码移动到闲家的位置，神不知鬼不觉。百家乐上输赢很大，很少有人会在开牌的时候去注意几个零散的筹码。

不记得是哪年的春晚上有一个小品，赵本山和宋丹丹演的，有一段宋丹丹说薅羊毛纺线，赵本山说宋丹丹紧着一只羊薅，把羊薅成秃子，被人发现，批判她薅社会主义羊毛。这小子也是，只能薅女朋友的头发，这常年玩下来，他女朋友的头发不得被他给拔光了啊？这小子也真是输急了，竟能想出这主意！

我发现以后没有声张，就是冷眼看着，我得考虑周全再揭穿他。虽然这是个小把戏，输赢也不多，可也不是那么好揭穿的，主要是取证困难。他放筹码的时候去说？拉的时候去说？拉完了去说？证据很难找。一根头发丝，就是在白天，眼神很好的人趴在桌上都得屏住气息小心找，一不小心，一口气就把头发吹走了。何况是晚上灯下，众目睽睽，万一找了半天没找到，那小子死活不承认的话，其他的玩家都会不信服，说赌场霸道。一般赌场里发现赌客出千都很谨慎，在没证据或者没有十足把握的时候很少去揭穿，那样容易引起麻烦。动作太大，还会坏了其他玩家赌博的兴致。当时的情形，收集证据有点难度。我又看了一会儿，那小子又操作了几回。我还是没想到周全的办法，期间那小子有一把拽了个空，我估计是没绑好的缘故。看着那小子和他女朋友双双失望的样子，我想笑。

又看了一会儿，我离开百家乐台子，找到杨老大，到一个没人注意的角落说了一下那小子的事。杨老大是一个比较有主见和比较能沉得住气的人，所以有什么事我愿意找他说。他和我的想法一致，认为必须有个可以拿出来说事的证据才能去揭穿他。他让我出个主意，但是一时间我没有好的主意，这个赌场三天两头搬家，打一枪换个地方。别说监控设施，除了一些高科技的赌博工具，所有东西都简陋得很。我想了想，为难地说："这要是有监控设备嘛，抓他还不容易?"这话提醒了杨老大，他猛一拍脑门，说："我认识电视台一个记者哥们，专门做暗访节目的那种，他有个偷拍的小摄像机，以前给我们显摆过的，咱们可以借来用一用。"看来只有这个方法了。当天借是肯定不行了，都到下半夜了。只好等第二天，不怕他赢多少，反正抓住了都得吐出来。

合计好了，我折回去又看了一阵。看那小子偷摸的小动作，也是一件很有意思的事情。早上散场的时候，他大概赢了4万多的样子，搂着女朋友高高兴兴去换筹码。目送他们出门，我憋不住想笑，这一晚上薅走他女朋友多少头发啊?

到了中午，杨老大带着我去一家咖啡店见了那个电视台的记者。那个记者带了一个大家日常生活中用的普通小皮包，可以拿在手里或者夹在腋下，很常见的一个包，基本没人会去注意。包里面有一台摄像机，他详细地教我如何使用，还给了两盘带子，一盘能录一个半小时左右。时间绝对够用了，只是夹在腋下怎么找角度的问题。那哥们再三申明，摄像机是他单位用的东西，所以他要我们最好快点用完，早点归还给他。

回去我摆弄熟练后就美美地睡了一下午，就等晚上那个小子再来搞事了。

晚上照常开业，那小子带着他的小对象早早就来了。那小子换了一双新皮鞋，擦着锃亮，估计赢了钱去买的，之前那双鞋口子开得也太大了。他那个小对象也戴了一个金手镯，没事就总自己用手去摸摸，看样子很喜欢，用几根头发换金镯子，想必也很满意吧。

他来了，我就得开工了。他来之前我已经把机器打开了，剩下的事情就是如何找角度了。由于人多，找好角度并不容易，选来选去，我最后选择站在配码丫头身边。万事俱备，就等着他俩出千了。第一次暗拍，感觉很不自然，总感觉自己像做贼似的。那个包前面有个很小的孔，就是摄像头拍摄的地方，不仔细看绝对看不出来。明知道别人很难发现，但是夹着这个包，我总担心人家会发现这个包是个摄像机。我自己也想笑，这个都叫啥事啊？那小子做了两次，都被我拍到了，基本把他拽头发丝拉筹码的过程拍出来了。然后我找了个房间和杨老二一起看，效果还不错，可以拿出来说服人。和杨老二合计了一下，证据拿到了，可以去揭穿他了。考虑到赌桌上那些凯子的情绪，为了不影响他们赌博的兴致，杨老大说不要在桌子上拿，就等他去厕所里绑筹码的时候直接拿了。

杨老二安排了几个人在厕所周围等着那小子。不一会儿，那小子就被赌场里穷凶极恶的打手抓了。我估计打手们进去抓他的场景一定会很搞笑，因为那小子被几个人押过来的时候，那几个人都使劲憋着不笑。而杨老二一本正经的样子更叫人想笑。估计杨老二总进局子，被人问多了，可算逮到自己问别人一次的机会了，拿腔拿调的。他问那个小子："知道我们为什么带你来这里吗?"那小子当然不会承认，一个劲说不知道。杨老二学着警察审问犯人的口气说："你好好回忆一下你都做过些什么事？好好想，给你时间考虑。"看着政工干部一样的杨老二，我实在憋不住了就笑了。大家一看有人先笑，都笑了。杨老二自己也拿不住了，也笑得不行了。那小子被大家给笑蒙了，看看这个，看看那个，满头雾水。这时，他那个小对象也被外面赌场打杂的找借口给骗来这个房间里。

出千被抓住可不是看笑话那么简单，笑了一阵，看他俩不承认，杨老二立时显露出了匪气，上去就是几个大嘴巴子，那个小子打了好几个趔趄。杨老二边打边骂："你他妈的也不睁开眼睛看看谁开的场子，竟敢来这里出郎中(南方赌档对老千的称呼)。"所有人都不笑了，恶狠狠地盯着这一对小情侣，等他们认供。那个长头发女孩看到男朋友被打，急忙护上去，很勇敢地说："别打他，要打就先打我吧。"杨老二也真能下得了手，抓着她的头发也是几个嘴巴子，边打边叫嚣着想把她剃个秃子。我一看，连女孩子都打上了，急忙去拖住他。打了几巴掌，杨老二可能也解了气，就叫大家按住他俩，把摄像机拿出来，把我暗拍的东西放给他们看。看完了，杨老二说："没十足的证据我也不会动你的。虽然我们混的，但是也讲究……”然后又长篇大论说了一大套，搞得像演讲似的。说完了，作势到处去找剪刀，好像真准备要剃光那个女孩的头发似的。我急忙拖着他，告诉他把钱拿回来就可以了，不要乱搞。

这个时候杨老三进来了，手里提着一个棒球棍子，又把这两个人骂了一顿，举起棍子就要打，那意思是想把那个小子的腿给打废了。我急忙叫杨老二去拉住。杨老二拉住他，我站在那个小子面前挡着，劝他说："没必要这样做，把钱拿回来就可以了，咱们就是为了求财。"他听了后直勾勾看着我很久，最后什么也没说就出去了。从此，我算和他有了芥蒂，他对我有很大的意见。因为他有一种很霸道的心理，觉得不把那小子腿给打断了，好像显不出来他们的名气。我呢，不想把事情闹大，想低调一点。因为做事的风格不同，加上后来很多破事，导致我和他们的分歧越来越大，最后被老三和老大驱逐。这是后话了。

再说那对小情侣，他们被人架走拿钱去了。不但赢的钱都吐了出来，还被敲了很多钱。当时可能那小子实在拿不出钱来，赌场就逼他写了个欠条，才把人放了。后来我听说：杨老二带人三天两头去那个小子家要钱，把他家都给砸了，还把他父亲打了一顿，甚至都追到他父亲的单位去要钱，一时间搞得鸡飞狗跳的。后来那个小子实在被逼急了（确实拿不出钱来），离家逃亡了。他的逃亡勾起我以前逃出来的回忆，想起那一段不堪回首的日子，绝望到恨不得一死了之的心境，着实郁闷了好一阵。

再后来，就没了这对小情侣的消息。不知道那小子现在流落在哪个地方了，也不知道过得怎么样，是不是还在赌钱？也不知道她那个小对象是否还跟着他。

## 24〉道高一尺，魔高一丈

赌场在每种赌博设备上都设置了机关，挖空心思捞钱，对不懂行的凯子，一抓一个准。而懂行的老千，也总能想出破解的方法，所谓道高一尺，魔高一丈，一个不小心，赌场就会被搅黄。有的老千到赌场不一定是为了拿钱，很可能是来搅局，在杨老二赌场大小台上我就遇到过这么个人。

前面说过，这个赌场的色盅是带有机关的，可以任意控制出大点还是小点，甚至豹子。荷官摇完了盅后可以遥控让色子自己在里面自动翻身。即便有这样的机关设置，也有人来出千，抑或是来闹事？他为什么来搞事我没问，不过他的手法被我发现了。

一般大小点赌台开局的时候，很少有凯子会提出检查色子的，当然也不是没有，也有的凯子装样子，说检查检查色子。但是也只是猪鼻子插大葱——装象。很多人在桌子上象征性丢几下，然后就说自己检查完了。别说目前这个色子是高科技的东西，就是一般最普通最古老的作弊色子，就他们这样走过场一样丢几下，是检查不出来什么东西的。

每天赌场开局的时候，我也一般都在大小点的周围盯一下，我不是怕别人来验看这个色子，我主要盯着别让人把色子偷换了。老千在大小台作弊最常用的手法，就是趁验看色子的空当将色子掉包，换上他自己的色子。所以要是哪个赌客提出要验看色子，我的眼睛基本是不会放过他手上所有细微动作的。

那天，赌场刚一开门，又来了不少人，其中一个神情不对，他人站在龙虎斗的台前，眼睛却不在龙虎斗的台面上，一直瞟着大小点的台子。那个时候还没有人玩大小点，大小点上的荷官正在收拾台面，等待有凯子光临。我就远远地看着百家乐的台子，眼睛也看着大小点的台子。大小点台有个规矩，开局的时候荷官必须把色子放在桌子中间，礼貌性地请赌客验看，这个过程不走完，我就不能离开。当然了，大多凯子都是大大咧咧地手一挥：“不用验看了，开始吧。”我每次都是等着这个程序走完了，才会完全离开这个桌子的。这个时候我的时间一大把，还有闲心思看看都来了些什么人，然后猜猜他们的职业。无聊的时候，这样做也是很好的打发时间的方式。

渐渐的，赌场里人多了起来。也有不少赌客在大小点台前好奇地看着台面上画的各种押注的区域，看样子是新被拉来玩的，对什么都好奇。这个时候那个神情异常的人离开龙虎斗台面。他手里拿着几个筹码，面额都不大，右手里夹着一根没有点燃的香烟，慢慢地溜达到大小点台前。他手里颠着筹码，对荷官说：“我要押钱。”荷官看有人要来玩，就意味着可以开张了。立刻就把三个色子放在桌子中间说：“请老板验色子，如果验完了没有问题，我们就可以开始了。”那人自言自语道：“还有这个规矩啊？怎么验？砸开吗?”边说着话边把手里的筹码放在桌子上，顺手把三个色子拿在了手里。荷官笑了，说：“老板你真会开玩笑，如果认为有问题，您是可以砸开验看的。但是如果砸开以后色子没有问题的话，需要赔偿我们，一个色子500元。”那人边在手里摆弄色子边说：“这么贵啊？你这个是什么色子？宰死人啊?”荷官说：“老板，这个是我们赌场的规矩，也关系到我们赌场的名誉，所以一个色子500不算贵。”说话的这个工夫，那人把三个色子整齐地放在自己左手手掌上，故意用夹着烟根的右手去左手上摆弄色子，烟根快速地在三个色子的1、2、3的点面上分别蹭了几下。虽然他用手遮挡着，但我可是一直盯着他的手呢，他手上任何细微的动作我都看在眼里。当时我心里“咯噔”一下，完了，遇到好手了，这个大小点的局千万不能马上开，开了会出大事的，我必须阻止大小点开局。

有一种专门对付遥控色子的药水，将药水涂抹在色子上，然后听色子落地的声音，可以判断色子的大小点数。这个药水很神奇，早先我也用过。如果是别人的色子，基本都是用蘸了药水的烟根去涂抹，自己的色子则要提前涂抹上去。具体这个药水是什么原理，我也不是很清楚，但是我懂就够了。最早据说刚出现摇大小的时候，有厉害的人可以根据色子的各个面镂空点重量的不同听出色子落地时候的差异，所以就对色盅做了改进，在色子落板上垫了一层绒布来对付一些听色党。但是还有更厉害的人发明了一种药水，只要涂抹到色子上，可以让色子在布上发出清脆的声音，从而达到听声辨认的目的。早期的听色党据说是要经过苦练的，我对色子兴趣不大，所以没那个本事。但是后来涂抹药水发明后，只要学会听声的技巧，轻易就都能听得出来。色子在盅里一般是弹跳碰撞的，听的人只要抓住尾音就可以了，色子落地的声音悠长，那就是没有药水一面落地了；总在颤抖，那是因为经过这么一摇动，还没站稳，在打趔趄的原因；色子落地声音短促，马上停止，那就是有药水一面的色子落地了。这种药水就是这么神奇。在碗里听和在塑料盅里听有一些差别，根据色盅垫的材质（也有木头盅），难度也有不同。

很少有人拿这种药水来小赌场里搞，一般都是在外面的散局上搞。这个地下赌场里的押大小是限注的，最大只可以下注2000。除非遇到大凯子了，局面火爆，大家都要求放注，才可能提高上限。大部分老千都用这种药水在外面赶一些薅色子、押单双、猜三八、赌硬币的赌局。除非实在没局了才会来赌场里搞搞，打打野食，所以我有点想不通这个人为什么要来这里上药水。如果开局了，他知道结果是小点，但是外面遥控的哥们根据场上押钱的大小，临时决定通过遥控让里面的色子翻身，出大点，那么赌场里的猫腻就会暴露。赌场出千被揭穿的后果是不堪设想的。我甚至有点神经质地认为他是来挑场子的。就在不久前，杨老二就带人去另一个地下赌场里去闹事，双方闹得很不愉快，还引起大规模的斗殴。经过那场冲突，那家赌场的凯子都跑了。那家在当地也很有势力的，会不会是他们？可能是我多疑的性格使然，我对这个人格外警惕，而且我也想好了应对的办法。

那个人都搞完了，就把色子丢在桌子上说："我也看不出什么来，验不验一个鸟样，开始吧。"荷官准备收回色子放进盅里去。我凑过去说："我也要验一下。"荷官认识我，那个人不认识我。那个人说："你能验出什么？砸一个500元呢。"我把手摊开示意荷官把色子给我，荷官就把色子放在我手里。我接那个人的话说："是吗？是挺贵的啊。"说着话，我拿起一颗色子，把1点的面伸到嘴里用舌头舔了舔，之后吧唧几下嘴说："这是啥味道啊？怎么那么涩？"那人一凛，知道我看穿了他的把戏。他的反应也是很快的，立刻把烟转到食指的位置把烟给弹了出去，好像抽完了要酷一样，做得很自然。然后赔着笑过来拉着我说："大哥，色子能有什么味道，来，兄弟，你陪我押几把，赢钱咱们俩找地方潇洒去。"他话里明显带着这个意思：别说穿了，赢了我带你一份。明白人之间说话不用直接说，这时候荷官问我："经理，可以开始了吗？"我在杨老二的赌场挂着经理的头衔，那人听荷官这么叫我，脸上马上就渗出汗来，眼睛一眨不眨地看着我，看样子十分紧张。

我拍拍他肩膀，说："好好的烟不抽就丢了，真可惜啊，要不要我找人帮你捡回来啊？"他也是个很圆滑的人，马上掏出烟来敬我，说："兄弟第一次来，有些事情做得不周到，还请大哥多多包涵。"眼神里满是乞求。我也不好太过分，安慰他说：“没事，你去洗个桑拿休息休息吧，看你好累，累的人不适合赌钱。”他立刻就懂我的意思了，使劲握了一下我的手说：“谢谢大哥，实在不好意思了，以后有机会，兄弟给你补上这个情。”说完立刻转身走了，脚步越来越快，生怕我反悔把他叫回来一样。看着他走了，我叫人换了一副备用的色子，继续开局。

后来说起这事情，杨老三对我的处理很不满意，说：“这个色子这么贵，起码也得叫他掏了色子的本钱再走，或者把他口袋里的钱丢下了再走。”杨老二比较豁达，说：“丰收不怕鸟来啄，别计较了。”但是杨老三还是嘟囔了好几天。

## 25〉“声色”有讲究

说到这里，我想起另一种药水，也是涂抹的，准确地说不叫药水，只能算是一种膏，有点像咱们小时候搽的雪花膏，搽到色子上你分辨不出来的。这种膏药有两种，分A膏和B膏，分别涂抹在色盅底板上和色子1、2、3点的面上，可以用一种小仪器去感应。两种膏体一接触，小仪器就会提醒。大家都知道，色子是一个立方体。按照对角刨开，色子的1、2、3在一个三棱体的截面上；4、5、6在另一个截面上。如果是在1、2、3上涂抹药膏，当1、2、3面朝下，与底板接触，仪器发出信号，告诉玩的人，朝上一面是大点。三个色子同时涂抹，需要自己把握仪器提示的间隔。听色药水也是同样的原理。小仪器是通过对皮肤的刺激来发出信号，放一种电压很轻的电，用7号电池。一般可以绑在胳膊上、掖在腰带里贴肉的地方，或者是绑在腿上。听色子药水和药膏有个好听的名字，叫做“声色”。

早期听色子需要苦下工夫，现在有很多高科技的东西后，老千们轻松了很多，色子的作弊方法也越来越多元化。比起色子，色盅更容易做手脚。比如碗、盅、杯子，都可以用特殊材料处理，比如把防水探头经过特殊工艺下到碗底或者杯子底，以达到出千的目的。现在，更有人用特殊材料做出了特殊的杯子、色子盅、罩和掷色子的碗，或者是各种盖。看上去都是塑料材质的，可以让大家随便切开检查，或者让大家烧毁检查。切开了里面也没有任何和塑料不一样的，但是这个材料，在知道门道的老千眼里是透明的。不管是用谁的色子摇点，只要在这些材料做成的杯子、碗里，或罩、盖子下面，他们都能看到里面。当然，必须借助辅助的仪器才能实现，就是用红外线扫描机。通过扫描机来看，这些东西和玻璃一样透明，在接收屏幕上可以很清楚地看到里面的色子是几点，是大还是小，是单还是双。同样也有用紫外线扫描的，色盅也是用一种特殊的材料制成。也有瓷质色盅，这种透视的碗和杯子需要配合桌子使用。桌子是加工过的，抽屉（暗格）里安装了镜头，镜头可以从桌子底部看穿这个瓷器的碗和杯子，具体啥材料做成的，我也不是很清楚了，也可以随便让人砸开，表面上看什么毛病也没有。

要说真正去检查一个色子是否有毛病，需要这样去检查。第一种检查方法是把磁铁打成碎末，然后把碎末放在色子外面的各个点上去，看是否有吸附力，这是为了检查色子外面是否刷了磁粉。第二种方法是，找一块实木板，平放，把色子丢上去，听色子落在木板上的声音。如果声音清脆，表示这个色子里面基本没有问题，我说的是基本。如果声音发闷，那这个色子就不是个好玩意。这个检验方式一般是检验那些灌铅或水银的色子。还有一种检测方式是，把色子拿起来静止一分钟，看清楚最上面的点是什么，然后丢出去，如果落地打转以后停留在那里的点数是你刚才看到最上面的那个点数，你可以拿起来换一个点数的面，再次静止一分钟，然后再丢出去，再次和你刚才第二次拿在手里看到的面朝上的点相吻合的话，那这个色子也有问题，这种色子叫做五秒色子，里面填充了一种膏状物体。这种色子你可以打出你想要的任意点数。再有一种高科技合成材料做的色子，像杨氏兄弟的赌场用的这种，也能检查出来。在一个大理石面上，把色子从稍微高点的距离掷出去，如果色子弹跳得很均匀，能保证弹跳 6 次左右，说明这个色子没问题；如果色子跳不起来或者是跳得不均匀，两三下后就停了，停的时候不发颤，那这个色子你可要离它远点。如果按照上面的方法检测一遍，基本可以知道色子是否有毛病，有哪些毛病。除了最后一种，其他都可以理直气壮地要求庄家砸开看。最后那个在大理石地面验的，砸开了啥东西也看不出来。

当然了，老千技术在不断革新，我也不能说就凭这些方法能验证所有的老千色子，我所知道的只是几种最常见的老千色子。现在高科技色子层出不穷，还有被称为梦幻色子、全自动定位色子、超级六面感应色子等。其中一种叫做三门旋转色子的，甚至都做成了透明的塑料色子，都不用砸，外表是透明的，一般人看了都不会起疑心的。这个色子也很好用，只要告诉你打色子的技巧，想打几就能打出几来。但是这个色子也有缺陷，只能在平面上打，在碗里使用效果很差。经过改进的四门色子，可以在碗里使用，也是可以打出任意你想要的点数来。即便你从来没玩过色子，只要告诉一次，你就会打了。后来我还见过一种桌子，看上去就是一个普通的桌子，四支桌脚藏了电路板，从外面看一点问题也没有，伪装得十分巧妙。杨氏兄弟赌场用的叫做电子遥控色子，也有聪明人利用那个药膏的原理做出了电波感应色子。这些东西，就是我在局上玩，也不敢说都能看穿的。

说到这里，我想起以前见过的一个老千局。那是一帮人设的一个很大的色子局，全部是外面散户自己带色子和碗、杯、盅等工具。那帮人声称只负责组织人来玩，不备赌具。他们也在上面玩，但不坐庄，他们总能赢钱，先后很多有钱的老板在这个色子局上栽了跟头。这些老板总是自己去采购所有的工具，自认为一点毛病没有，谁也不能作假，就放心地坐庄让大家押钱，结果输得一塌糊涂。可悲的是，他们到最后也没搞清楚自己是怎么输的。我曾经和他们聊过天，他们甚至敢拿自己父母去起咒说自己玩的局很干净，色子是自己带过去的，随时都可以更换，用于罩色子的工具都是现抓现用。按照他们的描述，没有任何人可以捣鬼。但是他们就忘记了一点，赌得太大了，一晚上几百万，那是什么情况都能发生的。那些组织者也真下了大本钱，他们竟把医院里的X射线机给用上了。提前把X射线机埋在桌子下边，对准地面上的桌子进行扫描，在另一个地方看屏幕，还有什么看不到？一个破碗、一个破杯还看不透？说句不好听的，场上那些大凯子骨头上有没有骨刺都能看出来。这个局放倒了一批老板，有的原来开很大的酒楼，有的原来经营很大的厂子，最后都是参与这个色子局而落得倾家荡产、妻离子散。有的甚至再没翻过身来，以致最后到大街上给人擦鞋糊口。有的远走他乡没了音讯。要说这些老板能创下这么大的家业来，那都是很有脑子的人，都是精英。他们不是傻，而是太自以为是了，总以为自己参与的局多么多么干净，多么多么公平，不可能有人骗到他们，自己输了只是点背，手气不好。想想那个X射线机，你还这样认为吗？

## 26〉色子出千，无处不在

十赌九骗，我写了这么多，还是有人不信邪，不肯相信周围有老千。一个凯子哥们描述了一个局，说那个局如何干净，我就说说这样的局是如何骗人的。不要去理所当然地认为你所见到的赌局是干净的，还是那句话，赌局上，眼见未必为实。

那个凯子哥们是这样叙述的：

我家乡的小镇上流行一种赌博方式，非常简单，一看就懂，非常自由光明，就在大街路边店面。玩法也简单，就是三个色子，放在板子上面用木头拦住，用绳子一拉，色子就滚下来。下面是投注区，就是1到6点共6个投注点，随便押钱，一个人一个点可以投1元以上，500元以下，随便几个点都可以。三个色子滚下来后，点数押中了押多少赔多少，多中多赔，没出现的数字就是庄家赢（庄家即店主）。比如说我1点押了10元，如果色子滚下来，为1、4、6点，有一个1点，那么庄家要赔我10元；如果出现1、1、3点，有两个1点，那就要赔我20块；同理，出了三个1点，我就可以赚30。其他类推，庄家不收水钱，只赢没押中的钱。

此外，那三个色子谁都可以去拉绳子，也可以自己拿色子过来。但其实没有必要，因为这个肯定是不会出千的。简单的破板子，破色子，你自己拿东西来也是一样。这个游戏庄家赢的概率大，只要散家不停地玩，庄家就能不停地赢钱。具体概率我就不给大家算了，大家有兴趣可以自己算，比如庄赢的概率是55%，局公平，他也是稳赚的。

小镇上的人无以为乐，这个局又简单又没猫腻，大家当然喜欢，因而这个局非常火爆。但结果是很显然的，赢的少，输的多。道理很简单：你输的概率大，玩得越多，当然输得越多。此外，钱赢多了就不愿走，因为你还想赢，只有输光了才会主动离开。所谓久赌必输，就是这个道理。

这是常见的街头色子局，且不去探讨他说的输赢概率，在老千眼里没有概率。这样的局在农村很多，经常有这么一伙老千到处流窜去做这样的局：摆设都是简陋而简单，让人想当然地认为这个局没有任何作弊的可能。其实，他们是这样作弊的，他们事先收集各种式样的色子，然后按照各种式样的色子来做出各种电磁色子。这种电磁色子很好做，而且可以让人砸开验看。有人会问，即便有这样的色子，那么电磁场在哪里？木板是现场当大家面找的，那里不可能藏电磁设备的。事实上，根本不用专门弄个电磁桌子，电磁设备就在参与赌钱的人或者他同伙的腿上。当他们想出千的时候，就会靠近落色子的木板，这样就可以控制色子出什么点了。有人看出里面不对的时候，身上带电磁板的见势不妙可能就溜走了。即便有人自己拿来色子，做局的人也一样可以用。他可以把含有磁粉的膏体临时涂抹上去，剩下的就是等凯子押钱了。遥控在另一个人的手上，我记得有效的遥控范围是 10 米。要搞事的时候，就让腿上绑有电磁设备的人靠近落色子的地方就可以了。

这种移动的电磁设备让人防不胜防，赌局上也经常被应用。一个人腿上绑上设备，另一个上去玩，俩人根据定好的暗号决定如何配合出千。由于腿部绑有电磁设备的人只是看眼的，所以更具有隐蔽性。就算有人发现色子是电磁色子，但是还得找到电磁设备才算。就在人们闹哄哄砸桌子的时候，人家早跑了，找不到电磁设备，不算完全抓住把柄，一切等于零。

电视节目里所谓的摇色子高手，可以把多少多少个色子摇得垒成一叠。记得以前有人问我是什么原理，简单说就是力学原理，以自己肘部为中心，手臂前后均匀做一个固定的动作来让色子产生一个离心力，才能达到垒成一叠的效果。真正的老千丢色子可不是这样的，都是随意丢的，但是肯定能丢出自己想要的点来。这里讲的技巧，和摇色子的技巧绝对是两个概念。咱不说在赌桌上他那样去摇色子大家让不让，换谁和他赌钱摇色子，他那样摇都能挨一顿揍。摇色子的规矩，几乎全国任何地方都一样，色子垒起来了，或者这个色子搭边另一个色子歪了，这局肯定不算，就得重新来。老千练丢色子都是讲究旋转地丢。打个比方说，一个没毛病的色子，我想要把这个色子丢出5点，我必须让5面朝上，横向旋转去丢。这样它无论如何转，5都是在上面的，只是转得太快了，旁人看不清楚而已。转得快是为了迷惑人。其实色子转的时候，那个5点还是一直在上面的。咱们一般丢色子都是随手丢出去，是几就是几。老千丢色子不一样，都会做出像打响指那样的动作，就是为了叫色子旋转，且保持一个面朝上。一个色子这么丢，两个一起丢也是可以的。但是必须在手里提前分出间隔，保证丢出去的两个色子在转动的时候不发生碰撞，各转自己的圈。我虽然练了个半吊子的水平，但也能打出自己想要的点。最早是为了打麻将、推牌九、玩二八杠子练的，因为这些玩法都是在桌子上直接打色子。这里我给大家一个忠告：永远不要和老千玩色子，哪怕色子没毛病。

以前见过一个哥们用色子出千，很有意思。他们玩的是三个色子打点推牌九。我没玩，只是当时去找一个朋友走到了那里，看到有局，就看了一会儿热闹。那个小子是和他一些哥们一起玩的，玩2000底的局。每当有人想叫他底的时候他都能保赢，谁也叫不走他的底钱。他出千的方式再简单不过了，就是码一手大牌在第一手开门。色子啥毛病也没有，牌九也啥毛病没有，他也不是什么练过的老千，但是他就能保证让三个色子打出自己想要的点数，肯定自己抓第一手牌。

因为是一群朋友玩，所以他们玩得比较随意，也没有“正规”赌局的那些规矩，没事他喜欢加点。打色子之前他就喊：加两个点。如果色子打出来是9点，那么加两个点就在天门发牌。也有时候先喊自己希望是几点再丢色子，他喊得很随意，不一定加几个还是减几个，喊完了大家没意见就把色子丢出去。是几就按照他刚才喊的加几减几去计算，然后按照计算完了的结果去发牌。谁也不会去在意这些东西，大家可能认为这是他想改变手气的习惯。这样的情景在哪个牌九局上都不少见。

但是有人叫他底的时候，他就故意把大牌码在最前边第一手。他不洗牌，认大牌的手段很低劣，就是用口水把食指打湿了，然后在两张对牌的背面蹭一下，这样配对的牌后面就湿了一块。他先任意乱洗，最后码牌的时候，找到可以配成一对的牌，把这一对牌码到第一手就可以了。大家的注意力都在那两张天牌上，对他用口水打湿了的牌根本不去在意。在丢色子前他就喊：

两面都要。所谓两面都要，就是色子打出去以后，正面和反面的点数相加，得出的结果决定从哪家发牌。

可能很多人没有去观察过色子的六个面的排列。色子的六个面都是这样排列的：1 和 6 是对立面；2 和 5 是对立面；3 和 4 是对立面。就一颗色子来说，正反面相加等于 7 点。3 个色子同时打点，正反面怎么加都是 21 点。21 点按照发牌的顺序，正好是庄家自己拿第一手的牌，在场那么多人竟然谁都没明白，都傻乎乎地等他把色子丢出来以后去数正面是多少点，反面是多少点，一个个去加等于多少点，然后根据最后加的结果去决定从哪里发牌。不用问，自然是那小子最先抓，起手家里就有一对，外面是很难叫走他的底钱的。就这么简单的一个事情，这么多人，竟然都像没长脑子一样，任由那小子每次叫底的时候这样搞。想想也是，赌的时候哪有心思想这个啊？精神头都在钱上了，要不就在考虑如何配牌了。看着那些凯子一个个彪乎乎的样子，我都想笑。要说像这哥们这样搞也不是不可以，生死一把牌这样做一下就够了。但是这个哥们也很憨，只要有人来叫底钱，他就这样来一下。看了不到一个小时，他这样搞了 4 次。大家更憨，一个个着急配自己手里的牌。

开始我还能忍住不笑，后来实在忍不住了，自己跑外面房间里好一顿笑，把我的朋友笑得莫名其妙，直骂我神经病。

## 27〉不再被当作一盘菜

杨家兄弟这个赌场最后具体千了多少人我说不清楚了，来的准备捞偏门的老千也形形色色。赌场毕竟不是正当的行业，很短时间内千了这么多的钱，总得想办法洗白。赌场巨额利润怎么变得名正言顺是杨家哥仨的新问题，最后他们凑一起研究了半天，投资了一家洗浴中心，又办了个苗圃基地啥的，以此洗钱。后来因为浴池消耗太大，就早早歇业了，苗圃也早早荒芜了，这些都没关系，毕竟对外是有了一份可以拿出来说话的基业不是？

我跟杨家兄弟合作也走到了头。这哥三个总是在利益的分配上闹矛盾，不是你指责我多进账少报了，就是我指责你贪了多少多少钱，要不就是谁谁花销与实际不符合了。本来哥三个在一起可以平心静气说开了，但是三家媳妇一参与，就成了一锅粥。最早我认清形势，坚决不理会他们之间的纠纷。不论什么账目，都让他哥三个慢慢算去，毕竟我是个外人。但是我忘记了一个事情，自己哥几个之间都这样计算，何况我一个外姓人呢？因为最初我也有股份，在一起算账的时候，杨老三对我苛刻又苛刻，不是这个钱要扣掉，就是那个费用要扣掉。我都默默忍受了，怎么扣都可以。偶尔杨老二还能为我争几下，最后杨老三干脆就把持了筹码买卖，都他一个人说了算。就这样，每天多少盈利谁也没数了。他有了钱就出去花天酒地，为了显得气派，甚至一个人包了整个饭店吃饭。或者洗桑拿为了自己洗得好，一下丢多少钱把地方包了，眼睛都不眨巴一下。小姐也全部包，哪怕那个小姐只是在他面前走过。有的桑拿看到他来，为了让他多拿钱，把服务员领在外面站着说是小姐，杨老三问也不问，按照人头发钱。

这样一个在外面巨豪爽的人，在自己亲兄弟面前，在我面前，却变得无比抠门。但是他的豪爽也确实聚拢了一些狐朋狗友，每天走到哪里都有一群人跟着。谁说他的奉承话谁就是好人，那些狐朋狗友也是看他好骗，天天围着他，拉拢他，投资这个，入股那个。当然了，所有的投资也好，入股也好，都是一个结果：赔个精光。但是他不在乎，就图别人说他“够意思”。每当有谁说杨老三真够交，他就美得不得了。你要说他傻吧，他还真不傻，对自己家哥俩那精神头老了去了；你要说他不傻吧，咋看也不像一个正常人的做派。

和他起冲突是在一天晚上。他接完赌客以后，自己挎了个妹妹，满场子里溜达。那小姑娘是模特学校的，杨老三发家后包的。他俩大模大样在赌场里打发时间，得瑟得不得了。也该出点事。不巧那天杨老二还不在，我正在看着龙虎斗的台子。杨老三在百家乐桌子前，教那个妹妹押钱。他自己管理筹码，随便拿多少来押都没人管的，我也不愿意去惹闲气，就当没看到，而我也没再留意百家乐的台面。就这个时候，百家乐的荷官发现有一个小子出千了。荷官是派牌的人，知道自己派出的是什么牌。当下边出千的人翻开的扑克点数和她知道的不一样时，荷官就会知道有人出千了。她不知道那人是如何把牌换掉的，只知道自己刚才发出去的牌不是目前桌子上翻开的那一张。

那荷官也不能声张，她应该通过手势告诉我、杨家三兄弟或另一个操纵输赢的哥们。可是当时，杨老二不在，我背对着桌子，杨老三的精神头根本不在荷官身上。他带的那个妹妹下了几次大注都输了，他就不满地瞪着负责提示荷官宰谁的哥们，那意思是："你咋不给我面子，没看我带妹妹来玩的吗？就不能让妹妹赢几下，让妹妹开心？"那个哥们没注意杨老三，却发现了荷官的提示。但是他也看不出什么，就过来捅捅我，说那边桌子不对，让我过去看看。我转身过来看百家乐台面究竟出了什么状况。

那个老千出千方式很简单，就是最古老的偷换牌。千术这个东西，在台面上越古老的往往越直接，越有杀伤力。那个老千也算是一个娴熟的老千了，他动作很快，把扑克扣在右手里，就是一翻牌的瞬间，扑克就被调换了。他玩得很好，众目睽睽之下，没一点破绽，谁也看不出来。他手里就一张牌，去换补的那张牌，在桌子上看就是一个掀牌的动作，换完后，右手立刻收回来，做得很自然。但是我一眼就看出来了。

我直接走到他的身后，在他肩膀上拍了一下。他全部的精神都在桌上，冷不丁被我一拍，吓得激灵了一下。他转头看着我，不明白我为什么拍他，我抬手示意他站起来，这时候牌还在他的掌心里扣着。由于我叫他起来，边上认识我的人立刻就让出了地方，他也马上成了大家注目的焦点，荷官也宣布暂时停止牌局。

那小子也是个老手了，眼神虽然有些慌乱，但是下面的动作处理得很好。他站起来转身对着我，我没看他的脸，而是紧盯着他的右手。他的食指使力把扑克弹进了袖子里，顺手做了一个理头发的动作，让扑克在袖子里掉深一点，接着故意伸了个懒腰，这样这张扑克就走到了他腋下的位置。然后他很放松地理理身上的衣服，好让扑克掉到他扎腰带的位置。这些动作一气呵成，非常自然。他装作不解的样子问我："你有事吗？什么事情？"

这个时候几个看场子的人都围了过来，杨老三也凑了过来说："这个小子出千，他妈的，我说你怎么总赢。"说完杨老三对我说："你他妈的怎么回事？养你吃干饭的啊？这个人出千这么久，你干什么去了？"那一阵子，因为账目的事情他总是到处找我的事，所以他骂我，我一点也不奇怪。回嘴也没啥用处，只会让他感觉在自己的小妹妹面前更没面子，更会激怒他。但是他当着这么多的人这样骂我，可不是我所能接受的了。人都有一张脸皮，我也一样，场上所有人都看着我，特别是赌场里的荷官和赔码的。当时，我脸上有点火辣辣的，长久以来我一直犹豫着要不要离开，这个时候我心里作出了决定。

# 28〉一拍两散

我决定了，第二天就走，我老三不和你们玩了还不行？拿定了主意，眼前这个小子应该怎么处理，我心里也有了算计。我对他说："没什么事，我想检查你一下。"那个小子一脸无辜的样子说："检查什么？我没做什么，诺，你来检查吧。"说完把两手平抬起来做一个让我搜的姿势出来。我看着他的眼睛，他的眼睛里满是慌乱，他故意把胳膊伸直了给我，好让我和他有个距离，说："来搜吧，搜不出来咱们再理论。"我没搭话，两只手搭在他的胳膊上装模做样地搜了起来。胳膊搜完了，就到身上了。当我的手快摸到他腰上的时候，我能察觉他身上肌肉紧张的跳动。但是他掩饰得很好，脸上没有任何表情。

我的左手在他右边腰带的位置摸到了那张扑克。他也知道我摸到了扑克，但是外面围观的这些人不知道。那个老千外面套了一件西装外套，扣子解开后我伸手进去摸的，一切动作都在西装里面，别人并不知道我摸到了什么。他肌肉变得很僵硬，不停地发抖，还出了很多汗。估计他本想让扑克继续向下走，但是扑克被汗水给粘住了。他还是保持着胳膊伸开的姿势，我说："没事了。"边说边用右手示意他把胳膊放下来，左手也没闲着，隔着他的内衣把那张扑克使劲往下一按，让那张扑克穿过腰带，进到了他下边的衣服里，我估计是进裤衩里去了。这个动作做得很是隐蔽，除了我俩，没有任何人知道。他的眼睛里满是不解和感激，总之很复杂。我盯着他看了很久，面无表情地对大家说："没事了，大家继续玩，刚才是个误会。"

说着话，我转身又对这个老千说："你别介意啊，兄弟，怀疑你，所以要查查，既然我们怀疑错了，我代表赌场给你赔礼了，希望得到你的谅解，这也是为了大家玩得公平，请你和大家都理解一下。”边上的赌客起哄说：“完了就快开局。”也有的在说风凉话：“怀疑这个怀疑那个，都这样谁还敢来玩?”这个时候这个老千打圆场说：“没事，怀疑就要查一下，正常，我都不在意，大家就别吵吵了。继续玩。”

就在我搜身的过程中，我用眼角的余光瞟见杨老三和那个指挥荷官的哥们在那边嘀咕，估计是说荷官不应该看错。荷官本来就没看错，发出去个花牌变成另一张牌，这个她还是知道的。

那个老千说完了，就想继续坐回桌子前。杨老三过来了说：“我得再搜一下。”看到杨老三那个样子，我有点想笑，可能是觉得在新的小妹妹面前很没面子，不甘心，想找回面子。我了解他，也知道他会这样做，所以才帮那个老千把扑克捅到下面。我知道杨老三会来再搜一下，他的为人和性格我很清楚。我心里暗笑：你杨老三再怎么搜，也搜不到人家裤衩里去吧？这么多人看着呢。何况他就是能搜到，也和我没啥关系，毕竟裤衩我没去搜嘛。

我看杨老三执意要搜，耸耸肩，让到一边去，等着看笑话。那荷官很紧张地看着我，眼睛里满是疑惑。我对着她轻轻摇了摇头，意思是你什么也不要说，说了后果很严重，她轻轻点点头。虽然她和杨老三沾亲，但是经常被杨老三骂。赌场里中心赌台上的主心人物，也经常被杨老三克扣工资，所以她也对杨老三很不满。最主要的是：说出自己知道发出去的牌是什么，那样会是什么后果？拿脚丫想都能想出来。

那个老千也神情自若，摊开双臂任由杨老三搜。杨老三是摸了又摸、搜了又搜，当然是什么收获都没有的了。一会儿，便有人不耐烦了，边上起哄的多了起来，场面开始乱了起来。这个时候杨老大来了，他了解了一下事情经过，问我：“确实没问题吗，老三?”我说：“确实没有，这不，你弟弟不也在搜吗？你问你弟弟有问题吗?”最后杨老大打圆场，赔了半天礼，还给在场每人500筹码，这个事情才算完。

那个老千也是个精明的人，他继续在桌子前玩。但是他玩得很小很小，基本是没机会看任何牌。当然了，他也不可能继续去出千。而荷官在那么多人面前是肯定不会说什么的，说了就会炸了庙——荷官知道自己派出去的是什么牌，这些赌客知道了会是什么样的后果？所以这事情只有几个人之间知道，大家都明白这是说不出口的事情。

我眼睛一直瞅着那个老千，他偶尔也抬头看看我，我俩目光相对的时候，他也会讨好似的对我点点头，表示感谢。他的手里大概有7万左右的筹码，本来10万多，来回小注押得输了快3万左右。下半夜，他开始整理自己的筹码，我估计他是想走了，马上转身离开了赌台，装作没事瞎溜达，走到换筹码的地方。那个地方有个拐角，我就站在那里点了根烟，等那个小子去换筹码。

一会儿那个小子果然过来了，拐过来忽然看到我在那里，吓了一跳。我伸出手来做了个索要的姿势，他也是明白人，马上把手里的筹码都给了我，连连说谢谢。我可没时间和他磨牙，问他："你多少本钱?"他说："不到1万。"我拿出1万筹码给他说："以后别来了，知道吗?"他连连说好。我挥手让他赶紧离开我身边，以防止被别人看到我俩在这个拐角里嘀咕。等他离开，我把筹码揣在口袋里，又回去看台子了。

早上散场的时候，杨老大把百家乐的荷官、我、杨老三、杨老二和那个暗地里指挥荷官的小子召集到了一起，问是怎么一回事。荷官就说她当时是留住了一个花牌，觉得这个花牌对那家不利，就补给了那家，但是那个人翻开牌竟然是个5，让他赢了。这样的事情出现好几次，所以她一直给杨老三传递信息，说场上局面不对。然后杨老大又问那个人赢了多少钱走，又追问我为什么没抓到什么的。我说："当时我没看那个桌子，所以没能及时发现。等别人告诉我了，我就去搜他，但是什么也没搜出来。既然没抓到他的赃，也就不好说什么了。"毕竟杨老三也是去搜了的，杨老大也不好多说什么。头天有5万多的筹码没回笼（在我兜里），杨老三有点暴躁，嘴巴里不干净地骂着人。可能觉得那个荷官说给他暗号提示他他没注意的话掉了他的份，他抬手就给那丫头一个嘴巴子，那丫头掩面在那里呜呜哭。毕竟他们有亲属关系，我也不好去说啥，只是在旁边看着。赌场的钱都是一天一结，一天一分成，少了筹码就多出来5万左右的现金，大家都以为是哪个老熟客带走了，估计明天来玩，所以就没有兑换。我也极力支持这个说法。

散了以后，我回到了住的地方。我跟那些荷官和配码的人住在同一个楼层里。大家喊着困了要睡觉，我叫来几个平时挺拥护我和我关系好的，把筹码悄悄给他们分了，让他们千万别声张，自己找人去赌场里兑换。我带走也没用，自己也不能去兑换，不如送个人情，这也是我去拦着那小子要下他的出千赢了的钱的原因。当时，我没有流露出要走的意思，美美地睡了一觉，下午，拿着自己的手包就离开了宁波。

后来杨老二来过电话，电话里我告诉他以后有机会再一起做。但是他们哥仨的破事我确实不想参与，现在荷官都能独当一面了，我就显得多余了，所以才会被杨老三不当盘菜。既然我走了，肯定是不可能回去了。当时接他电话的时候正在火车上，周围人很多，所以也没说得那么细，杨老二又磨叽了几句，被我生生挂断。他又打过来，我再没有接。回到家后我就把号码给废掉了，从此跟杨老二彻底断了联系。

## 29〉穷极“拨玉米”

赌局上发现有人出千，除了捡漏捞点外，也可以跟出千的人分杯羹，如果你是强势的一方，甚至可以勒索对方一大笔钱。我在杨老二赌场放走的老千就是这样。不过如果是庄家出千被发现，但你还破解不了，没法捡漏，只能作法儿让庄家给你点封口费。但想从强势的庄家嘴里弄点汤喝，可不是那么容易的，在人家的地界，一个不小心，鸡飞蛋打不说，还可能被人打个好歹。那次，要不是手头太紧，我绝不会去冒险的。

去杨老二那儿之前，三元因为伤人被教养了，一下子花了好多钱，一时感觉手头钱不够花。大家不要有误会，以为我到处出千会有很多钱，其实真没多少。以前，赢来的钱都不当钱花，来得快去得也是飕飕快：有五星饭店肯定不去住四星的；有1000一顿的饭肯定不吃800元的。赢了钱总要拉着一群狐朋狗友疯狂潇洒，胡吃海喝。俗话说，赢来的钱是纸，输出去的钱是金，拿在自己手里的钱才叫钱，就是说这个道理。大家都玩，最后的赢家其实是那些消费场所。这时候，秦皇岛的一个朋友邀请我去那里赶一个局，说那里有个拨玉米的局很不错，都是一些傻子在赌，一个个又土又彪，希望我能去拿点货。刚好我手里钱不是很宽裕，便动了心，想着赚点零花钱也不错，于是就欣然前往。

拨玉米（数玉米），有的地方也叫开毯子，玩法有点像赌场里的番摊，在农村很普及。拨玉米的玩法是撒一大把玉米粒在桌子上，坐庄的人用一个不透明的杯子盖上，不是全部盖上，而是在一大堆玉米上随机乱盖，让大家猜里面的玉米数。以4进位，猜余数，可以押单，也可以押双，也可以在1、2、3、4押固定。散家选好后把钱押在庄家面前一块画好1、2、3、4以及单、双下注区的布上。看大家都押好了钱，庄家就把杯子里的玉米亮出来，4个4个地数。为了表示公平，不得用手去扒拉着去数，必须用棍子去数，看最后剩的是几。如果最后数的结果是1或3，那就是单数赢，反之是双数赢。押单或者押双都是1∶1的赔率。如果单独买1、2、3、4 ，则是买一赔二。当然了，一个地方一个规矩，也有赔4倍的。玩法就是这么简单，很多人都认为这个东西简单容易懂，所以理所当然地认为不可能出千，甚至有很多农村妇女因为这个东西简单，也经常参与这样的赌局，结果都输得没地方翻身。

说起拨玉米的赌局，我想起以前在一个农村拨玉米赌局上亲眼见到的悲惨一幕。一个带孩子的妇女在赌局上玩，输红了眼，早把自己带的4岁的儿子忘记了。那个孩子小，很好动，看没人管他，就自己出去玩去了。结果跑到赌玉米这家人旁边的水库边上，失足掉了进去淹死了。当村里人发现的时候，孩子早已经断气了，到处找孩子妈妈，可是叫半天没人答应。等这个妇女输光的时候，要回家，才想起了儿子不见了。忙忙地出去一看，水库边上围满了人，都在议论淹死了一个孩子。她才着急了，冲进去一看，果然是自己的孩子，她就坐在那里号啕大哭，猛打自己的嘴，都打出血了，当场也要跳进水库里，被人们死死拉住。赌钱被人千，本身就是个悲剧，因为赌钱忘记照看孩子，结果孩子出事，更是悲惨。

赌场里的数番台子，主要依靠高科技桌子和拨棍出千骗赌客钱，很多地下赌场事先定做高级的番摊桌子，并在番和拨棍上下了手脚。每次番被容器盖住的时候，里面已经统计出是4的几倍数、余数是几了。在伸出棍子数的时候，荷官根据桌子上押钱的情况，可以附带一个或者两个番到将要去数的那一堆里，达到吃哪一家的目的。地下赌场里的拨棍里都有微型电磁圈，番上则涂抹了特制磁铁粉。但是在农村很多地方设备达不到这个水平，在玉米上下磁铁粉有点费事，就有人将小铁丝捅在玉米里，用磁铁去搞。不过这样很容易暴露，因为毕竟番和玉米是两样东西，所以精明点的赌徒都事先用磁铁检查一下玉米。虽然不能像赌场那样出千，但是他们也有他们的出千方式。

## 30〉上桌都不容易

我那个秦皇岛的朋友叫王利，自己经营一个店，他店铺不是卖什么好东西的，和我广州一个叫强子的朋友一个行业，专门卖出千工具。大家用脚丫想也知道我们是怎么认识的了，算是臭味相投走到一起了吧。我经常去他那里看新鲜的货色，他呢偶尔给我介绍介绍局，赚钱了给他一些提成。他也可以算是一个老千吧，不是出千的老千，而是专门研究各种稀奇古怪出千工具的老千。王利很熟识老千的伎俩，但他自己从来不去赌博。现在很多城市都有王利这样的人存在，他们以提供出千工具为职业，自己却从来不去参与各种赌局。不是他们没这个胆子，也不是他们没有合适的赌局去玩，因为他们知道凡是赌就是骗的道理，他们也知道真正的赌徒和一些摆局的人都把这些东西研究得很明白了，这些东西拿局上去玩是行不通的。他们没有实力去做一个局抓那些凯子，而真正常年以赌博为生的人基本都对这个开事。稍微有点道行的老千，都是以手法来出千。毕竟手法这个东西是本事，抓不到任何证据，不带任何赃。这些眼花缭乱的各种出千工具只能被一些低级老千拿来骗熟人，别看骗术低级，但是好用。那些低级的老千用这些出千工具骗了多少人啊？多少赌徒被他们骗得倾家荡产、妻离子散、远走他乡逃亡。多少人的血汗钱被他们轻易骗进了自己的口袋里?！我自己又何尝不是呢？仗着自己对这些老千工具的熟稔，骗了多少人啊！

言归正传。大概是清明前后的样子，我去秦皇岛和王利见了面。还是很俗气的那一套，编一些能拿得出来说的身份，套好说辞。我又详细问了赌局的情况，就准备去战斗了。

那个赌局也是晚上开始。在我的印象中，那里只能称为赌窝，不能叫赌场。当天晚上8点多，王利就带我去了，沿着一条马路拐进一条不起眼的小巷子。巷子口有几个人在打扑克，也有在吃烧烤的，也有在歇脚的。但是我能敏锐地察觉出里面有把风的人，因为他们看人的眼神透露出警觉。其中有认识王利的，还和他打着招呼，看来王利经常来这里。到了小巷子口我们拐进另一条小巷，走到尽头来到一个四合院。铁门紧闭，门口有两个男人在下象棋。王利和他们很熟，互相打了招呼，绕过他俩，我们就来到铁门前。拍了几下，铁门的小孔里露出一双警觉的眼睛。王利对里面说："我带我朋友来玩。"那双眼睛仔细地打量了我好几下，才把门打开。进了院子我四下看看，这是一座小楼，院子里有棵大树，树下有一股尿骚的味道，想来是赌徒找不到方便的地方就在院子里乱尿。

进屋里，前一进有一个门厅，很大，中间摆了一个硕大的桌子，桌子边上围了好多人，没有人注意我俩的到来，仿佛我俩不存在一样。

赌局看来很火爆，大大的桌子边一个缝儿也没有，人挤人。我试了一下，想挤进去简直比登天还难。外围也有没挤进去的赌徒，就站在椅子上往里看，不断大声指挥里面的熟人帮他下注。我把脖子抻了又抻，死活看不到桌子上的内容，无奈之下，只好也学人家去找个凳子站了上去往里看。这样，里面什么场景就一目了然了。

坐庄的是一个中年人，矮矮的个子，谢顶，中间光光的，四周头发还不少，从上面望下去，感觉他的样子很是滑稽。他面前摊着一堆玉米，手里把着一个木头做成的杯子，两边一边一个帮忙的，专门负责点钱，维持桌面的秩序，收钱赔钱，抽水。我站那里看了好久，几个在边上看局的人斜眼看着我，我被看得很是不爽。想想也是，我来了就站凳子上看，还一看老半天，好像不是一回事。来这里不赌光看，很容易叫人家产生什么想法来。想到这里，我故意拿出几千元攥在手里，做出一副要押钱但是够不着桌子很着急的样子。我可不想马上去押钱，要玩也得先看看局干净不干净。拿钱只是摆摆样子，做给看局的人看的。

庄家每半个小时就要换一次玉米，他旁边有一大桶玉米，该换的时候，他就从桶里抓出一把到桌子上，放到桌上的堆里；或者从桌子上的堆里抓出一把扔到地上的桶里，不定期增加或者减少桌子上那一堆玉米的数量。这样换的目的就是为了防止别人出千。我仔细观察着我能看到的一切细节，庄家拿的木头杯子、拨玉米的棍子，虽然我不能确定那玉米里是否有铁丝，杯子里是否有暗层，拨棍里是否有磁圈，但是我可以观察他的一些动作，根据他的一些动作去估计是不是出千了。可我总看不清楚，因为前面围的人都是伸着脖子拼命往里探脑袋，都想去看桌子上数玉米的过程。那个过程在赌徒的眼里是很刺激的，不亚于玩百家乐的赌徒晕牌。看来我得想办法挤进去才好，但是在这里想挤进去可真是难啊。看了看桌子周围的局势，我有了主意。舍不得孩子套不到狼，桌子上最少押 100 元，最多 1 万。别以为这个局很小，他不是按门限注的，而是针对一个人限注。有输急了的赌徒干脆把钱分给自己的熟人分别上去跟着他押钱。比如我有 4 个朋友不玩，而我又要想押大一点，我把 5 万分成 5 份，我们五个人都押这一门，这样可以在某一门下注 5 万。对庄家来说，局还是很大的，因为里里外外人多啊，有时候庄家一把就能进出个 10 来万。对内圈大主顾和急于翻本的赌徒来说，局似乎又有点瘦，一人一次最多赢 2 万（不把钱分出去下注）。

## 31〉杀入内场

我得到里面去，不然没办法出千。当时我身上带了 2 万元，捏了捏口袋里的钱，数出 3000 元，用两张 100 元叠成长条，把其余 2800 元捆住，托在手里，等待机会。庄家把杯子扣在一堆玉米上，横着把杯子推出来，吆喝着："押了，押了。"我探着身子把钱丢到了桌子中间，离得太远，没扔到下注区。把账的一个小伙子把我的钱拿起来，看我钱捆得有点工艺品的样子，一边拿在手里端详着钱是怎么捆的，一边高声问："谁押的？到底押什么？"我大声喊道："我押的钱，麻烦帮我放在双上面。"他看了我一眼，点点头，把我的钱放在了双上。桌子上横七竖八码了很多钱，唯独我那捆钱最好认。结果开出来是个 3，输了。

我又拿出5000这样捆了一下，该押哪里好呢？我离太远了，押钱的时候，只能奋力将钱掷出去。本来我想继续押个双，没想到丢钱的时候没找到准头，竟然是给丢在单上面。把账的小伙子跟我确认是不是押单，我说是。赌的人都迷信，我也有一点点。很多人相信赌钱的风水，相信有鬼神。我作为一个老千，宁愿去相信真的有。就像出门遇到庙我都要去拜一样，甚至小小的土地庙我都会很虔诚地拜几下。有时遇到出殡的，我也会很虔诚地拜几下，希望他成为野鬼以后起码不能成为我的敌人。我拜他们不是为了自己能赢钱或者怎么的，我只希望自己运气好，出千的时候不被戳穿。本来想押双，但是既然丢在单上面，我就听从天意。这一次丢钱上去，确实引起了庄家的注意。庄家可能认为我是一个好主顾，对着我笑了笑。而我前面在桌子上坐的人，也回过头来看看，那表情好像是在说："谁这么搓火把钱从我头上丢下来？"我赶忙对那人露出一个讨好的笑容，他也就没跟我计较。开的时候，场面热烈而火爆，有人集体喊着号子："单！单！"押双的人也不示弱，狂喊："双！双！"也有押1、2、3、4的，也在喊着不同的数字。

庄家不慌不忙把杯子推到中间的位置，慢慢地把杯子揭开，露出杯子下那叠玉米，拿着一个拨棍4个一组地数。大家的喊声越发激烈了起来，庄家越拨越少，赌徒们渐渐都安静了下来，大家都屏住呼吸，生怕错过拨数的细节，都全神贯注地跟着数。数到最后，就剩几粒了，有个眼尖的马上喊："单——"果然，剩下7颗，庄家拨出去4个，剩了3粒玉米。屋里马上又热闹起来，充斥着欢呼声、咒骂声，以及互相询问彼此输赢的声音。

赔钱的时候，把账的小子指着我的那叠工艺品一样的钱大声问："谁的，谁的？"我大喊："我的，我的。"我趁机从凳子上下来，奋力向前挤，边挤我边大声说："那5000是我押的，那5000是我押的。"我可终于找到理由进去了。听到我这样喊，前面的赌徒都不由地侧侧身子让我进去。就这样，我终于站到了桌子前。老天保佑，还好没输，输了可就真进不来，不近距离看，我还真看不出啥东西来。

庄家可能对我印象不错，示意我和边上坐的几个人一起挤着坐。大家也都给庄家面子，让出窄窄一个地方给我坐。坐下来我才有机会喘口气，赌钱有时候还真是个体力活呢。

就这样我坐到了前边赌了起来，我要先确定这个局是个什么局。如果是个千局，我可以捡漏。因为番摊的捡漏是可以拿很多钱的。如果不是，我有自己的办法去赢。庄家为了控制场上的节奏，低下身又从下边的筒里抓出了一把玉米续进了桌子上那一堆玉米里，这样既是为了防止别人的探测，也可以向大家证明玉米是随机抓的，这个局是公平的。我看那庄家的沉稳和冷静的样子，怎么看来也不像王利说的那么彪。庄家明明很精明的嘛。

## 32〉弹指神功

玩了几圈下来，我发现这个局是个千局，不过我没能破解他们之间的暗号，只是看出他们是怎么改变玉米单双的手法。

一到桌边，我便开始仔细观察身边的人，其中我身边的一个中年人引起我的注意。他玩的时候特别冷静，面无表情，输赢都不表现出来。赢了就赢了，输了就输了。要说这样的人也不少，心理素质就是过硬。但是，我发现事情没那么简单，我看出了他和庄家之间有点小小的默契，这种默契，也许当时桌上的散家中只有我能看得出来。

他连买了6把，都输了，基本是押哪里输哪里：押双出单，押单出双，别人看来他简直成了一个冤大头，一个点背的衰人，我不知道这个中年人叫什么名字，就叫他衰人吧。殊不知就是这个衰人在掌控着场上大家的输赢。

我也是看了半天才发现他们之间的配合。衰人连输6把后，庄家用杯子罩在那堆玉米上并把杯子推了出来，让杯子和桌子上那一大堆玉米完全分离，伸手示意大家可以下注了。衰人拿出一叠钱，理出一部分买单。他连续多把不中，押得又比较多，大家都对他有印象，看他押在单上面，就纷纷去押双。固定押某个数字的人不少，但总体来说押单的人不多，押双的钱多。衰人押了钱以后，先无所谓似的把手里的钱放在桌子上，随后右手理起了薄薄的一叠，想要去押一个单门的样子，犹豫半天，最终没有押。他右手拿钱的姿势有点怪，静止在半空中片刻，像是要放上去却又收回来。那把我押啥忘记了，随便乱丢的，因为我的注意力都在场上的人，在那些我看来反常的行为和举动上。我看到他手静止半空那一瞬，一粒玉米被弹到了杯子里!

那把真的就开出来一个1，是个单数。很多人咒骂自己运气不好、点背。因为大多数人都没有押中，大家都不愿跟这个人押钱，毕竟他输了好几把了，赌钱的都讲究离衰人远点。庄家收获颇丰，把账那两个小伙子“哗哗”地数着钱。

衰人和庄家之间的配合简直是天衣无缝。他们的配合可以分为两个部分，庄家每次把玉米罩住以后推出来，把杯子周围散落的玉米收回玉米堆里去，等待大家押钱。这个是第一个过程。大家押钱以后，庄家用手把着木头杯，询问是否还有继续押的或者问有没有要改押另一门，大家表示已经押定不再改变，庄家开杯。这是第二个过程。然后才是用拨棍在桌子上4个一番地数数。他们的配合是在前两个过程完成的，衰人是在第二个过程中弹玉米的，这个我看得清清楚楚。当时庄家把着杯子，询问大家都押完了钱没有，两个把账的小伙子也在配合，上手在桌上整理大家押好的钱，看见哪叠钱放得不周正，他们就用手整理一下。没看清谁丢钱到桌上，他们也要询问是谁押的，问一下押了多少，押哪一门。因为桌子上钱很多，他们的手在押注区域这样一搞，大家的注意力就都被吸引过去了。

这个时候庄家的杯子没开，所以没有人去注意杯子。就是一瞬间，他故意推着杯子，推出一个小小的空当，看着好像不小心露个小缝隙，就在杯口的位置，衰人就用右手手指头弹一粒玉米进去。他弹得很是高明，手里那一小叠钱是用来做掩护的，手指在钱下边弹玉米，我觉得这个工夫可不是一两天能练得出来的。而庄家移动杯子的时候就露出那么小小的一个缝隙，要准确无误地瞬间弹进去，真是一个工夫活。别说大家的视线被人吸引到了押钱的区域，就是盯着看，一般人也白搭。速度太快了，就那一瞬间。庄家、把账的，还有衰人之间的配合堪称完美。我也看明白了，就是不需要增加玉米，这些过程也要走一遍，只是庄家的手不会去把着杯子，在开的时候才去动杯子。也就是说，当他需要杯子里多一粒玉米的时候，他会在大家押完了钱的时候去把着杯子，故意核对桌上押钱的情况，而不需要增加的时候，他基本是不去动杯子，直接用手去指点桌子上的那堆钱。身边两个小伙子每一把都会认真地整理大家押的钱，吸引大家的目光，给予配合。

但是他们是如何知道杯子里玉米的数量对自己有利还是不利？我一直也没弄明白。我虽然破了很多赌局，许多具体操作细节也是叫破后研究明白的。这个赌局我不能去戳穿他们，一来我没那个本事，二来也不具备戳穿他们的条件，因为我没有强大的后盾支持我。我只是观察出他每次用杯子罩住玉米推出来后，是送到固定的位置上去，估计那个位置有猫腻，具体他们是用什么方式计算出玉米的数量，我就不知道了。而当时这也不是我最想知道的，我就知道庄家和衰人之间有合作就足够了。事后，我和王利还为他们是如何做到的议论过。我比较倾向于他们用一种仪器探测扫描，这种仪器用在赌局上并不是少数，王利也是这个观点。后来我把这个事情说给德子听，德子说："人家是用精密的电子秤放在那里称重量的。"也许也有这种可能性吧，反正我也没能打开那桌子仔细看。

## 33〉无漏可捡

我不出千，肯定输钱，这次也一样。当我发现衰人弹玉米的时候，已经把前面赢的5000输了，还输进去自己的5000元。我一直观察衰人以及场上有可能是他同伙的人，他们玩得高明，并不是一味的吃大赔小那么简单（要是那样漏就好捡了）。我胡乱押着钱溜局，寻找捡漏的方法。

我首先观察着场上各门押钱的数额和庄家开出结果有什么联系，但是啥也没有研究出来。随时可能增加一个玉米到杯子里，随时可能让单变成双，双变成单，也可以让1变成2，或者2变成3，3变成4，4变成1。这一粒玉米是赌局中最大的变数，能改变开出来的结果，同时也会改变下边赌徒的命运。本来押中了却输了，因为押钱的人实在太多了，而要我这么短的时间内判断出他们是千哪些人，哪些人是托，难度真的很大。赌场上的表面现象根本不能做准，因为有时候虽然明面是杀了小门陪了大门，庄家输出去钱了，可能这个钱输给了托也不一定，还是在他们一伙人的口袋里流通。而这个局存在这么久了，他们之间的配合可不是轻易能看得出来的。有时候老千比演员更会表演，厉害的老千可以和任何一个出名的演员比赛演戏技巧。演局是老千必须具备的天赋，所以在很短时间内看出来，不是那么简单的。虽然我对几个人有所怀疑，但也不是十分确定。而我也确实没有时间再去做详细判断了。

事先以为这是个凯子局我才来的，结果发现根本不是那么一回事。我在局上明显是一个被千的凯子，这个不能去埋怨王利，毕竟这些东西不是他所能详细了解的。可能这个局在他眼里是很干净的，他说这个局很久了，虽然经常换地方，不过赌法和庄家一直都是固定的。他们都是选择这家四合院这样的房屋，一天给个千把的租金，租几天就换地方。所选地点必须有后门，而且前门必须隐蔽——万一有事，大家可以从后门直接分散。发现是个老千局，我就不想继续玩了。但我还真不想马上就走，大老远来了，车马劳顿的，还输了钱，怎么也得拿一点再走。而这个时候已经下半夜，天放亮就散局，我没多少时间去判断了，我必须利用现有的条件去赢钱，也不多赢，够来回费用和零花就行。

我正在这么想着，马上就有了新状况。一个小子可能是输急眼了，不知道在哪里搞来一叠假币，混在真钱里押在桌子上。要说十来张里混那么一两张不容易被发现（这样的事在很多赌局上都存在)，但是这小子明显急眼了，2000元里居然只有四五张真钱，其他全是假钱。他那把押中了，把账的小伙子准备赔钱给他，一点钱就发现了。马上就过来几个人拖走那小子，就在院子里好一顿打。局暂时中止了几分钟，我可没心思看打架，那个衰人也没心思。我看他拿出烟叼在嘴巴上正在找火机，我麻溜地用自己的火机给他点上，趁机和他攀谈了几句，无非是你输了还是赢了多少的一些话，算是混了个脸熟。这时候，另一个小子可能是都输光了，他前面押得很大，大概输出去8万多的样子，无奈地坐在那里叹气，看表情，想玩手里没有钱，离开，还有点不甘心。他沮丧地对庄家说:“大哥，输没了，给点小钱我去洗澡吃饭啊。”那个庄家也是个痛快人，示意边上把账的小伙子点了500元给他。对于这样的老主顾，这点要求还是要满足的，走到哪个赌窝都一样。那小子摆弄着手里的500元，好像很珍贵的样子。人呢，就是这么贱。七八万都输给了人家，眼睛都不眨巴一下，此刻倒把500元当成了宝贝！他比量了一个继续押的动作，庄家说："不带你。"并吩咐边上把账的人说："他要押这500，只杀不赔。"那小子忙把钱揣起来，连说自己是在开玩笑。说完收起500元走了。趁这个光景，我低声和衰人说："大哥，他输了多少？"衰人说："大概不到10万吧。"我说："大哥，我不能也输那么多吧？"衰人说："那是你点背，看我，玩了大半夜，还保持一个本钱。"我故意讨好他说："大哥，我跟你押。你轻点啊，别把我输进去了。"那表面的意思是说："我要跟你押钱。"其实我是想告诉他说："请不要搞我。"但是他当时并没听明白，说："别跟我押，输了我可不负责啊，我要是保准能赢就不在这里玩了，我去澳门玩去。"

我一看，人家还当我是凯子。看来用话点他是点不醒了，又不能叫破，这可真闹心。但是不通过他，我自己想把本钱抓回来还真不行。

## 34〉老虎身上拔毛

那边解决完了，这里继续开局，仿佛什么都不曾发生一样。我跟着衰人押了一个双，没赢。他笑了，对我说："别跟我押啊，兄弟，我又不是赌神。"我对他笑了笑，没接他的话。那一把他没有去弹，很多时候杯子里的结果他们很满意，不需要另外增加一粒玉米，保不齐增加了反而会把庄家搞赔钱了。第二把我继续跟他押，把上一局输的钱拿了回来。在拨玉米的局上，跟哪一个人押钱都是很正常的事情。感觉自己吃不准，就跟那些手风看着比较旺盛的人押钱，很多人都愿意这么做。但是他好像手风不怎么旺盛，我还跟他，他依然无动于衷。他莫非理解为我比较信任他，或者是认为我肯定看不出他们之间的猫腻？反正他的心思，我说不清楚，看来我得干点什么才好。你不是会弹玉米吗？很好。

我在找机会。我要等他准备弹玉米的时刻，去破坏他们一次，让他知道我不是凯子。我可不想输了钱回去，何况阻止了他弹玉米，他也不敢说出来，只能是哑巴吃黄连。周围有无数的赌徒呢，虽然他们是强势，但是如果让这群赌徒知道他们之间的猫腻，肯定不会有他们好果子吃的。当然了，这样的事情发生对我也没什么好处。所以，我们都要避免这样的局面出现。基于这个前提，我想他会有所表示的，人就是这么现实的动物。

第三局开始要押钱的时候，我就押了一下。但是我不是根据场面上上把开的是几或者大家的议论去押，我只押单。押注区域是这么画的：庄家门前从左往右依次是 1、2、3、4，双在我面前，3、4 也在我面前，单在衰人面前，1、2 也在他面前。我坐在衰人的右边，我押单就要从衰人面前递钱过去，这样我要挡他弹玉米外人看起来也不会起疑。我点出 1000 元押在单的上面（我可不会傻乎乎地去押那个单独的数字），我的想法是庄家暗示他弹一个进去时，我可以神不知鬼不觉地挡着他弹出的路线。可惜那一把人家没有配合去弹，而我居然赢了。当然了，我押的是小钱，也许人家没心思暗算我这点钱，桌面上的钱多了去了。我也不着急，这一把不弹，早晚有要弹的时候。

第四局，我又把钱丢在了单上面，手里拿着钱做好了续钱的准备。果然，大家都押完钱的时候，庄家的手扶在了杯子上，看来马上就要露出缝隙了，我快速伸出右手，手里抓着 1000 元，对衰人说："大哥，我再加 1000，你看能中不?"我的手正好挡在他的右手和杯子之间。他这个时候当然不能去弹了，弹的话玉米会弹在我的手上或者钱上。他直直地看着我说："我哪里知道能不能中?"可能他认为我是无意识的伸手，没做任何表示。庄家把杯子推到数的地方，脸上没有任何表情，好像什么事情都没有发生一样。倒霉的是那把出来一个双，我输了。我要不拦着这一下，让他弹进去一个的话，我就赢了。但是我也没有任何表示，专心理着手里的钱，看哪里折边了就给顺开，哪个地方不工整了就理一理。我也不去看他们，我等着下一把开始。

我继续押在单数上。之后连续三把人家没有配合，我能确定他们俩不是惊到了，而是场面押钱的形势不需要出千去改变结果，反正我把把在单上押 1000 元。三把之后，他俩又要配合的时候，我立刻又把手伸出来指着那个 1 的数字说："我应该押那个 1 才对，这一把肯定开个 1。"这样又阻止了他一次。庄家有所警觉，像鹰一样盯着我说："认准了 1 怎么不去押？喊有什么用？你现在押我也带你。"还没有掀开杯子是可以押钱的，我满脸赔笑对庄家说："大哥，我不就是一说嘛。"庄家没接我的话，掀开杯子开始数番。衰人可能看我挡了他两把，有点怀疑我知道了。和庄家一样，像鹰一样盯着我的眼睛，我也对他露出一个讨好的笑容，说：“大哥，我不是输了嘛。”他也笑了，说：“你能不能老实坐那里看着？”我说：“能啊，但是我太激动了。”说实话，当时心里确实跳得很快。毕竟我在做一件冒险的事情，在人家的地盘上，变相地破坏人家的配合，阻挡人家财路。不过我认为他们不敢对我怎么样。

在我挡住他第三把的时候，他彻底明白了，庄家也明白了，庄家意味深长地看着我，没有任何表示，是那衰人出面和我讨价还价。

衰人问我：“小兄弟，输了多少钱啊，急三火四的，你能稳当点不？”

我说：“大哥，我输了快1万了。”

他说：“1万啊？不多。”

我说：“对有钱人不多，可对我可是很多啊。”

他说：“那你想赢？”

我说：“那当然了，来这里谁不想赢啊。”

他说：“我也想赢，可是看不好哪一口，这个钱真难押。”

我一听，有门，赔着笑说：“大哥，那我输了啊，我想翻本。”

他说：“我还想翻本呢。都一样，慢慢来，点气好的话几把就能赢个3万4万。这个赌法翻本很快的。”

我装傻说：“我可不敢押大钱，万一输光了，回家的路费都没了。”

他笑了笑说：“没事，光了哥哥借给你，但是你要付我5分利息。”

我说：“我可不借钱玩，手里可没钱还。”

他说：“看你赌得小气，你就看准了，押几个大注，几把就捞回来了。”

## 35〉见好就收

这话不怕人家听，其实是我俩在互相对账交底。他查我输了多少钱，想赢多少算完。说着话，下边他的脚也没闲着，把烟头故意丢在我脚旁边，抬脚踩到了我的脚上，用力踩了一踩，我也翘了几下当是回应。我俩算是达成了默契，我不去说破（也不敢，说破了也抓不到啥证据），也不挡着他弹玉米的路线。我俩的脚在桌子下就踩在了一起。而这个对话内容只有我俩和庄家最清楚，庄家也给了我一个鼓励的微笑。我就知道：嘿，能拿点小钱走了。但是两个把账的小子有点不忿，总是不怀好意地看着我，像是威胁。

有了默契，庄家把玉米从玉米堆里用杯子罩住推出来的时候，赌徒们押着钱，衰人看庄家没表示，就用脚使劲踩了我一下。按照我的理解他是让我押单，但是我不很确定，就拿出2000押在单上。开出来果然是个单数。他又乐，说："小兄弟，你要是押大一点不就好了？"我说："是啊，可是不敢啊。"他呵呵的乐着。他的钱押在双数上边，自己输了还笑，真是牛人。接下来四把他没有提醒我，可能怕我把把押中会被大家跟着押钱。我也不着急，这中间他弹了两次，而我在单上也押了小钱，什么也没做，就是低着头理自己手里的钱。第五把要开之前，他使劲踩了我两脚，我明白他是叫我去押双。我拿出5000元押在双数上面，果然中了。就这样，我按照他的指挥前后赢了快5万的样子。

我想，够了，该收手了，人家也挺够意思了，我再搞下去就有点蹬鼻子上脸了。还不等我有所表示，衰人就问我："小兄弟，没少赢啊，点真好，下把老哥跟你押。"

我知道人家在试探我还想拿多少，那话里的意思是：你赢点得了，别蹬鼻子上脸的。我说："不行了，我不玩了，赢点够花我就满足了。"我怕他还有什么顾虑，马上说："我早上得去赶车回家。"那意思是说：我不是不讲究的人，我马上消失，明天肯定不会再来了，让他放心。再说，今天得了便宜明天还来，那样会被人揍得满地爬。

他看我这样表示，就立刻把脚从我的鞋上拿开，轻轻碰了碰我的鞋，那意思是：你可以了，别太过分了。我也马上回应他的脚，那意思是说我知道了，马上消失。我故意大声说："我得去赶车了。"说着话我站了起来，手里掐着大把的钱。满桌子输了钱的赌徒都羡慕地看着我，但是我也注意到了几双不怀好意的眼睛也在看着我。看来这样就走不是个事，于是我理了理手里的钱，拿出5000多元，扔在衰人面前说："今天沾了大哥你的点气，赢了，这些大哥拿去喝茶啊。”他也没客气，把钱收到了自己的钱堆里说：“你这个哥们真讲究。”我说：“大哥，小弟希望你今天大赢，我走了啊。”他“哦”了一下表示知道了，就再没理我。

我出门找到王利，拉着他就走，很顺利出了大铁门，来到了街上。我看到胡同口那里好像有人影要出来。我说：“王利，快跑。”然后就拉着王利飞奔起来，王利可能认为我出千暴露了，也跟着好一通跑。跑了很远也没看到一辆出租车，我俩绕了几个偏僻的小胡同，又穿过几个居民区，七拐八拐的，看到后面没有人跟着，才坐下来喘口气。跑得太快，我的心脏突突地跳，肺也快跳出了。缓过神儿来，我详细把过程和王利一说，然后把钱分他一半，当天我就离开了秦皇岛。要我再去，我是没那个胆子了，再去要赢钱也可以，但要能拿走就出鬼了。人家这是给足了面子，咱也要见好就收。人家也是怕我乱说，才用钱封住我的嘴巴，算是几个讲究的摆局老千了。

只是到现在我也没搞明白他们是如何知道那个杯子里的玉米是单数双数的，当然我不了解的东西多了去了。不过我从那个局上学了一招：弹玉米。没事我就拿个玉米弹着玩，可惜总练不出人家那水平，但是拿去抓凯子够用了。

## 36〉形形色色的麻将老千

麻将是大家都喜欢的娱乐方式，朋友小聚，生意应酬，都少不了打几把，以此为生的也有。要说老千，麻将老千最多。我在第一部书里详细介绍了老千麻将的各种种类和作弊手段，麻将老千的肢体语言、手语、哑语、脸语的种种配合，还有实战中换牌、偷牌、假抓、独抓、多抓，等等。这里，我再说说上部书里没说到的吧。麻将最为普及，我就说说最基本的千术，这些手段也是目前几乎所有老千都在用的很流行的出千方式。现在很多人依靠麻将室吃饭，就是靠出千，收入不比上班差。

你去任何一家麻将室，都能找到几个像我描述的出千场景。不信你就去，找不到你来找我算账。

大家都知道，麻将一共有34色牌：9个条、9个饼子、9个万字、四个风带中发白。在麻将桌子上我们经常听到有人说臭、碰、抓、快、打、对、摸、好、慢、留、邪、看，等等。麻将老千会找出34个字，每个字对应一张麻将。玩的时候随便说话，但是肯定不带这些字眼。打个比方说，臭这个字代表3万，当他想要3万的时候，他就可以随意造句，根据桌子上的形势随便说，可能是“这一张扔得真臭”，或者“我这口条子吃得有点臭了”，或者说：“就你打那麻将，臭得没有味道了。”总之，如何说得自然合理就如何去说，可以是开玩笑，也可以是抱怨，反正在桌子上任何人都会说这个字。关键是那句话应景而且还要带出这个字来，并且不能和别的字同时出现。

他们这些老千在家都合计好了，哪个字代表哪张麻将。在家死背下来，自己练习如何造句才合理，并且不带别的他们规定了的字眼。

所以说，你在打麻将的时候，有人打出一张牌，忽然觉得后悔了，说：“哎呀，臭死我了，怎么把这个丢出去了？”你可能傻乎乎跟着乐，还庆幸遇到个傻子一起打麻将，都不会选张。你要这么想，我也没话说，谁叫你是凯子呢？那可能是人家要3万（当然了，我说的是3万这样的比喻，人家规定对应的麻将可能不是这个）。

万一有人在打麻将的时候催你：“你快打啊，你打一张出来好吗？”或者说“咱们今天准备打到几点？打八圈就散了吧，再打几把就要吃饭了”、“昨天打麻将输了500元，明天咱们还来打吧？”、“天天打天天输”等等这些话，可能都是有意识说的，都带个打字，很可能是要某一张牌，在告诉自己的同伴。

这是目前最流行的麻将出千方式，一般也叫打号子，也有的地方叫开片儿。根据对暗号的原理衍生出很多种复杂的千术。

简单的千术还有很多，比如一般咱打牌都要打什么喊一下，比如打出7条就随口说“7条”。如果有人故意反着说牌，喊成了“条7”，这个也是一种号子，告诉同伙我上听了。具体和什么牌，那看两个人怎么约定了。对号子的方法说一天也说不完，而且怎么定都是个人喜好问题。

有时候在打麻将时有人总是不经意地吸着鼻子、舔舔嘴唇，那可能都是约定好了的各种暗号。

在麻将室里，你身边的任何一个人都可能是老千。你也不要把老千想得那么猥琐，其实一个个都温文有礼，面目和善。女老千尤其多，成天专门打麻将。她们成天就是靠熟人吃饭，千就千熟人，不认识的人，人家也很少和她们玩。但是她们很善于交际，认识你没几天，就很快熟识起来，然后坐一起玩麻将。麻将老千一般混迹于各个麻将室，每一伙都有自己的势力范围，靠熟人的引荐上局，小的10元也跟你玩，大的几百也不含糊，基本都是两人配合。

也有女老千专用美女计，故意结识一些有钱的人，一起去吃饭，跟着蹭吃蹭喝，然后约人一起打麻将打发无聊的时间。你要好点色，就直接进套里去了，越打越输，越输越打。也有很多长得帅气的男人，专门去勾引比较富有的有点寂寞的女性去打麻将，然后通过各种手段，把你的钱变成他的钱。而对这些人，麻将室的老板大都知道，但是基本是不闻不问的，能给他们带来生意就行。

所以我在这里说：打麻将娱乐可以，但是请小心你最熟识的人，老千时刻在你身边。

## 37〉号子也可以打得很高雅

话说回来，麻将老千互相之间都很讲究，万一不小心坐到了一起，打几圈牌，要是有一伙人觉得可能遇到同行了，马上就会找机会和平散场，绝对不会去戳穿对方。想想在押宝烂局上被打那次，也是自己有点做过了，让人以为我挡了人家的财路。换任何人，都会对我下手的。

有一次在一个麻将局上，我自己上去玩，玩了两圈牌我就感觉遇到了同行了。说起来比较丢人，因为他俩的号子我竟然没看出来。但是感觉那两个人是同行，才去留意的，他俩属于我见过的最佳的麻将搭档了。他们之间并不是简单通过号子来要牌，而是一切凭自己本事上听。他们的号子只是报给自己一伙的自己要和什么牌，因为当时玩的是点炮给钱，没点炮的坐车。当知道对方要和什么牌的时候，同伙会在抓牌的时候将那张要和的牌垛在他要摸牌的位置，让上听的人自摸和牌。我当时也是发现了其中一个抓牌时手心夹了一张牌到了牌垛里，才看出他们是老千的，要不我当时也可能会成为凯子。下一轮摸牌，另一个立刻自摸了。

我看他们的手法，去牌垛里换牌很娴熟。他在抓牌的时候，顺手一探，就把牌抓了起来，手心夹的牌立刻到了牌垛上，好像那张牌原先就在那里一样。这个动作很自然，因为他抓起牌的时候正好就像是在牌垛上面用手指读牌（就是用拇指肚去摸牌）一样。我呢，肯定不能去叫破，也不能继续玩了。正好那把牌他自摸，我就趁洗牌的时候说："3 万绝张也能摸得到啊？我家一对呢。看来我真是遇到神仙了。"那两个哥们一听就懂了，立刻装作挂电话，说有什么紧急的事情还没有办理，不能继续玩了，要去办事。互相都留有脸面，大家和平分手。

仔细想想，就是搞不明白他们之间是如何传递信息的。麻将桌上我不了解的互相传递信息的东西多了，想想自己也就释然了。打麻将的人形形色色，各个阶层的都有，有些号子真是别出心裁，不说的话，你想破头也破不了。

我旁观过一个麻将局，他们也是通过打配合来出千的。麻将局单打独斗的不多，那两哥们对号子方式很有意思：边打麻将边哼哼歌曲，搞得像自己有多少音乐细胞似的，实在没歌曲哼哼了就吹口哨。他们的出千方式当时我也没看出来，但是我知道他俩之间存在某种配合（具体怎么配合也是事后通过交流才知道的）。虽然我是一个看热闹的人，但是人家玩了一会儿，看我的神色是在观察他们，就知道了我可能觉察到他俩在出千，正在破解（当时确实是想破解一下他俩的信息传递方式，破了很久也没有破出来，所以不知不觉有点认真了，让他俩其中一个给看出来了）。

那个哥们很会处理，因为我坐在他附近，他就问我："哎，这个牌抓得有意思，我有点不会打了，"随手拿起一个废张来问我："我打这个怎么样？"就是个废牌，留着也没有用，其他的牌都是很整齐的，那张废牌打出去就可以上听了，比方说，他家 5、6 条，一对 3 万，单有一个 7 饼，他当时就拿 7 饼问我。我一看人家问了，虽然当时脑子没转过来是人家想暗示我，我还以为他在演戏呢，是要迷惑一下其他几家，自己一会儿上听了，是和在大头饼子附近（多人打麻将都这样，故意搞得自己像和万子似的，其实他和饼子）。我就随口一说：“打这个对。”于是那哥们就把7饼打了出去，上听了。回头转了一圈没有和，但是抓了牌后在家又瞎鼓捣几下，原样丢了出去。

后来和牌了，那个哥们装作很高兴的样子对我说：“哥们，你真高，亏你这一把我和了。”那把他赢了2000左右的样子，他随手就丢给了我，说：“哥们，拿去喝茶，咱打麻将输赢不重要，重要的是大家高兴，交朋友。”他表现得很豪爽的样子，但是我心里明镜似的——人家是给我封口费呢。不接人家对你会有顾虑的，必须接，接了人家哥俩才会放心大胆地继续玩。我又不是来搅局的，就一个看眼的，场上那两个凯子我也不认识。人家给我钱的另一个意思也可以理解为：别挡我财路，拿钱滚蛋。所以我就心安理得地把钱接了，那哥俩也就放心大胆地继续出千搞那两个凯子。

因为那段时间我总去那家溜达，也经常看到他们在千别的凯子。但是我从不在人家玩的时候凑上去看，那样会让人讨厌的。后来经常遇到，有一次正好他们散局的时候看到我，非要拉我去吃饭。我就去了，吃饭的时候互相聊得很对路子。我问起他们，他们才说号子在他们哼的曲调里面，讲究音律，根据曲调、节拍对暗号。我当时一听脑袋就大了，反正是听了个稀里糊涂、一知半解。他们之间就是互相通过这个来传递信息的，想想这两个家伙也是挺高雅的。真是林子大了啥鸟都有，连这个他们竟然也想得出来，可能是他俩发明的专利吧。也可能别处也有人用，不知道你周围有没有边打麻将边哼哼小曲的，他是心里高兴在自己娱乐，还是在传信号呢？不知道你周围有没有边打麻将边自己很小声吹口哨玩的人呢？遇到了你们自己琢磨去，反正对于这个出千方式，我最终是没了解明白。

我还见过两个傻子出千。为什么我说他俩是傻子呢？因为他俩出千方式太低级了。他俩在等着大家抓牌或者等大家打牌的时候，自己的手就在桌子上写字一样划着数字，来告诉自己的同伙自己要什么。当然了，凯子嘛，永远是凯子。就这样低级的千术，也把那两个凯子好个骗。那两个傻子其实也不傻，等人家看他们手的时候，他就胡乱划拉，好像是自己打牌时候的习惯动作似的。别看他们的千术低级，但是好用，一会儿的工夫，那两个凯子就输出汗了。

# 38〉憨人二牛

很多赌得输红了眼的赌徒就算看了我的东西，知道赌博背后的千术黑幕，也不可能收手不赌。相反，他们来我这里只想取点什么经，更加疯狂地去赌钱。我不是神仙，也不指望一两本书、一两个帖子可以挽救那些陷得很深的家伙。我揭露千术，写出赌局上的黑暗，是想让更多刚会赌的人收手，让更多想赌的人罢手。

所以，还是说说我赶的另外一个赌局吧。到2000年以后，我基本不出千骗人了，只是帮哥们看局赚钱和抓千赚钱，整天闲得没事，到处去晃。一次小艾请我们吃饭，在饭桌上，小艾的一个哥们说起了他最近总去玩，输了不少钱。小艾这个朋友叫二牛，本人和名字差不多，就是人们说的那种脑大脖子粗的憨人。虽然二牛有点二愣子，但他知道凡是赌就肯定有捣鬼的。小艾当时就吵吵说："二牛，你叫人给骗了。"二牛嘴巴一撇说："骗我？骗我的人还没生出来呢。再说了，摆这个局的哥们是我的铁子，骗谁也不会骗我。"小艾问了一下那个人的名字，二牛一说，小艾也知道这个人，当即就说："那小子都多少年不讲究了，你还和他混在一起？"开始他俩只是在酒桌上有一搭没一搭地闲聊，后来俩人越说越顶，说着说着竟争执了起来。小艾一口咬定说二牛被人骗了，而二牛呢，非要起咒发誓说不可能。一时间场面搞得有点僵，大家赶紧上来打圆场，他俩才停止了争执。

于是大家又说起那个摆局的人。你一言，我一语，我渐渐对这个人有一个大概的印象。那人以前也是个混子，经常是吃了上顿没下顿，没有正经工作，得靠大家周济，还有一段时间专门帮着夜总会看场子。后来不知道怎么开窍了，不跟别人干了，自己在宾馆里租个房间，开起公司来了。他开的公司不做正经的生意，专门骗人，是报纸电视上曝光的那种黑中介。他们的中介公司，打广告说专门帮人找工作，收费名目林林总总，什么押金、中介费、服装费、餐费、公证费，等等。他们哪有本事帮人联系啥好工作，尽是一些要求不高的工作，什么押运、司机、卸货工人，等等。每天找人在街上张贴小广告招工，广告上待遇好得不得了，谁看了都心动。有找工作的，接待的人先一通忽悠，说得天花乱坠，等钱到手了，就想尽各种办法要人家自动放弃。等人家自己放弃了，或者去了他们临时成立的“公司”面试没成功，回来要押金要服装费的时候，他们就召集一帮人连推带搡，把人吓唬一顿，或多或少也退一点，自己留大头。他们一般都选择外地人骗，那些外地人容易上当，知道被骗了觉得自己惹不起，只好吃了哑巴亏。而当他们觉得在一个地方干不下去或者感觉有人要来查他们时，就立刻换个宾馆继续做。

二牛是帮那个混子专门吓唬人的，负责摆平那些回来要钱的人。拿他的话说：那个哥们对他不错，每次搞来的钱分给他很多，每天大酒大肉，很是潇洒过的。那混子摆了一个赌局，二牛也上去玩，自己收不住手，先后输进去7万多元。自己没有固定工作，这7万元钱是她姐姐拿出来资助他搞点小买卖的。当时在饭局上，小艾故意说：“我有好手，你给带上场去拿钱，咱们大家分好不好?”二牛把脑袋摇得像拨浪鼓一样，说：“不好，这么做太不仗义，怎么能搞铁子的钱呢。”说着话小艾就递眼色给我，那意思叫我答应。我摇头，向二牛方向撇撇嘴，那意思是告诉小艾：这个二牛不愿带，这样想上局很难，先把二牛的工作做通了再说，我总不能自己走到那里，敲门进去就坐下来和人家赌吧。其实我心里是很拒绝的，因为当时主要以看局为主，有时候抓抓老千，有很多赌局我都懒得去搞了。在这个城市里大赌的人大多都知道我，人家都不愿意跟我玩了。在酒桌上那个环境，也不好明说，只能找理由搪塞。

后来小艾拉着二牛说了半天，好一顿鼓动，加上二牛也想把输的钱找回来，所以他也同意了，但是提出一个条件：场上别人钱都可以拿，但是他跟的那个哥们的钱最好别拿。因为那个小子偶尔也上场玩，他觉得拿了他的钱不合适，有点恩将仇报的感觉。人家对他这么好，还去搞人家，这样的事情他不想做。话都说到了这个份儿上了，我也没法推了。吃完饭大家非要去唱歌，于是大家找了个歌房去瞎唱。唱歌的时候，小艾、二牛凑在一起嘀嘀咕咕又说了半天，歌房很吵，他们具体说啥我也没听清楚，估计小艾还在做二牛的思想工作。晚上分手的时候，小艾问我怎么样。我说你都答应了，我还能说什么？只能先去看看再说。但是我提出我的担心，那个二牛会和那个开局的混子说起这个事情，在赌桌上我不信任任何一个人。小艾说没事，他已经做通了二牛的思想工作了，二牛也答应不和那个混子说，只要别去赢那个混子就行了。既然二牛答应了，就肯定能做到，他是个实在人，小艾拍着胸脯向我保证。

送走二牛，只剩我和小艾，深聊才知道小艾的用意。小艾并不是想叫我通过这个局赢钱，用小艾的话说，想赢钱，自己组织局，有的是凯子来送钱；或者组织局看局，每天抽头就够花了，没必要跑人家的局上抢食吃。他想到二牛可能被人骗了，要说带我直接去看，二牛肯定不让，也不信，就想了这么个办法，让我去看看，是不是被人家骗了。当时，小艾叹口气说："能去骗二牛的人就是一个混蛋，老三，现在像二牛这样的人很稀少了，谁和他做了朋友都不应该去骗他。再说，二牛跟着我也没少出力，我一直拿二牛当铁子。二牛人太耿直，又没个心眼，兄弟不能看着他被那群混蛋骗。要是直说，你也看见了，他那个人肯定不能答应。我也是想不出别的法子了，你就去看看吧。"我点点头，算是答应了。别看小艾有时候犯浑，确实也能为朋友着想，所以他身边总能聚拢很多哥们。我开始还纳闷，竟然叫我去出千赢钱？自己有局看呢，跑人家局上折腾啥？原来是这样，这样的朋友，这样的事，谁会去拒绝？

第二天我早早被小艾叫起来，去和二牛会面。当小艾给二牛介绍说我就是他找的去帮他从局上拿回钱的人的时候，二牛一脸的不信任，还呵呵地乐，说："就他？快拉倒吧，小艾，你可别逗了。"说完了他自己笑得都不行了，我也跟着彪乎乎地笑。二牛捶了我一拳，说："老三我也认识，在一起喝过好几次酒了，他赌钱手法高，我咋不知道？"小艾说："他手段很高的。"二牛说什么也不信，小艾无奈，就说："不信老三给你展示展示。"二牛颠颠地去买了一副扑克，非要我练给他看看。他打开扑克，先洗了半天，然后啰啰嗦嗦地和我讲解他们的赌法和规矩，生怕我听不明白，往往一句话能重复好几次，还反复问我："你听明白了没有？"我摆摆手，说我听明白了。

他们玩得很简单，就是两张牌比大小，玩法和最早我说的瞪眼有点相似。一副扑克玩，一家庄对三家闲，同颜色的对牌最大，比如两个王在一起是最大的牌，然后是两个红K的对，然后黑K对，红Q对，黑Q对，红J对，黑J对，红10对，黑10对……这样排列下来。如果没有对，则9点为大，花牌代表1点，比如一个8和花牌配在一起为9点，同样的8和A配在一起，也是9点。如果点数相同，则比手里最大那张牌的花色，依次为红桃、方片、黑桃、草花。

讲完后，我示意他可以开始了，他就开始哗哗洗牌，然后自己拿起扑克切了一下，看切出去的是什么点，就要发牌。我问他："你咋自己切牌自己发呢?"他说："我们就是这样玩的，自己切牌自己发，切完了，从牌最上面发牌。"我说："这个规矩怪啊，人家玩都是庄家洗牌散家切牌，切到哪里从哪里发，你们怎么自己洗牌自己发？这样的钱也太好熊了吧。"二牛好像没听明白，又好像心思根本不在这个上面，只是催着我押一门。我不着急，问他："我可以给你洗牌不?"他说："可以啊，谁要是觉得自己有点，可以要求洗牌，但是你洗完了我还要自己洗，完了再切牌打点。在那里玩的庄家都这样。"哈，这不摆明了是凯子赌法嘛。

我从他手里拿过牌，他眼睛眨也不眨地盯着我的手。我说："你看我我怪紧张的，算了，我不洗了，你自己洗吧。"二牛有点不乐意了，把牌拿回去自己又哗哗洗，还说："哥们，要我玩呢。"洗得差不多了，自己又切了一下，非让我选一门押一下。我实在憋不住想笑，怎么遇到这样的憨人。他看我笑，就有点莫名其妙，瞪大眼睛看我。我说："咱不说这个了，咱们研究一下编个什么关系带我去那里玩。"二牛还非要我押一门，要看看我怎么捣鬼赢他。我说："你是买了一副扑克?"他愣了一下，还没反应过来，还一个劲催我："你倒是押一门看啊。"看着他的憨样我实在憋不住笑了，跟他说："你就30来张扑克，不是一副整的，我不玩，你小子偷牌了。"他捏了捏手里的扑克，好像刚反应过来，说："对啊，一副扑克好像不是这个厚度。"然后又瞪着我说："我去找他去。"看那架势要去找卖扑克的人。小艾也憋不住了，捂着肚子说："老三，你别逗他了，把扑克还给他。"这个时候二牛才反应过来，是我偷了20来张扑克，拉着我一个劲问我怎么做的。他有多憨？当时我和小艾都快要乐得不行了，但是他坚持要我演示给他看看。被他磨叽得不行了，我就拿出一张扑克给他简单演示一下，在他眼前一晃，扑克不见了，再一晃，扑克又在手里了。一下把他唬住了，他一个劲说："神了。"其实说白了，那只是一个耍人玩的小把戏，就是用手指缝夹住牌的两个小角，像小时候转笔那样在手指头间转动，其实就是在手心手背来回倒而已——手心向着他让他看到牌，要牌消失就瞬间倒到手背去。和这样的憨人只能这样，太复杂的他理解不了。

## 39〉童子坐庄

我们商量好了，我就是二牛一个表哥，才来到这个城市，他带我出来玩。大概早上9点左右，我和他一起去了那家宾馆，到了那个所谓的"公司"里。"公司"有两个房间，外面这个办公，放着两张气派的办公桌，墙上还挂着营业执照，是不是真的我就不知道了。一个30多岁的女人正在那里夸夸其谈地忽悠几个来找工作的，讲得吐沫满天飞，还拿腔拿调地说："名额有限，你们不干，有的是人排队来干。"站在那里听她忽悠人也是一件很有意思的事情。我站那里听了一会儿，那几个找工作的人先后被她说动了心，交钱签了一些合同什么的东西。二牛过来拉了一把，我跟他来到另一个房间，里面已经有好几个人，一看就是那种不成器的小混混，胳膊上刺字的、烫疤的，一个个咋咋呼呼的。其中两个人在一张桌子前下象棋，其他人在边上看眼。那桌子就是一个专下象棋的桌子，表面是与麻将桌材质差不多的绒布，布上画着棋盘。边上摆了一张床，一张沙发。

看来牌局还没开始。二牛趁着这个机会把我介绍给大家，根据我们套好的词说我是他姑姑家的儿子，来城里玩。大家和我客气几句继续下棋，我就像个傻子一样站那里看人家下象棋。一直快到中午吃饭时也没有要开局的意思，倒来了几拨要钱的人，都被这些凶神恶煞一样的人给赶跑了。他们赶人走的时候就从床下边拿出棒子、砍刀什么的，吓唬人家。我一看，这不是进狼窝了嘛。

前面我不愿去二牛玩的局上出千，主要是考虑摆局的人不对，在这样的局上赢了钱要拿走是很费事的事情。一群无赖在一起赌钱，就是凭自己点气赢了钱，如果超出他们的承受能力，他们也会找各种借口诬赖你出千，很难拿走钱。这样的事情，以前我遇到过很多起。我对待任何局都很谨慎，一群烂人摆的局我是基本不参与的。我偶尔也会被朋友引去赶局，但是大都是赶外地的一些凯子局。目前这个局拿脚丫子想都知道会很烂，何况在我印象中，凡是赌钱的地方都有诈呢?

中午他们从饭店订了饭菜，在办公室里吃，边吃边议论那些来找工作的人，二牛也给我叫了一份，每个人两瓶啤酒。吃的时候我还在想：这个就是二牛说的大鱼大肉？不是吧？我暗自把里边的人估摸个遍，也没分清楚哪个是头，一个个说话都骂骂咧咧的，没一点稳当劲儿。看二牛的样子好像一点也不着急，似乎忘记了我们是来赌的一样。

一个个酒足饭饱后又开始下象棋，外面房间那个挺能忽悠的女人不知道从哪里找了几个小孩子，叫他们去贴小广告。他们各忙各的，把我闷得特别闹心，又不是来吃饭看下象棋的。时间好像凝固了一样，那个难熬劲儿就别提了。就这样一直靠到 1 点半，从外面进来两个人。一个喝得脸通红，另一个笑眯眯的。喝得脸通红的是开这家黑中介的混子，看上去 40 左右，脸上厚实的大嘴唇特别醒目，房间里的混子都叫他二哥。另一个笑眯眯的是他朋友，听口音也不是本地人，带点山东烟台一带的味道，也 40 来岁，那个二哥管他叫老纪。那个二哥看我面生，很警觉地问：“你是谁?”我故意用我们海边浓厚的方言和他说：“我是二牛的表哥，来城里玩，他带我来的。”二牛也连忙说是。后来听他们说话，才知道二哥规定，必须吃完午饭才能玩，上午就专心工作。知道后我心里把二牛好个骂，早不说，害得我在这里熬了半天。这个憨人。

大家坐一起聊了会儿天，有个哥们提议开始玩几把，好像大家都等这个。他话刚刚说完，屋里人收拾桌子的收拾桌子，拿扑克的拿扑克，还有的到楼层里别的小公司喊人来玩。来的时候我发现，这里好几家公司都是做这个的，黑中介。他们凑一起就开始交流一些招工作假的事，说着话赌局就支了起来。我还坐在沙发上没有动地方，拿张报纸在那里看，装出对这个局没有任何兴趣的样子。但是二牛着急，好几把要拉我上去玩，我都给推辞了，让他自己先上去玩。

他们玩了一会儿，我装作报纸看完了一时很无聊，站起来看他们打牌。一个非常年轻的小子正坐庄，每一门最大限注1000。大家押得都不大，二牛看我凑过去又卖力鼓动我玩，我心里那个气啊。但是当场也不能和他犟，再犟就有点假了。于是我拿出几百元，100一下，东丢一下，西丢一下，装作不会玩的第一次上场打发无聊时间。局上人们好像玩得还算干净，只是这些人都有点傻傻的，洗牌的手都赶上老头拿针穿线了，一个个笨得不得了。那坐庄的小子点也背得很，下了8000的底钱，被大家几百几百地押了一会儿就没了。我就跟着丢石头，也有700元的进账。

那个混子没玩，好像这个局和他没关系一样，他捧着一个茶杯在那里喝茶看热闹。老纪也只是有一搭没一搭小小地押着钱。庄家8000底光了就冷场了，没人愿意坐庄，叫谁谁不坐。一帮人拿着钱围着桌子互相看，互相推辞了好久。一个人说他来坐庄，一门最多押500。我一看，这个局可真闹心，越玩越小了。那小子也就推了10多手，赢了3000元，把扑克一丢，不玩了。又冷场了。但是我啥也没表示，拿着自己手里的200元（开始赢的700又倒出500）站那里等下一个出来坐庄的人。二牛来鼓动我做一庄，我为难地说："我身上就带2000，坚决不玩，捞点烟钱我就不玩了。"话是这样说，但我心里那个气啊，演局讲究水到渠成，像二牛这样总鼓动我做这个做那个，不是有点太明显了吗？遇到这么个憨人，也没辙。再遇到这样的一个破局，都叫什么事啊？

还是没有人坐庄，我看好像没得玩了，就把200元揣了起来，还在想一会儿去加100的油，再买个香水放车里，正好够了。反正我不上去坐庄，我又不是来赢钱的，就是赢钱也不找这样的局来赢啊。

那个二哥看有点冷场，就说话了："来，哥几个，我出1万，大家看谁有本事拿去。一门也是500。"说着话从兜里掏出一叠钱来，丢在桌子上。看样子准备要坐庄的意思。大家都说："二哥，你也500一门？太小气了吧，怎么也得增加到1000才对嘛。"但是他死活不干，就500一门，有局总比闲待着好，于是赌局又一次开始。但是那二哥不推庄，要边上一个十五六岁的小孩推。这小孩啥时候进来的我没注意，二哥指着小孩说："叫我小侄子来推，年轻人火力旺，还是个处儿。我不行，昨天晚上打炮了，不敢推。"大家都开起了他的玩笑，问他坚持多久，和谁，都什么姿势。

那小孩好像常来玩，大家都熟识，都说最近被这个小孩给杀毁了，到底是童子。那小孩也没推辞，熟门熟路地站到桌子前，拿起扑克像模像样地洗起牌来。推了几手，我就看出这小孩有点意思。他竟然会出千。

## 40〉兄弟如凯子

我在旁边看着，这个局上的人玩得实在是彪，那小孩用最低级的千术就把他们几个人高马大的混子要得团团转。他每次收牌的时候都把8收在最上面，假洗（始终让8在最上面），尽量不让大家看到最下边那张牌是什么。那小孩哗哗洗完牌，翻一张决定从哪里发排。根据他们的规矩，庄家自己切牌，看是几，1、5、9从开门发；2、6、10从出门发；3、7、J从天门发；4、8、Q从末门发。然后把切的牌合进去从最上面发牌。这小孩就利用庄家可以洗牌、切牌的游戏漏洞，保证自己拿到最上面的8。每次他都把1、5或者9收在最下边，他通过抠底牌手法把最下面的牌翻出来，而其他人看着还以为他是从牌中间随手切的。

他自己切牌的时候左手拿牌，右手抽牌，看起来他随便卡起一叠牌，其实他不是直接翻开，他翻牌时，中指扣在牌底，翻牌的一瞬，底牌便到翻起那叠的最上面。所以不管他翻起多少张，给大家看的都是他事先编辑好的那张底牌。

具体动作是，他左手握着牌，用左手食指挡住扑克的前边边缘，扑克的侧面一半边缘又被他左手的其他三根手指挡住了，最内侧也被他右手挡住了，所以大家看不出他从下边抽了一张牌。而且他切那一下的动作很利索，一点也不拖泥带水，翻出来直接对着大家一亮，把牌合进去，再从最上面一张发牌。

他们的玩法是当花牌没有配对时算是1点，一副扑克里4个A、12个花牌、4个10、4个9，手里有一张8，可以配成大牌的几率相当高，除非点背总遇到2、3，配成比十或者一点。这样玩了很多次，这些傻子也都憨，居然谁也没怀疑：这个小孩怎么大多数的时间总能抓个8？二牛一会儿工夫就输进去2000多了。看他聚精会神地在那里赌，我心里合计：这样的人要是能赢钱，那真是大冬天都能睡凉炕了。

虽然我看出来了，但是我也装傻，把200元给输了进去，又拿出1000，也输得差不多了。我一张一张押的，来就是装凯子，要装就得装得像一点。我自己偷乐：还加油？还买车里的香水？加个屁吧，回头买个菠萝丢车里得了。等局散了告诉小艾，他的傻哥们咋输的就可以了。

一个小时的工夫，那小孩就赢了15000的样子。那个二哥也是见好就收，说不玩了，叫那小孩别推了。他把场上的愣子们挨个关心了一遍，问谁输了多少钱，还一个劲拱手说："哥们，实在不好意思，这倒霉孩子就是点冲。"他点出2万揣了起来，剩下四五千随手往沙发上一丢，说："这些晚上我带大家出去潇洒，我请客。"看那架势，这个二哥真大方，真是个讲究人。大家连声说他仗义。我心里冷笑说，真是些傻子，骗你们的钱请你们的客，完了还赚个好名声。你们可好，被人骗了还帮人点钱。

赌局玩到这里有人不愿意了，一个小子可能输得有点多，嚷嚷着要坐一庄。他浑身上下摸了个遍，摸出来几千块，腆着脸和那个二哥说："二哥，你借给我1万，回头我还你。"那个二哥好像有点迟疑，一脸真诚地说："你别玩了，输了回家怎么交代？快别玩了，二哥是为了你好，不是不借给你，你最近老输，等几天手气上来了再玩。"说着话拍着他的肩膀，我一看就知道，这小子假仁义，把兄弟当凯子了，还表现得多仗义。就是不想借嘛，但是人家那话说得多好听，起码暖人心。那个哥们有点急了，可能以前输了不少，鬼迷心窍了，从兜里拿出一张银行卡摔在桌子上说："我卡里有钱，本来今天去取钱，但是提款机最多只能取几千，我就是着急才来了，一会儿要是输了我就下去取给你。"那个二哥看到他拿出了银行卡，眼睛一亮，银行卡在这儿，那就表示有钱，而且话都说到了这个份儿上，也不好不借。所以，那个二哥拿出1万给了那个小子。

那小子急吼吼坐起庄来，也是做一门500的局，我继续一次100地丢着钱。还不到一个小时，他借来的1万，连带他手里原先的几千元，都输光了。

赌徒不输光身上最后一个铜板就不会死心，那小子也一样。看来真是输急眼了，他抓着银行卡，眼睛扫过房间里的人，他在找那个二哥。二哥在床上仰着养神，一直没有参与押钱。输钱的小子过去推了推他，把他叫醒了，低声下气地说：“二哥，再借1万，真的，这次肯定能翻本。”那个二哥脸上写满了不耐烦和不乐意，但是他找的借口很好，说：“这1万是今天别人要结账用呢，一会儿人家要来和我结账呢。”我心说：刚才叫你小侄子玩，咋不说这1万是结账用的呢？

那个哥们不放弃，还软磨硬泡要借，二哥好像下了很大的决心，做出很大牺牲的样子说：“这样吧，你不是有卡吗？你把卡给咱侄子，叫他跑一趟，我先给你垫着1万，你直接取了还我2万。”说着话就喊他那个侄子过来，以不由分辩的口气对他侄子说：“你拿你叔的卡去取钱，会取不？”那个小孩也是蛮机灵的，说：“会取，告诉我密码就行了。”那小子就把卡给了他，并把密码、到什么银行去都详细告诉他。那个二哥一看，好像银行卡里真有钱，怕小孩去了取不了，临时叫另一个人去取。那个人拿着银行卡就去了。

这些都做利索了，他才从腰包里拿出1万递给这个小子，还是那副为兄弟着想的表情，说：“二哥下午确实要和别人结账，不让你玩也是为了你好，你怎么就不听二哥的话呢？”我心里特别鄙视这个二哥，心说：操，你用你小侄子出千骗兄弟们的钱，转脸假惺惺说自己关心人家，太虚假了。要真不知道这事，还以为你对自己的兄弟多好呢。

那个小子拿了1万元，就急忙回去继续坐庄，我这个时候还是100一下地押着钱。但是我的注意力转在老纪身上。

那小子坐庄开始，大家都是你100我200的几个人凑一门押钱，但是那个老纪一直满门500地把着出门。盘点这个推庄的哥们的钱，竟然有近一半被他赢了，人家都是出几下进几下，来回拉锯。可是他的点好像很旺盛，一直都能保持大的点。我这个人有个毛病，在赌桌上哪个人赢钱了我都会多留意一些。我发现这个老纪有点意思。

# 41〉鲁班爷爷后继有人

我发现一个很有意思的事情，老纪总能开出比较大的点出来，所以赢的时候比较多。要是说他在桌上捣鬼，我估计我能看得出来，但是我啥也没看出来。这1万元又挣扎了1个多小时，也快跟别人姓了。那小子渐渐脸上都出汗了，拿牌的手总是不由自主抖着，那手抖得他自己都控制不住。这个时候出去取钱的小子回来了，拿来3捆嘎嘎新的百元钞票。坐庄的小子一把拿过来都摆在自己门前，看见钱了，底气也似乎足了，就说要提局，一门1000，看来他输急了，想几把给捞回来。但是二哥不让，二哥凑过来不由分说拿出2万说："我去结账用，你还有1万，先玩着，不够了回头我叫阿兰（就是外面忽悠别人的那个女的）给你拿，我先出去办事，你要是没了给我挂个电话，我和阿兰说，让她给你拿。"说着话，拍着他的肩膀，很贴心地说："把握住点，别输点钱就急眼，二哥可是为了你好啊。"说完话和大家招呼几声，就匆匆出门去了。

这样，这个小子手里又有1万多，估计他自己心里也没有底，还是500一门。就这样，不到一个小时，他就输得一根毛都不剩了。我那天的身份是一个刚会赌钱的家伙，而且心思没在赌上面，所以100一下地押着钱，输赢随便。输了钱，他还不甘心，到处着急地找着二哥。可是二哥不在，他就给二哥挂电话。听他俩在电话里说了一会儿，说完他就到外面房间，把电话给那个阿兰。那个阿兰故意很大声和二哥说："今天根本就没收上来钱，我哪里有钱借给他用?"说来说去就一个意思：没钱。二哥最后安慰那小子说，先别着急，等他回来，他马上就回来。

这边，大家各自盘点自己的输赢。其中一个人赢了千八百，我也赢了几张，那个老纪是大赢家，大概有1.6万的样子。3万元被大家瓜分了。大家讨论刚才的局，都说老纪那门兴旺，可惜他自己包了满门，大家押不上。有的还说："押钱就应该像老纪这样，看点好就次次满注押，才能赢到钱。"有的人鼓动他继续去取钱继续坐庄，刚才那个跑腿去取钱的说：“里边就3万零200元，没了，要不去把那200元给取出来?”看来这小子输光了，他坐在沙发上一言不发，抽着烟，神情很落寞。正好这个时候，外面有人和阿兰发生争执，听着很吵闹。

来人好像是被他们介绍去一家公司做搬运工。他按照阿兰给的地址去了以后，那里人面试他，让他扛一个体积超大的包，大概有200多斤。他没扛动，人家就没要他。他反应过来，可能被人下套了，就回来要钱。他们正在外面房间里扯皮，输钱的小子可能正郁闷，恨恨地说：“我去摆平他。”说完就出去了，大家都乐了，还说：“那人点真不好，估计能挨一顿揍，这下他可有发泄的地方了。”果然，没两分钟就听外面吵架声音更高了，他在对那个找工作的大声咆哮：“你怎么个意思？你怎么个意思?”又听见咚咚的碰撞声，可能是他把那个人推搡着撞在墙上，被骗的那个人也提高了声音，说：“有话好好说，你推我干什么?”那小子说：“我就推你怎么了？给你介绍去了，你干不了，还来找我们？你爱找谁找谁去。”阿兰忙忙地打圆场说：“别这样，别这样，你先回去，把联系方式留给我们，我们再免费给你找，找到了随时通知你。”那人好像不干，非要退钱，输钱的小子蛮横地拒绝，双方似乎动起手来，动静很大。二牛也坐不住了，冲了出去。接着又出去好几个。过了一会儿，外面安静下来，大家先后进来说：“没事了，搞定了。”二牛手上有血，四处找东西擦，边擦边说：“妈的，好说歹说不听，非要逼我出手。”

这个小子3万元输出去，我也不是什么发现都没有。我发现一个很有意思的现象：庄家发牌，无论发在哪里，老纪肯定把牌拖到一个固定的位置去晕牌。他晕牌的样子也有点奇怪，用手死死捂着牌，头探下来去看牌。他坐在靠墙的位置，后面没有人，没有必要这么晕牌。一般说来，后面有人，他怕人家过来看点，这样晕牌也行，但是大家都是在另两门押钱，这一门就他自己包了，开出什么点，没人关心，所以他没必要怕人看嘛，何况根本就没人稀罕去看。要说是个人习惯，好像也可以解释。很多人喜欢捂着看牌，但是为什么非要拖到一个固定的地方去捂着看呢?

要说他手里有多余的牌，是逃不过我的眼睛的，他手里确实不多牌。他把牌藏在袖子里，也有个出牌和进牌的过程，做得再高明我也看得出来，但是也没有。他那个动作让我起了疑心：为什么非要捂着看呢？在捂什么？偷牌在手里？不可能，我知道人手掌里藏牌的动作。走牌到袖子里？老纪穿着羊毛衫呢，袖子口不可能走进去牌。扑克有毛病？我看过了，扑克没任何毛病。

这个破局暂时停止了。除了庄家小子，好像大家都或多或少赢了点钱。没有人想坐庄，有的人意犹未尽，就去鼓动几个手里有点钱的去坐庄。但是那些人好像很满意当天的收获，都表示不想坐庄。有的人鼓动老纪坐庄，但是他说不坐庄。听他话里的意思是说：自己不会推，只会押钱。但是就是刚才外面那么闹，赌局都停止了，他还是没动地方，还在原来坐的地方抽着烟，手里漫不经心地把玩着扑克。

二牛可逮到机会了，对我说："老三，你出一庄吧。"我说："我可不敢玩，太大了，不敢玩。"话虽这样说，其实我心里并不拒绝上桌。我想上去玩，看看这个老纪到底怎么回事，可不是上去出千赢钱，就是上去看看虚实。看大家都没什么表示，我觉得该给大家点鼓励，我说："二牛，真的不敢玩，太大了，再说我也没带多少钱。"说着话，我从兜里拿出5000元，加上原先手里赢的几百元在手里点起来。大家一看我拿出钱来，立马都鼓动我推一庄。我装作为难地说："太大了，不敢玩。一门500，连揭四个小点钱就光了。"大家说："你怎么老想着输啊，不想着赢钱？你要揭四个大点，不是翻番了啊？"我装作为难地说："还是有点大，要是一门300，我就推一庄。"

大家可能看实在没人坐庄了，见我喊300一门，也算是个局，总比没有强，都说可以。我做出下了很大决心的样子说："好吧，说定了，赢了我请大家吃饭。"说罢，我故意把外面长衫脱了，搞得自己像一个新手一样，就上去坐庄。

我还是用那副扑克，没好意思叫大家换扑克，因为怕人怀疑我，何况我不是怕那个老纪出千，我是真希望他能出千，我好搞明白是怎么个事情。我只是怀疑老纪那个动作，但是具体怎么出的，我还吃不准。所以我要上来看看，顺便给他点机会，让他搞我一下。像我这样的凯子不多，全世界找不出第二个来。

我笨手笨脚地洗牌、收牌，这本来是我的强项，当初就是这样练的。但是我绝不出千让自己的点大，多大听天由命。我只是利用我的技巧知道我发给老纪的是什么牌，我上来玩就是想要一个准确的答案。我慢慢悠悠发着牌，前几把好像老纪不在状态，我发给他什么牌他就开什么牌。后来几把，他开始行动了。有一把我记得发给他一个3一个9，按照规则，是个2点。他把牌放在那个固定地方捂着，慢慢晕着牌。有个小子拿起来是一对，使劲把扑克丢在桌子上。我去看自己的牌，是个5配6，1点。我心说真倒霉，就不能出个大一点的点啊？看来这5000元是要肉包子打狗了。但是我不着急，只要我搞出来了，这钱会拿回来的，对小艾我有一百个信心。老纪晕了一会儿把牌翻开，竟然变成了一个7一个9，是6点！9还是我发给他的那个9，3没了，真是见鬼了。3哪里去了？7哪里来的呢？我心里有了数了，心说你小子玩我啊，很好，干脆让你玩个够好了。我什么也没说，把自己点亮开，一门赔了300元。继续做下一把。下一把我发给他的是一个5一个J，应该是6点。但是他揭开了是个5和一个3，变成了8点。也就是说，上把那个3又出来了，这次这个J没了。原来，他每次都走了一张牌，但是这个牌走哪里去了？我心里大致有个谱了，我发牌时候故意远点发几下，近点发几下。想看看他晕牌的时候会不会把牌拖到桌子上那个地方去晕牌，果然，每次他想换牌都是在固定地方捂着的。

老天爷也不可怜我，5000多元不到15分钟就输光了。我就奇怪了，我不出千咋一直输钱呢？最后手里剩700的样子，我把扑克一丢，装作很无奈的样子说："不玩了，太背了，留两个钱作回家路费，局太大了，我们在家那边玩都是50最大的。"大家计算着自己的盈利，其他人一个人也就赢了几百，起码有一半被这个老纪赢去了。我装作失落地穿上衣服，把700揣了起来。二牛满是疑惑地看着我，那意思好像不信眼前的局面：你怎么输了？我把着他肩膀，用手使劲捏了捏他，意思叫他别乱说话。我说："回家别告诉大姑啊，要不大姑告诉我妈妈的话，我就再也不能出来玩了。"边上的人都取笑我说："你多大了啊，你妈妈还管你。"我和他们打着哈哈，在刚才我坐庄的位置坐了下来。这个局暂时告一段落。

大家又讲刚才哪个点大没敢使劲押钱，哪个门没赢到多少钱，谁谁今天赢了多少，谁谁今天输了多少的话。输钱不开心，我努力扮演着自己的凯子角色，就在那里静静地坐着听大家说。说了一会儿话，那个二哥回来了，输了3万的那个小子一看他回来，马上就凑了过去说要借钱继续坐庄。二哥说："刚才那2万都结账用了，手里没有钱了。"好像他真的很替那个哥们惋惜，说："你怎么这么把握不住自己？叫你别玩了你非要玩，二哥说话为你好，你怎么不听呢?"说得那个小子很郁闷，二哥见他黯然无语，继续安慰他说："等我帮你倒点钱用。"说着话，他说："老纪，老纪，你手里有钱，借点给他用。"老纪说："我和他不熟，我不借。"二哥说："你看你那驴操样，二哥给你担保，二哥说话好使不?"老纪说："好使。可是我这个钱有用，你再和别人倒借倒借。"于是二哥不再坚持，又说："刚才我拿出的钱说晚上请大家吃饭的，在谁那里？来，拿出来给他用，赢了咱们继续吃，输了就那么地了，晚上都自己解决。"老纪好像不想玩了，站了起来说："都几点了？吃完饭再玩吧。"场上不少人也都赢了点小钱，也不反对。那个输钱的小子估摸5000元也玩不出什么来了，也答应了。

正好到了下班的时间，大家一边收拾，一边议论晚上去哪里玩。大家都在挂电话，有的给家里打招呼，有的跟相好的约时间。老纪也站了起来穿外套，我装作不舍得走的样子，恋恋不舍地站了起来。看老纪和大家都不注意，我快速在他晕牌的地方摸了一把，我就什么都明白了——输了五千块，也不影响我心里高兴。

原来这个老纪全凭桌子做鬼。这张桌子表面铺了块绒布，看上去和普通的自动麻将桌子一样。桌布上画着象棋棋盘。大家知道，棋盘上有一道道横格，老纪晕牌的地方就画了一道横格，其实那里有个缝，不仔细看或不用手摸，谁也发现不了。老纪就是利用这个和棋盘横格重叠的缝隙换牌。这个缝隙很狭小，里面有一个夹子，只有两张扑克的宽度。换牌的原理，和我第一部书讲过的鞍山赌场老千用的变牌包差不多，只不过两者的操作方法不一样，那个变牌的包是要将扑克弹进去，同时从里面弹出另一张牌。换牌桌的活动机关在桌腿上，连着夹子的机关在靠近桌腿底部一个特定的部位，只要触动机关，那个夹子上原先夹的一张牌就送出来了。换牌人把那张牌拿下来，把不需要的牌放到夹子上，夹子就自动缩了回去。夹子在桌子里面，侧着将牌送出来，只一瞬间，两张牌交接。弹出来的扑克有一个高度，所以老纪用手捂牌的动作，就是为换牌而打的掩护。因为夹子是在桌子下边运作的，所以就是有心人也不好发现。此外这桌子还有一个奇特的功能，叫人佩服。这桌子可以对家换牌，桌子两边各有一个缝隙，就在桌沿的位置。在这种桌上打牌，两家坐对门的时候，可以把自己手里的一张废牌放在自己面前的缝隙里，里面的机关可以瞬间把牌送到对家，从对家面前的那个缝隙里弹出来，对家也可以这样操作，也就是说，可以在大家眼皮下边互相换牌。

看了这张桌子，我想起小时候学过的一篇课文《鲁班学艺》，这种换牌桌大概是他老人家的后代发明的。我也见过一些类似的东西，除了前边说过的变牌包，也有的老千把这样的机关做在衣服里。在衣服胸下的位置开一个口子，缝一个兜，可以在自己拿牌看的时候利用衣服里的机关达到换牌的目的。也有老千把这样的机关下在裤子里的，开口开在裤腰下边。甚至还有人没学会往袖子里弹牌，或者是又懒又聪明，竟然发明了机械手，绑在胳膊上，利用机械手在袖子口来回运动换牌。机械手很隐蔽，机械手出来送牌的时候，直接拿住就可以了，再迅速把另一张不需要的牌放到机械手上，机械手就自动缩了回去。

## 42〉拆穿口蜜腹剑的二地主

当天散的时候，那二哥知道我输了5000多元，特意过来关心地拍着我，说："兄弟，以后机会长着呢，千万别上火，想赢，下次多带点钱过来，点好的话一把抓回去了，咱赚回本就不玩了。"听着这话，我心里又是一阵冷笑：啥鸟人啊，你他妈的用你侄子骗自己兄弟的钱，还用老纪来骗大家钱。临了还做起好人来了，赢了大家的钱请大家吃饭，搞得自己多仗义多豪爽的样子，等回头可有人来收拾你呢。想到这里，我自己也乐了，恭维他说："二哥，你真好，真讲义气。"他听了点头微笑，好像很受用，挥挥手说："大家在一起就是哥们，以后在这里有什么事找二哥，二哥别的本事没有，就是讲究。咱哥们都是出来混的，有我二哥吃的就有大家吃的。"屋里的混子们七嘴八舌说是，都夸二哥仗义，晚上请大家出去玩，跟他混好吃好喝的。

说着话屋里的人就要往外走，我看二牛的意思也要去，拉着他说：“咱们俩有个事还没办，回家大姑要说了，走，先去办事，叫他们先去吃吧。”那憨人二牛还不想放弃去玩的机会，看着其他人有说有笑往外走，眼睛里满是羡慕。我拉住他，使劲捏他胳膊一下，他可能有点反应过来了，跟着我出来了。下楼的时候他还高声问我：“你怎么不去赢呢，场上的钱多好啊。”我那个气呀，拉着他加快脚步，低声说：“你不能出去再说啊？”还好没人听见，我们顺利走出宾馆来到大街上。他拉着我还问呢：“老三，你为什么不赢呢？多好的钱啊。”我说：“赢不了啊，没看我输了啊。”他可能觉得带我去结果害我输钱了不好意思，就说：“你别上火，你是为了帮我去输的钱。这样，这个钱算我二牛输的，等回头哥们有钱了，还给你。”看着二牛那认真的样子，我算明白为什么小艾要找我帮他出头了，当时还真的有点喜欢他了。我搂着他肩膀说：“二牛啊，三哥其实已经帮你把钱都赢回来了，那7万都赢了。”他好像感觉我像精神病人一样，奋力挣脱我，说：“你输傻了?”我忍不住一个劲笑，他更糊涂了，我没继续给他解释，笑完了给小艾挂了个电话，约他一起吃饭。

吃饭的时候，小艾问我怎么样。看到二牛在眼前，我怕说出来他就去问，这个憨人绝对能这样做。我对小艾说：“等回头单独说。”小艾点点头，他也明白我的意思。只是二牛丈二和尚摸不着头脑，不明白我俩打什么哑谜，一个劲问我俩：“你俩在撺掇什么事？还怕我?”我说是合作做生意的事，给应付了过去。吃完饭，二牛去找那伙人玩去了。我和小艾详细说起了下午在赌局上所见到的一切，小艾听着，脸上的肌肉都在动，特别吓人的。听我说完，他沉默了好久，说：“这个头我必须给二牛出，二牛是我的铁子，谁骗他就是来骗我一样。”我笑了，说：“知道，要不我也不能去输5000元，还等着你往回要呢。”他哈哈大笑起来，说：“你个小气鬼，明天你还得去，你去了，咱们才能拿钱。”也是，只有我在里面，才能知道是不是玩起来了，那个老纪是不是在捣鬼。我俩合计了一下第二天的行动方案就分手了。

第二天上午我和小艾见面，他说都安排好了，哥们也都召集完了，就等下午大干一场，到时候我给他挂个电话就可以了。快中午的时候，我去找二牛。二牛正在到处找人借钱用，说准备去坐一庄呢。二牛不知从哪里借了1

万元，急得像屁股着火了一样，坐立不安，看他那架势恨不得马上就冲过去把局给摆起来一样。到吃饭的点儿，我说先去吃饭，他死活不肯，非着急过去，被我死拽着去吃饭，可惜他食不甘味。被他赶的，我随便扒拉两口就跟着过去了。

到了那家“公司”，他们正在吃喝，一点儿开局的意思也没有。我无聊得抓几张报纸看，一边听他们互相吹嘘，比如谁谁混得好，谁谁有势力，昨天晚上谁喝多了，谁找的妹妹漂亮之类。老纪和二哥也在这里吃，我看到老纪在这里很高兴。这个老纪很好认，他有个很显著的标记，就是下巴靠近脖子的地方有一根长长的毛。可能是他故意留的，有一根手指那么长，没事的时候他喜欢捻一下，好像很钟爱那根毛。那个小孩也在屋子里，和大人一样喝着啤酒。

他们刚放下筷子，二牛就吵着要坐庄，急可不待地把1万元摔在众人的面前。众人一看有人坐庄，立刻就行动起来，收拾吃剩的东西，把麻将桌上多余的东西清理干净。牌局随时可以支起来了。老纪吃饭的时候就站在靠墙的位置，就是头天他坐的地方。收拾桌子的时候，看见桌子的方向不对，他装着帮忙拖桌子，把那个桌子的位置调整了一下。我装作凑热闹的样子，站了起来，在老纪对面看他下一步要做什么。二牛把扑克扔到桌子上，老纪抢先拿起扑克打开。打开后就在桌子上胡乱洗了几下推给二牛，那意思是可以开始了。果然，我看见他手里抠着一张扑克，压进缝里，估摸着扑克塞对位置了，便把手拿开。他脱下外套，做出准备大干一下的样子。老纪故意把袖子挽了起来，避免别人怀疑。原来他都是在每次开局的时候现场偷扑克，这样就不会出现两张同样花色点数的扑克撞车的现象。

二牛坐庄，我是他“表哥”，当然不能去押钱了，就站在外围看。那个老纪还是那样搞，我拿出电话，拨了小艾的号码。小艾在电话里问我：“老三，开始了吗?”我说：“是啊。大姑，晚上我和二牛回家吃饭啊。”小艾立刻明白了，因为我俩定好的暗号是：“回家吃饭”就是可以上来了，“不回家吃饭”就是不可以。二牛也不管我做什么，专心坐庄。我看看房间里的局势，二哥还是不赌，可能因为喝点小酒，躺床上小睡。但是我知道等这一局结束了，他还会叫那个小孩来坐一庄的。

这边赌局正在进行，二牛不用说，一会儿就输出去4000多了。他板着那张胖脸，搞得很严肃的样子。我侧耳听着外间的动静，外间那个阿兰还在那里忽悠。好像等了好久，我心里有点着急，合计着小艾咋这么慢呢，再过一会儿二牛就输没了。正这时候，外面乱起来，好像来了很多人。我终于听到了小艾的声音，他对找工作的人说："都怎么回事，找工作的？都滚，这里今天休息。"那个女的看来了这么一伙人，一下慌了手脚，问道："干什么？干什么？你们要干什么？快来人。"里屋赌钱的人一听外面吵起来了，正要出去看是怎么回事。还没等他们出去，外间的人一下子拥了进来，里屋一下多了十几个人，房间立时变得拥挤起来。外面似乎还有不少人，没挤进来。冲进屋的这些人，一个个满脸横肉，都不是善茬。

二哥也被吵醒，爬起来正要出去，刚走到门口迎面遇上小艾，小艾二话没说，就把他推搡回来。有一个小子有点愣，想去床下拿砍刀，马上被另一个哥们给拉住，说："这个是小艾，你不要命了啊。"那个小子也听说过小艾是个狠角色，立刻就老实地站在那里。小艾看见了，没去理会。他盯着二哥说："二地主，玩得挺好啊？"这个时候我才知道那个二哥外号叫二地主。这时二牛过来了，说："艾哥，你干吗呢？我们都在玩，你不是搅局吗？"小艾说："我就是来搅局的。"二地主好像挺怕小艾，虽然他看上去比小艾大很多，也管小艾叫艾哥，讨好地说："什么事啊，艾哥，我一直很尊敬你的，咱们之间没有过结吧？是不是你哪个亲戚来找工作被大家给骗了？是的话一切好说。咱们有话好好说，你看你搞这么大的阵式，咱们之间，不就一句话的事儿吗。"老纪早站起来，他怕连累到自己，想挤出去走掉，走到门口被守着门口的哥们用肩膀给挡着，出不去。他赔着笑说："没我事，我出去一下，我是来作客的。"门口一个哥们说："不好使，谁也不好使，谁也出不去这个屋。"

二地主站在那里赔着笑，猛给小艾说小话，小艾大咧咧地坐在沙发上，对二地主说："我和你说点事。"说着话他拍着沙发，让二地主坐下来。二地主过去坐着，小心翼翼地问："什么事你就说吧，艾哥，大家都是场面上的人，有什么事情好商量。"小艾说："听说你这里有张好桌子，我想买回家去收藏，你开个价。"二地主有点迟疑，也可能在装傻，问道："什么桌子，我怎么听不懂。艾哥，您看我这里，哪有什么好桌子呢？"小艾说："你看你二地主，怎么还和我装彪？”说着话站起来，走到大家刚才玩牌的桌子边上，拍着桌子说：“就是这张桌子，我买了，你说吧，多少钱？”

小艾刚进来时，二牛看到局被人搅黄了，猛埋怨小艾，但看小艾要和二地主冲突起来了，他也愣在那里了，不知道应该帮谁。其他几个帮二地主做事的小子都站在那里不敢出声。二地主继续装糊涂，尴尬地笑着说：“艾哥，你要是喜欢你就拿去，怎么和我提钱啊，这么见外。”小艾也不客气，说：“我真的喜欢这桌子，要不我大老远跑来干什么？我今天就是冲着这个桌子来的。”说着话他挨个人去瞅，我知道他在找谁，他是在看谁脖子下有一根长毛。小艾看了半天愣是没看到，我都替他着急，我大老远都看到老纪脖子下那根毛飘着呢。可能瞪了一圈没看到哪个人的下巴下有那根长毛，小艾也有点急，大叫一声：“谁叫老纪。”

他这样吼，谁敢答应啊，那个老纪可能也知道这伙人是冲着他来的，站那里低着脑袋一声不出。小艾看没人答应就火了，说：“我数到三，老纪你就要站我面前来，要不我火了，别人把你揪出来我可就不客气了。”二地主急忙上去说：“你看你这是干什么，艾哥。”小艾冷不防就是一脚，直接踢在二地主的裆上，说：“我操你妈的，我叫你说话了吗？”二地主当时就蹲在地上了，小艾这一脚踢到他裤裆要害上，二地主疼得说不出话来。小艾不去管他，自顾自数着：“一、二——”

那个老纪看不出来不行了，硬着头皮凑过去说：“我就是。”小艾狠狠地看着他说：“你妈了个×的，刚才哑巴了啊？”说话就是一个大嘴巴子，老纪一愣，小艾直接抓着他的头发把他拽到桌子前，老纪还没来得及挣扎，那边过来两个大汉就把他按在桌子上。小艾站起身拖把椅子坐到了桌子边上，说：“放了他，给他拖个凳子，我和他玩玩。”马上就有人给老纪拖过来一把椅子，把他按在椅子上。小艾拿着桌子上的扑克说：“来，给我玩一个换牌。”说着话把扑克丢给了老纪，老纪接也不是，拒绝又不敢，正迟疑着，小艾挥手招呼刚才在这里赌钱的几个小子说：“你们都过来长长见识。”大家一时没搞明白小艾搞什么，听小艾叫他们去桌子前，又都不敢不去，一个个你看看我我看看你，慢慢蹭过去围拢在桌子前。

老纪看着扑克，嗫嚅地说：“我不会。”小艾冷笑着说：“是吗？那我找人教你。”他一抬手，马上过来两个人又把老纪架起来，把他的手按在桌子上，其中一个掏出一把剃骨刀，使劲把老纪手指头分开。老纪拼命挣扎，又过来两个小子才把他按住。这时候二地主疼过劲了，想过来帮忙，被人抓着头发拖到一边去了。一时间房间里的气氛紧张起来，从外面又挤进来好几个凶神恶煞一样的小子。小艾示意那几个人把二地主拖到外间去。趁这个空当，我瞅了一眼外间：来的人真不少，那两张大办公桌上坐了好几个，沙发上也都坐满了。我还想看看那个能忽悠的阿兰哪去了，被人搡了一把。我刚想看是谁，又被人踢了一脚，可能那人以为我也想出去吧。我一看事情不好，赶紧凑到桌子边上去。二牛也在桌子边上，被小艾死死拽着，我明白小艾的意思，他主要怕二牛去为二地主出头。我被人踢了一脚他没看到，他注意力在桌子上呢。我也懒得说，这样更好呢，大家都不会怀疑我了。

老纪手指头上被人架着刀，已经出血了，血流得满桌子都是，想来割得很深。那个拿刀的小子也是个狠人，一点点往下压，老纪疼得受不住，哭喊着说：“我说我说。”那几个小子将他放开，拉他坐在桌子前。小艾把扑克推给他说：“表演一下我看。”老纪忍着疼，拿起扑克，可能他也知道这些人都是冲他来的，也知道他的猫腻被识破，抵赖不过去了。老纪哆嗦着手在桌子上演示了一把如何从那个缝隙里换牌，刚才玩牌的小子们都看得很清楚。小艾很得意，问众人：“你们都看明白了吗？”话音未落，二牛“嗷”的一声冲过去打那个老纪，谁也不去拦他，就看二牛在那里打，老纪被打得鼻青脸肿，面目全非。小艾看着二牛气出得差不多了，叫人拉住二牛，让他泄泄火气，又对众人说：“还没完呢，把二地主叫过来。”那边立刻有人拖着二地主过来了，小艾问他：“老纪是你找来的吧？”二地主说：“不是。”老纪知道处境不好，急忙说：“是，我是二哥叫来赌钱的，事先说好的，赢了钱我们一人一半，桌子也是我俩一起搞来的。”二地主还想狡辩，但是被人掐着脖子，脸都成猪肝色了，说不出话来。他挣扎着说：“都是出来玩的，别过分。”小艾听他这么说，一下就乐了：“出来玩？骗自己的兄弟？”说着话小艾指着二牛说：“我这个兄弟在你这里输了12万，怎么说？”二牛眼泪都出来了，他好像还不能完全消化发生的一切，不愿相信那个平时仗义的二哥会找人骗自己，当下一句话也说不出来，过了好久才憋出一句话：“带刚才输的不到8万，没那么多。”我听得又好气又好笑。

小艾反应很快，说：“8 万？那就双倍给我吐出来。”说着话他满屋子找那个小孩，找到后过去拉到桌子前说：“你这个小驴操的，你也给你艾叔表演一下发牌的绝活。”那小孩也很害怕，不敢违抗，慢慢给大家做了一遍切牌时如何切最下边那张牌。小艾见大家都看清楚了，满脸得意，对这些跟着二地主干的小子说：“你们可都看清楚了吧！”没人敢说些什么，也不知道该说什么，这些小子一个个低着头，心里很不是滋味，小艾让他们都到外面房间去，里屋只留下老纪、二地主和二牛。小艾一会儿工夫就跟二地主、老纪谈好了。二地主卡里有 10 多万，老纪卡里也有 10 来万，小艾打发人去取了 16 万回来。至于其他被骗的，让他们自己处理。二牛又上去把老纪好一顿踢，后来听说老纪的肋骨被打断一根。临走的时候，小艾让人把桌子也搬上。离开房间那一刻，我仔细看了看跟二地主的这些哥们，他们在外间一个个低着头，闷不出声，表情复杂，不知道都在想什么，至于后来他们之间怎么解决的，我就不清楚了。

那天晚上，二牛喝醉了，哭得像个孩子一样。

## 43〉闷牌·烟盒·做记号

在赌局上，不只小混混会出卖兄弟朋友，那些受过高等教育、衣着光鲜、有一定身份地位的人，为了赢钱同样啥事都做得出来，就像那首歌唱的：道义放两旁，利字摆中间。我应邀在一个小局上抓老千，就是一个老千骗老同学钱，被叫破后，彼此几十年的情义一下子断绝，回想起来，那个被老同学千的朋友，心里得有多难过。

忘记是哪一年了，我的朋友找到我，让我帮他的朋友刘经理看看斗鸡局。他们最早是几个要好的同学朋友一起玩玩，打发时间，开始是 10 元的底钱，后来升到 20 元的底钱，再升到 50 元的底钱，最后可能都赌出了火，也可能是几个急于翻本的想捞回来，就涨到了 100 元的底钱。涨到 100 元以后，参与赌博的就不仅仅是他们这几个了，慢慢一些人通过各种渠道也参与进来。刘经理算了算，最近没少输。他自己本身对一些洗牌的手法、编辑牌的手法和一些收牌的手法多少通一些，也算一个老玩家了。不过他很少参与那些专业的赌局，只是在工作之余陪几个要好的朋友小小玩一玩，当是个娱乐。一是他的工作有点忙，再就是他知道是赌就有骗，所以能很好把握自己。按照我们的行话说：他是一个稍微开点事的人。他觉得后来参与的人里面可能有人出千了，但是具体怎么出千的他不知道，又没有把柄，只能选择不玩，就在边上看眼，巴巴瞅了好几天也没看出有什么不对来。后来在一次饭局上知道我，就让他朋友请我去帮看看，看来他也是那种死了也要知道自己为什么死的人吧。等我到局上，才知道根本不是这么一回事。其实那个老千就是刘经理最要好的朋友！但是那人一直瞒着他。他出千手法有点特别，刘经理当然看不出什么来。他的朋友没有告诉他的原因很简单：怕多一个人分成。另外呢，好像也不介意宰他几刀。但是刘经理很精明，有点察觉，只是不能确定。

和他简单了解了一下，互相套好了话，他就带我去他们玩的地方。当天，我们吃过晚饭，刘经理带我到一所大学附近，这里路边有很多小摊，吃的用的都有，生意很火爆。我们穿过旁边一条小马路，来到一个很不起眼的居民小区。停好车，他带我进了一户人家。这是一户两室一厅的房子，每个房间里都有一张麻将桌。据刘经理说，这里是他们一群朋友搞的地方，一般没事了呼朋唤友来玩，可以组织四桌麻将。但是后来我看，好像来玩的人都收桌费。看来这也是一家变相的麻将室，设在居民楼里，也不用去办营业执照，不用上税，玩大一点不用担心有人来抓。他们都是玩现金，不是熟人带来坚决不让进来。麻将打得比外面棋牌室里的大，他们也经常来玩红五、斗鸡。这里还有专门递茶倒水的人，比起外面的棋牌室，这里很清静。我们到的时候，里面已经有一帮人在打红五，10 元还是 20 元的记不清了。还有一帮人在另一个房间里打麻将，看起来这两伙人并不是很熟识，各玩各的，谁也不打扰谁。开始很警觉地给我们开门的那个中年男子认识刘经理，他带我们进入一个向阳的房间，里边也有一个麻将桌。那个中年男人似乎是这个房子的主人，来回帮着各个房间端茶倒水。

房间里面已经有了几个人了，先到的人看刘经理来了，都和他打招呼。他们一点也不着急开局，只是喝茶，抽烟，聊天，说一些新闻，国际的，国内的，一个个可能侃了，说得是天花乱坠。我听他们之间的对话，这些人好像都混得不错，都有点小头衔，不是这个经理，就是那个科长的。听了他们聊了一会儿天才知道，他们大多是老同学，分布在各个行业。事业小有成就，没事就聚集在这里玩。后来又来了几个，也都是同学关系，或者是同学带来的一个单位的朋友。我呢，刘经理介绍说是他交到的不错的哥们，恰好和他一起出来吃饭，吃完饭没事做，就带我来这里看看“西洋景”。在他的介绍词里，我是个好男人，从来不赌钱，也没接触过赌博，所以刘经理专门带我来见识见识。当然，这些都是我俩提前商量好的，刘经理的朋友听了，都过来和我握手，看起来刘经理人缘不错。

大概闲扯了半个小时，看人陆续来齐了，他们就开始玩了。一共 7 个人玩，我坐一边看热闹。和我一样看热闹的还有一个女的，是其中一个带来的，当时介绍她时，也说是来看“西洋景”的。只是她好像什么都很好奇，什么都要问问。我也只得跟着装几下，装作不懂他们谁大谁小，表现出一副什么也不懂的样子。我可不想别人对我起戒心，只有旁人没有戒心，我才能很好地看看这个局都有点啥东西。

来之前我就问过刘经理，局上谁的嫌疑最大，他也说不出什么来。斗鸡这个东西不能单纯去凭谁赢钱了去确认那人出千的，所以我只能自己一个个地看了。

扑克是这个房主提供的，大家随意拆开，就是市面上最流行的一般扑克。他们把大小王拿出来，洗牌，挨个搬牌看谁的点最大，第一次点数最大的坐第一个庄，然后热火朝天地斗了起来。我就像个傻子一样坐在那里看。我仔细观察每个人坐庄时候的洗牌、切牌、发牌的动作，以及大家看牌的所有过程，希望能从中看出一些蛛丝马迹。但是看了半天，啥也没看出来，基本是一群笨人在玩，而且玩得很随意。如果其中有人去故意洗一些大牌，或者编辑牌序，多发牌等，我马上可以看出来的。但是没有，一个个牌都洗不利索，手指头好像怎么也分不开似的。看了几圈我基本排除了有人玩文事。所谓的文事是对于纯粹靠技术手法出千的一种称呼，这种出千方式很难抓到，身上没有赃。身上有赃的叫武事，比如像偷牌，藏牌，利用道具换牌，等等。文事是纯手头的工夫，抓不了，所以一般不犯事。遇到玩文事的老千只能选择不玩，或者点醒他，让他收敛。很多精明的老千玩文事被其他玩家点醒，一般都会找机会补偿点醒他的玩家，这样才有可能在赌桌上继续搞事。藏牌、偷牌等容易被人抓到手脖子，但是根据我的观察，还没有人在上面偷牌或者藏牌。

可能都是同学加好友的关系吧，他们之间玩得文绉绉的，有大牌也斗不起来，就是豹子（三张同样点数的牌）遇到铁龙（顺子），也简单几把就互相谦让着看牌。这也叫赌博？但是他们确实这样玩，即便如此，一把底钱也不少，一人下 100 元的底钱，那就是 700，稍微有一两家跟几下，一次就过千。虽然有大牌斗不起来，但是有好几个都喜欢闷牌（就是不看牌直接下注）。遇上闷牌的，那其他看牌的玩家也必须双倍跟，开牌时必须下四倍才能开。遇上互相都觉得牌不错，你闷牌，我也跟着闷，可能还有第三个人继续跟。没过两圈，就有人拿起来看，再劝大家说互相比比看。如果没人去看的话，一般都是三家四家一起闷，互相都不看。这时就有旁人提议说，大家一人丢 500 元或者是 1000 元下去，直接翻开互相比大小，谁大谁拿走。这样赌得确实很文明，要知道，按照 100 的底钱，在外面别的局上铁龙遇上豹子基本能下几万的底钱出来。但是这里只是几千就比牌面大小，都不用花钱买底。好几家同时闷牌，底钱才能达到桌上最大的数额，也就 5000 左右的样子。看他们一个个事业有成的样子，好像都不计较这点钱。这么看，这个局确实像一些多年要好的老同学随便玩玩打发时间。

看的过程中，一个人引起了我的注意。他们闷牌的过程中，我发现其中一个点特别旺盛，他不闷则罢，一闷一般最后比起来都是他的点大。闷牌讲究的是不看牌，老千一般采用在扑克背面提前做记号或者利用药水扑克认牌，这副扑克是药水扑克？记号扑克？都不是。因为我趁他们玩的时候把他们拿出来的大小王拿在手里，看样子好像随意把玩，其实是检查扑克是不是记号扑克。记号扑克有两种：人为加工的；工厂专门制作的。不管哪种记号，一般都是在扑克上涂抹药水或者是在扑克背面做一些不显眼的记号。前期在工厂里直接做的药水扑克很好分辨，这样的扑克背面比常用扑克光滑许多倍。

有人在扑克背面做一些不起眼的记号，也瞒不过我的眼睛，因为在我所在的城市里流行敦煌扑克，我熟识所有在敦煌扑克背面做记号的方式。上面说的两种基本被我排除了，因为是晚上玩，点着日光灯。我也注意观察过所有人的眼睛，谁要是戴隐形眼镜我也是可以看出来的，玩的过程中我还特意向在桌子上玩的每个人敬烟，并帮他们点上，趁机看看他们的眼睛里是否有隐形的眼镜，但没发现有人戴隐形眼镜。

既然这些都不是，假设这个小子作弊的话，只有边打边做了。边打边做也是做记号的一种，种类繁多，像我第一部书里写到的在澳门赌场里我就是这么做的。而我对所有边打边做也是精通的，有人在我眼皮下去做，我会注意到。这个小子做得很隐蔽，开始我并没有留意，后来，他一个看似随意的动作让我怀疑他了。

我发现这小子每次庄家派牌给他，看完牌后就把牌扣在手边，在考虑跟还是不跟牌的时候，做思考状，手里也没闲着，拿着烟盒在桌子上划着什么。有的时候烟盒停顿在扑克背面，他的烟盒动得没有什么规律，好像是个人的小毛病一样，就像有人在手里摆弄打火机一样的正常。而到派第二张牌的时候，牌发到他门前，他好像怕别人看到，马上用烟盒盖住。这样的场景在斗鸡局上很常见，按理说不应该引起我的注意，但是一个细节引起了我的怀疑。一般人斗鸡，等庄家把牌发给自己的时候，想闷牌，用自己的烟盒盖住，再正常不过了。不过一般人盖住了就直接闷，他不这样，他盖住后有时候闷，有时候不闷。不闷的时候他先看看是什么牌，然后再扣在桌子上，考虑跟还是不跟，手里不停地摆弄着烟盒，而他考虑的结果往往是丢掉不跟了。这个过程非常磨人，同桌的人都叫他磨叽死了。

于是我格外留意他，反正我坐那里闲得无聊，看谁不是看？经过我多次对比观察，我发现一个规律。庄家发给他第一张牌，他马上用烟盒盖住，这个动作没什么问题，很多人都这样，并没有什么好怀疑的。问题是庄家派给他第二张牌的时候，他一定立一下烟盒，眼睛迅速扫一下面对自己的烟盒横截面，才去盖第二张，同样在发第三张牌的时候，也要立一下烟盒。我以前玩斗鸡的时候也喜欢用烟盒盖扑克，很多人都有这个习惯，可是他为什么每次都要立一下，看一眼呢？他在看什么？

关于他这个烟盒，还有一个细节。我发现他每次盖扑克都用固定的一面，不像其他人拿起来就盖。而他看完牌会用烟盒固定一角在桌上来回画些什么，走到扑克背面时，他的笔画基本都是数字。因为我不可能去人家面前把人家的扑克翻开看，也不能在人家赌完时去拿着看看，毕竟我只是个看热闹的人，要是一起玩，还可以找个借口翻开看看。叫刘经理去看？这么多人，一时没法细说，就是翻开看了又能怎样啊？但是我起码有点小发现不是？我觉得找到点门道了。

后来事情搞明白了才知道，他在桌上乱画只是为掩饰自己在扑克背面写数字，而他每次盖完牌看烟盒，会有两种举动：一是直接把扑克拿起来看，看完了在考虑跟牌还是不跟牌的时候，再用烟盒的角去画，这种时候他基本是选择放弃不跟牌；第二种情况是，用烟盒盖完了，看了烟盒的横面，选择直接闷牌，最后开牌基本都是大牌。

我当时这样推测：他在扑克的背面做好记号（用烟盒固定角看似乱画时做好），然后利用烟盒横面的一些功能看自己之前做过的记号，如果是大牌他就闷牌，是小牌他就拿起来看，然后选择不跟。遇上他没有照顾到的牌，他不确定就先看看是什么牌，然后再在这张牌上做记号。根据他的动作，我觉得这个假设成立。如果这个假设成立的话，那么他是用什么原理做记号而不被其他人发现？又是用什么原理看到这些记号的呢？

假设他做记号，肯定不是以前说过的划痕、掐边、压角等一些常规的做记号方式，常规记号可以在扑克背面轻易发现，我看了所有扑克的背面，没有任何不一样的地方。我也尝试利用日光灯的光线从各种角度去看，也没有发现任何异样。他涂抹药水？也不对，来之前我带了显示药水的镜片，就为了检查是否有人用药水做记号。正好赌局进行到一半时，有人上厕所，大家暂时中止，桌上的人都站起来走动走动。我趁机利用手里的镜片看了几张，没有看到有什么特别的显示。看来他使用了一种我以前没见过的出千工具，让我一时间摸不着什么头绪。

# 44〉在金钱面前，老同学算什么

他们玩到晚上11点左右就散伙了，到那时，我只是有点头绪，还是不知道那个小子具体利用什么原理做到的。走的时候多少有点沮丧。

走在大街上，外面的夜市热闹非凡，到处都是各种烧烤、小吃。我俩找了家咖啡店，刘经理问我看出什么了没有？我说只是怀疑一个小子有点问题，但是什么问题暂时不好说。因为我没有机会去看人家烟盒包装纸的内容，也没法去看，我不能直接拿过来看，但是我可以肯定烟盒有问题。

刘经理一听我说是那个小子有问题，就说："不可能啊，那是我多少年的老同学，怎么可能呢。"他俩是高中的同学，关系好得不得了。考大学的时候，两个分别考到了省会城市的两所大学，每个星期都要在一起聚一下，每次放假或者是过节回家返校，都是搭伴一起走。毕业后，两人都参加工作，这么多年一直保持着密切的联系。那人在一家大酒店做主管，刘经理在一家外资单位做采购经理，两家日子都过得富裕而充实。而两个人的友情也是他们同学、朋友所公认的。刘经理和我絮絮叨叨地说着他们之间的陈年往事，回忆着过去跟老同学一起度过的美好时光。虽然刘经理一直坚定地说那人不会做那种事情，但是我看他的眼神里已经承认了。他回忆完往事，嘴巴里喃喃说着"不可能，不可能"。我直视着他的眼睛，他眼神里有点狼狈，有点黯然，有点失落，甚至不敢接我的目光。我看他这样，急忙岔开话题。我有点同情他，虽然我见过无数在赌桌上出卖朋友的人，但是被出卖者在这么安静的一个场合单独和我聊天，还是第一次。我也不知道该和他说点什么才好，这种事情知道比较好还是不知道比较好呢，我那个时候真不知道怎么去安慰他。

我宽解他说："目前只是猜测，别想太多，明天才能出结果，说不定是我看错了。"我心里很清楚自己的劝慰很无力，我心里有数，八九不离十是那烟盒有问题。我详细告诉他该如何拆穿那小子，告诉他一步一步怎么进行，他默不作声地点着头。只是点头，神经质地抓起咖啡杯要喝咖啡，那杯子里早已经空空如也，他好像要做点什么才能掩饰自己复杂的心绪。最后我俩合计好，我在适当的时候提示他，他找机会把烟盒拿过来，自己操作一下看看。考虑到那人会把烟盒看得很紧，我让他必须找个合适的空当、合适的借口。

第二天我们又去了那里。还是老时间老地点，还是那些人，一个不多一个不少，那个小子带的那个女人也在，还是和我坐那里看着热闹。后来我才知道，烟盒就是那个女的提供给刘经理的同学的。他俩是情人关系，由于刘经理同学工资都被自己老婆掐着，手里没有多少闲钱，整天和情人混在一起，手头就有点紧张，不好和老婆张口要钱用，就通过这个方式赢点钱供俩人潇洒作乐。具体他的情人从哪里搞的这个东西我就不得而知了。刘经理按照我说的，什么也不去看，只顾着低头玩，他那天很少说话，也不去看那个烟盒——在赌局前半程让他在扑克背面做记号，估计他差不多把牌都做上记号，刘经理再去拿烟盒。

大概玩到晚上 10 点左右，庄家给每个人发了两张牌，我看基本差不多了。那一把那小子把烟盒在桌子上的绒布上抹了一下，放在一边。我大声咳嗽一下。刘经理就等我这声咳嗽呢，他的动作也很快，伸手就把那个烟盒拿到了手里。他那个同学一愣，想做点什么动作，但是什么也没做，笑着问："刘经理，你还抽这个档次的烟啊？"他那盒烟是一般的硬盒香烟，十多元一盒，而刘经理自己门前放着包软玉溪。刘经理也是个精明人，说："这个烟我尝尝味道。总抽玉溪劲太绵了，最近总熬夜，换个味道提提神。"说着话，他打开香烟盒子，拿出一支叼在嘴上。刘经理那同学神色紧张，不自觉地死死盯着刘经理手里的烟盒。那女人也是玲珑人，马上站起来伸手去刘经理那里拿烟盒，说："刘经理，这个烟的味道还行，来，我也抽一支。"当有人索取香烟的时候，一般人都会把整盒烟递上去，让索取的人自己拿。这个时候刘经理哪能撒手啊，他麻利地抽出一支递过去。另一只手也没闲着，根据我事先告诉他的，用那小子看牌的那一面迅速盖在扑克上，然后像他同学一样立起烟盒看。

扑克的那边包装纸上清晰地出现一个 Q、一个下横杠。刘经理的动作快得让他俩来不及反应。刘经理直勾勾地看着烟盒上显示出来的 Q。他那个同学有点慌乱，想伸手去抢烟盒，但是最终没伸出手来。这个时候边上那个人惊讶地叫出声来，其他人也探过头，都看到了。刘经理沉痛地说："你怎么能这样？骗谁你也不能骗我们这几个人啊？"他那个同学有点惭愧，说："真不好意思，我当时鼓捣玩，并不是要拿这个来赢钱，只是说这个东西神奇，我拿来看看是不是这样的。你看你说的，我怎么能来骗你们？我没用这个来捣鬼。"刘经理站起来说："咱们多少年的关系了，你自己说。你要是说缺钱用，你开口一句话，这里哪个哥们不能给你拿个4万5万用，没有你这样做事的。"那小子就急急地为自己辩白，还说要给大家补偿。大家都说，补偿不补偿是无所谓的事，但是这样做很伤大家的心，谁也不在乎那几个钱。他们你一言我一语地批评那个小子，我看事情明白了就离开了。我的事做完了，剩下是他们自己的事，我才不想去参与呢。

我还是说说那个神奇的烟盒吧。烟盒下边某一个角隐藏了一个笔头，那小子就是用这个笔头在所有经他手的扑克的背面做上记号。他的记号就是直接写，比如红桃8，他就画个8，后面直接跟一个横杠；草花8，也是写个8，不过横杠在8上面；黑桃8，也是写个8，但是横杠在数字下边；方块8就是单独一个8。我只是打个比方，至于他是如何标记花色的，我也不记得了。用笔写上去了大家怎么能看不到呢？他写数字的动作很隐蔽，都是在别人不注意的时候才做记号。他的记号别人看不到，他能看到，他是利用烟盒去看。他烟盒外面的包装纸其中一面是特制的，具体是什么东西做成的我就不知道了。当扑克发到他门前的时候，他很自然地用烟盒把自己的扑克盖住，再装作不经意把烟盒立一下，以前他在扑克背面写的内容就都倒映在他烟盒的包装纸上面了。当他看完了，随后把烟盒显示字的那一面在桌子布上一蹭，字就消失了。如果有机会站他身后看，整个过程一目了然，但是老千都很忌讳身后有人，当你真的站人家身后，人家可能就不会出千了。这个东西的原理好像是和照相馆的显影粉有点相似，他就是通过这样的方式来知道自己手里的牌大还是牌小，然后决定闷牌还是不闷牌。

做记号只是扑克出千的一种方法，在很多不分庄家闲家的扑克游戏中，很多人喜欢在王或2上做记号，这个时候想把自己想要的牌抓回来，就需要有抓牌的技巧。平时大家凑一起玩，常玩的有喝血、三打一、斗地主、跑得快、看纸牌、大老二、扑克的对和、打红五、说胡话，等等。不要以为把牌洗好了，上家切牌，轮流抓牌，抓到什么样的牌来决定如何打的游戏有多公平，在老千眼里，是赌就能想出一些办法让自己赢。

在很多扑克游戏里，玩家都希望能抓到大小王或者2，这些牌属于大牌，抓到了赢的几率就会大一些。所以老千就在这个上面下工夫，他们想方设法把这些大牌抓到自己家里去。可是怎么样能让这些牌乖乖到自己家呢？方法很多。很多老千都喜欢在这些牌上做一些别人察觉不到的记号，好让自己能清楚地辨认出这些牌在哪里。比如用指甲在王的侧面边缘进行挤压，可以刻出一个微小的凹痕。这个凹痕很不起眼的，单独拿起来看很难注意到，但是如果放进整副扑克里，把边缘搞整齐，用心去观察，会很容易发现它在什么地方。

或许有人会问，你就算认识又能怎样啊？抓不到你家也等于零。只要能分辨出哪张是大牌，我就肯定能抓到我家里来，不管它在牌里什么地方，我肯定有办法把他抓回来。哪怕按照牌序是去你家的，我也能利用技巧把他提前抓到我家里去。很多老千都在练习如何去抓牌，就是练这个工夫。

比方说，我洗牌，我会把大牌都洗到一起去，抓到那个位置的时候，我可以一把抓个四五张回来，这叫多抓。不相信？我当你面去抓，你都不会发觉。也有人会问，你抓多了，最后一打就露馅了。放心吧，肯定不会抓多了。多四张牌是吧？我继续去抓，在你以为我抓走了上面那一张的时候，其实我什么也没抓，这叫假抓。就是你看着我空手去抓牌，眼睁睁地看着我抓了一张走，但是你看到的都是假象，我只是在抓的时候把手掌里藏的牌给突出来，然后把手收回去。这样抓下来我肯定和大家手里牌一样多。也有的人提前把这些牌在洗牌的过程中直接偷走了，然后利用假抓来达到不多牌的目的。

我说的掐个凹痕只是打个比方，想知道那张是王牌的方式很多，折角、翘边、抹油都可以。也有轮到他切牌，他故意把王牌切到最下边去的，他抓的时候就能把底牌的王牌巧妙地抓到自己手里去，这叫底抓。多抓、假抓、底抓，都要求手快，手指头的协调好，很多老千专门练过底抓、假抓、多抓，需要下苦工夫练习才行，上了牌桌是很容易糊弄你的眼神的。我曾经没事去逗小海玩，告诉他我要抓底牌，让他好好看，他都看不出来。要知道，小海也是个老赌徒了。初级的老千都是把牌给理齐顺了，去抓底。大家抓牌都有习惯，习惯于把牌给推斜了抓才得劲。所以初级老千很容易暴露，有的看抓牌的手形就知道那不是好人。

有的老千没有洗牌或者切牌的机会，也会通过抓别人牌来达到把王抓到自己家去的目的。抓牌的时候把扑克推歪点来抓很正常，如果老千事前在那张牌上作了记号，很容易区别出来。比方说他抓的时候看到牌下边第三张是王牌，他可以直接把那张抓走。牌歪了露个很小的边，他就抓那个小边。不要以为我在说胡话，大家可以去看看郑泰顺是如何抓中间牌的，就知道是可以做到的。我只要知道那王牌在什么地方，我就可以把它抓到我自己家里去。这个不是只有我自己可以做到，很多老千都可以做得到。同样道理对于那些2也好用。如果你知道我会各种抓，你还会和我玩吗？

在不分庄家闲家的游戏里，老千玩文事的比较多，当然了，武事也多。老千其实都是玩扑克的行家，只要让他碰到牌就可以当你的面偷走牌，藏到任何他想藏的地方去，哪怕你睁大了眼睛去看，也找不到。很多老千在有一些扑克局中把自己手里的小牌破牌藏起来，打完以后找机会把牌再混进去。有的老千利用切牌的时候偷看切出去的顶牌，有用他就立刻用手掌带走。也有趁人不注意，换一副提前编辑好了顺序的牌上去，你以为自己稳赢，结果打下去能输得你直跳脚。比如，有一种赌法，四家比大小点（北方的瞪眼），提前看好场上用哪种扑克牌，然后自己去找一副一样的扑克，把大小王扔掉，一共是52张牌，按照10、7、8、1、5、1、6、3、4、1、2、9、1的顺序码完（花牌为1），四种花色都按这个顺序放好以后，任何人随便怎么切牌，只要按照顺序发牌，庄家都是通杀的。这个以前很少有人会的，但是今天应该很多人都知道。

庄家洗牌完毕、散家准备切牌的时候，故意按住牌，说自己多押一些钱或者提一下局什么的，当场上人分神考虑是否答应的一瞬间，牌就被换。一般只有最后一把决定生死的时候才会去换桌子上一副整牌，不管任何人在这副牌的任何地方切牌，保证都是通杀。

也可以当大家面洗几次，当然了，洗也是假的，只会让你以为是真的洗牌，其实牌顺序没动。比如切完了牌，再下次的时候，通过自己的一些收牌的手法和脑子算过的顺序，完整地复原已经发出去的牌。

现实里很多人都会这些老千手法，可能就是你的同事、朋友，只是你不知道而已。人家还指望用这个赢钱，自然不会告诉你了。这样的千术我只能说是初级千术，但是绝对可以蒙得住你。而且这样的千术很多人在用。即便不会这些技术活，就是两个普通人（不会出千手法）想合伙赢你钱，也很容易。最常见的是做笼子，白话叫打合伙。根据游戏的规则，他是你一门的，但是在他的心里，他是想要你输钱的。所以会出现该打死的牌不打，故意放水。你能说什么呢？埋怨他打得臭，在这个问题上谁臭谁知道。

也有玩通牌的，所谓通牌就是通过两人约定的暗号来告诉自己的同伙，自己家有什么样的牌，或者需要什么样的牌来送他。不要以为他们拿牌的姿势都是随意拿的。拿牌的时候两根指头在牌背后还是三根指头在牌背后，可能就是两人的暗号。扑克在他手里来回抽插，合在一起的手形，说出的一些看似平常的话语，可能都是暗号呢。现在的斗地主、三打一等，流行在桌上打方位进行合伙出千的比较多，行话叫打方子。

在这里教大家一个小技巧，这个小技巧就是如何识别哪些人是小老千。一般小老千在洗牌的时候都喜欢抽拉牌，就是把牌放在右手里，左手前后抽洗。遇到这样洗牌的，大多是手里有点玩意。牌洗了以后，有些牌到不了他想要的地方，他就要经过抽洗来达到自己的目的。或编辑牌序，或控制那些特定的牌。所以遇到这样洗牌的人，走开为妙。你要不信，就等他抽洗的时候站他左边肩膀后，看牌在他右手里的抽洗过程，主要看牌边在他手掌肚那个位置的变化，你会发现很多你不曾发现的有意思的东西。

后来刘经理请我喝酒，说起了这个小子，淡淡地说他们最后没要钱。这么多年朋友一场，当送给他的，拿刘经理的话说：权当打发要饭的了。那个小子养情妇，手头钱紧张，他的情妇不知道在哪里搞到这个东西来骗大家的钱。说着说着他又发起感慨来：“钱，真是能改变人啊。”

# 45〉警察家里设赌窝

也是应朋友邀请去赶局，那朋友输得快破产了才想起找人搞事。这个东西千篇一律，任何人赢了永远想不起要去出千，输了才会瞎琢磨想歪歪道。

那天我正在家无聊，小海打来电话说晚上要请我吃饭，有事跟我谈。小海没事经常帮我联系各种局，也跟着我常年到处跑，他要找我谈事，一般就是联系到了好局。

晚上我们在一家饭店见了面，他带了一个说话很有特点的人。那人说话的时候，每句话最后一个字都要轻轻地挑一下，很好听。他长得很壮实，听小海介绍，他叫盛宇，从盘锦那边过来，听说过我的名字，专门来这里找我谈谈。

寒暄一阵，我知道盛宇是盘锦当地的一个混混，最近赌博输了很多钱，输了就想找人去搞，七拐八拐找到了我。根据他说的，那里玩的人都傻都彪，局大钱多，看他说的意思，好像去了就可以直接从桌子上把钱一划拉放包里拿走一样。虽然我知道他说的不都是实话，但是小海联系的局我一般都去赶。

听盛宇说那局设在他哥哥家，他哥哥是个警察，所以开局大家都喜欢去玩，还不怕别人查。

我们商量了一下上局的细节，就动身到了盘锦。到了盘锦以后我才发现，那里所有人说话尾音都拐弯，特别是女的，说话要多好听有多好听。

盛宇开始说那局只是晚上开，白天赌徒都各干各的。好容易等到了晚上，盛宇接我们吃了饭就奔他哥哥家去了。他哥哥家在一片居民区里，二楼。盛宇敲门，里面有个女人很警觉地问："是谁?"盛宇大声回答："是我。"里面有人走到门口，等了好一会儿（估计是在猫眼里看，仔细确认来的是谁），门开了。一开门从里面冲出来一股烟气，门口鞋柜摆满各种皮鞋，大概摞了两层，看来人是不少。

一进去是客厅，沙发上有几个人在点钱。听他们的对话，是输了互相借钱用。还有坐着抽烟的，看样子是钱输没了还不想走；也有累了出来休息休息的。茶几上放着香烟、各种水果和各种食品。客厅显眼的位置有一个衣服架子，上面挂着一身警察制服和一个大盖帽，好像在提醒大家：这里有警察，别乱来。

房间里的人看到盛宇，都和他打招呼。盛宇简单回应一下，也没多说什么，带着我就进了里面的房间，小海留在客厅。进去一看，好家伙，全是人，最少也有 30 人，一群人乱哄哄围在炕边上。楼里盘大炕，在北方再正常不过了。

炕中间有一张方桌，坐庄的人坐炕上，桌子两边的人都盘腿坐得很整齐。后面有空隙的地方都站了人，手里都拿着钱。庄家对面的人就直接站在炕边上，地下站了好几层，有手里拿着钱在看的，有押钱上去伸着脖子看桌子上的，也有纯粹看眼的，里三层外三层，看架势我还真挤不进去。

盛宇可不管这些，他挨个拍前面的人说："不玩的去客厅待着，别在这里碍事。"大家好像都有点惧他，都给他让开地方。在他的带领下，我很轻松地站到了桌子面前。

可能人太多太乱，所以大家对新来的人都没啥反应，好像我本来就是这个局上的人一样，庄家依旧催大家快押钱。

站到桌子边上，我才看清里面的情况。他们在玩扑克牌九。扑克牌九是从一副扑克里根据牌九的点拣出 32 张扑克来玩，一个地方一个玩法。他们这里玩的是四张，切牌以后把切掉的牌放在下边。不是看切出来是几发牌，而是大家随便切，切完了由庄家在一个碗里丢三个色子来决定从哪家开始发牌。丢色子之前，庄家必须先告诉大家怎么发，是一张一张地发，还是两张两张地发，必须在丢色子之前说，不可以四张一起发。下边必须在丢色子之前押钱，每一门押钱不得超过 3 万，具体数额由坐门的人把握。超过 3 万不赔多出来的钱，最多只赔 3 万。你就看准了，一下押 5 万上去，人家赢了全部拿走，输了只给你 3 万，就这个意思。钱押好后，庄家给每家发四张牌，下边坐门的配好牌以后，必须按照头牌靠近朝桌子中间、尾牌靠自己的顺序扣在桌子上（牌九里四张牌，两两相配。小点的叫头牌，大点的叫尾牌，配完牌必须拉出头牌和尾牌的间隔来）。等待庄家配出头牌尾牌后，要挨家去验看。

庄家身边也有个专门负责收钱派钱的人。庄家看下边哪家大，就说：这家赢了，拿钱的人就查那门押了多少钱，然后按照实际押钱的数字赔钱。多了就不查了，直接丢3万过去。至于他们押多了的问题，由坐那一门负责看牌的人处理。如果庄家说保本，那钱基本没人愿意拿回去。

局面很火爆，外围很多拿钱在手的抢不到地方押钱。要是庄家看完了说："这个输了。"把钱的就一把划拉回去，点都不点。能在这样的局上看账，基本都是比较伶俐的角色，也都是庄家信得过的人，还得手快眼快，算账或赔钱慢了，下面的玩家会不满意的。

由于局面火爆，出现了这样的情景：坐门的人抽头。比如说，坐门的人故意押3万满门。然后等别人和他商量让点给他，比如让出2000，赢钱了，就给坐门抽100，让出1万抽500，输了按倒霉处理。当然了，输急眼的坐门的，多少抽头都不干的，自己把把满门押。赢了点钱还想赢又怕输进去的会抽头，先押满门，等大家商量带点钱来抽头。坐门则是谁先来谁坐，几乎所有牌九局的坐门的都这样。坐门的决定如何配牌，人家怎么配，跟着押钱的都必须认。这么多人押不上钱，这么多人看眼，他们为什么不再去开一局呢？看了几圈我才看明白，还有专门负责从庄家抽水提成的人，是个女的，那是盛宇的嫂子。庄家如果杀了两门，一门保本，得拿出200给她。如果通杀，就要拿500给她。如果杀两门赔一门，则不需要给她钱。想来这就是她把家里搞得乱糟糟的动力所在，看来一天不少赚。我当时还合计，盛宇有这样的好买卖还上去赌，把自己输那么惨？后来才知道，盛宇和这家的主人不是亲哥俩，属于有点远的表亲。而开始给我们开门的那个女人是盛宇嫂子的妹妹，专门负责给大家做饭、买水果、提供香烟、茶水，提成抽水的钱用在这上面只是寥寥的几个钱，但是却很叫那些赌徒受用。

我想看看局干净不干净，但是看不了，因为环境不允许。前面人都在押钱，我就站前面看眼显然不合适，所以我也拿出钱来跟着扔石头。有空就扔，没空就等下一把牌，一把一千两千地扔。输赢来回不大，但是赢了被下边坐门的抽水，很闹心。按照牌九的说法，我们应该是一个战壕的战友，集体对付庄家才是。但是目前就这个形势，爱玩不玩。

人真的很多，我站在炕边被后面人挤得很厉害，得使劲扶着炕沿努力给自己撑出点空间来，边玩边看。还是那样，我就是倒霉蛋，不出千就是一个字：输。押哪里哪里点小，一会儿工夫输1万多，看哪一门好了，竟然都是押不上钱，人家早满了。

玩了一会儿，我心思基本没在钱上，都用在跟大家套近乎和观察局面上。套近乎是为了拉拢关系，好找机会上去坐门或者坐坐庄啥的，我始终相信一个事实：在任何赌局上，老千随时都可能存在，所以我得多观察观察。对于这个我一直很谨慎，所以这样的局不能急，必须多溜几次才能出手。除非我钱厚，出一门5万的，可以在庄家赢的时候要庄。可是我没带这么多过来，我可不是和他们赌的，我是来出千的，就带了2万多点。

根据我的经验，暂时没有发觉哪里有不妥当的地方。但是没看出来不代表就没有，一个赌局存在久了，肯定会有人在捣鬼。出千嘛，千变万化，我也不是全能。就这样，我在这个人多嘈杂、烟雾缭绕、拥挤不堪的炕沿边慢慢溜着局。转眼到了晚上9点多，从外面进来一个人，屋里人都暂时停下。这个人大高个，他走进来大家都自动给他让开条道。他走到桌子边上，笑眯眯地说："大家好好玩，都讲究点。别在我这里搞乱七八糟的，要是有这样的事，别说我盛彬不讲究。"大家都说："不敢在彬哥这里乱来，我们玩得都很规矩。"他点点头，说："那你们玩吧，我就是回来看看。"然后就走出了这个房间，但是我觉得他看我的眼神怪怪的。原来他有一只假眼，以前出任务时不知道咋搞一只眼瞎了，听说装了只狗眼，不仔细看分辨不出来。但是那毕竟是只狗眼，看谁谁都会觉得怪。不知道他的假眼是否影响了公务员的形象，换我是他领导，就直接开除他。

## 46〉等待"牛局"

盛宇的警察哥哥离开后，大家继续刚才的赌局，但是我看得出大家对那个警察的敬畏。盛宇总在鼓动坐门赢了钱的人把位置让给他，他是着急想让我上桌。按照他的思路，他先抢一门，然后拉我入股，他来配牌，要是输了就可以顺理成章地让我坐上去换换手气。但是我不是很着急，我也不想一来就上去搞事。可是在人堆里我还不能暗示盛宇别太急，只能随他，他就是抢了一门坐，我也不和他入股。毕竟我是生人，怕引起大家的怀疑。

玩了一会儿，庄家点气很旺，而我在下边押钱还要被坐门的抽水。输了1.5万我就不玩了，而且我感觉快要被挤散架了。好几个输光了的都去了客厅，有几个嫌弃丢石头押得少，也去了客厅。我合计出去和他们拉拉近乎，就也挤了出来，去了客厅。到了客厅，小海已经和那些人打得火热。这方面我真佩服他，和谁都能自来熟。

小海看我出来了，马上和我招手让我坐过去，大声问我："老三，赢了输了?"我说："输14把赢15把，一把就押1000元，你说我赢了还是输了?"小海笑笑说："老三赢钱了，晚上要请客啊，给我请个小姐吧。"我撇嘴说："输了。"他有点不理解。边上人帮忙解释说："那是他被坐门的抽水抽输了。"大家一听都乐了，都开始抱怨坐门的抽水不太地道。我这样说是为了引起大家的共鸣，1万多元在局上是小毛毛雨，没人会去计算我输多少钱，而我的玩笑话很容易拉近我与这些赌徒的距离。

果然，大家很快就觉得互相关系拉近了不少。小海趁机和坐一起的那几个人说："老三和我一起来的。"完了煞有介事地和别人打听炼油厂、化工产品什么的（我们之前商定的身份是做化工生意的小商人），好像他是专门来这里做这个生意一样，对这个他熟络得很。

我也没闲着，拿起烟挨个发了一圈。大家议论起来，都说人太多了，抢不到地方。我趁机说："那咋不再开一局呢？开两局多好。"大家说："东家不让，就晚上人多，下午也有局，人不多。"我们都围着茶几说着闲话，聊了一会儿才知道大家靠在这里不走，其实都是在等牛局。

所谓的牛局就是牌九里的不限制一门押多少钱的局，比如出10万，你可以一把要底钱，也可以押1000一下一下慢慢掏。德子那次在我看局的地方搞事时，他们玩的就是牛局，所以我才能放10万要他的底钱。牛局的另一个规矩是，在玩以前庄家事先设定一个封顶额度，不到这个数局不能停，如果庄家设定的是50万，那他连本钱带赢的一共是49.9万也不可以不玩，下面的人随时可以叫底。到了50万，庄家可以选择继续玩还是不玩，不玩就拿走50

万，继续玩就要重新出10万开始一个新局。这样的局就叫牛局，各地的叫法不一样。目前里面房间里玩的是限制押钱数的局，不管庄家手里多少钱，一门最多不得超过3万，这也叫不牛。

要是有人开了牛局，基本上大家都有机会去押钱，不用站边上看热闹了。当然了，谁押得最大谁配牌，和谁坐门没有关系。我也是奔着牛局来的，看准机会，庄家底钱很大的时候一下给赢过来。盛宇会给我提供资金，所以我一点也不着急。

坐着说了好一会儿话，盛宇从房间里出来了，满面红光，手里掐着一大把钱，连说："过瘾，操他妈的。"大家都问他怎么了。他说抢坐门没抢上，他就总去磨叽那几个坐门的。其中一个坐门的实在被他磨叽得受不了了，让他自己押了一把。盛宇竟然押中了，一下赢了3万，再要押，人家坐门的死活不同意，只好出来了。毕竟那等于抢了人家坐门的3万元，那本来应该是坐门的自己押钱赢的，所以让他感到过瘾。

说话的工夫，盛宇指着一个30来岁的年轻人说："老孔，你又输光了?"大家哄一下都笑了，说："老孔什么时候赢过?"老孔讪讪地说："盛宇哥，你赢钱了给哥们甩点喜呗。"盛宇也很爽快，点出500元就给了他。老孔拿了钱高兴地又进里面房间押去了。看他那样子，和我以前输落魄的时候差不多。

果然，没有一分钟，老孔就出来了，满脸尴尬，又被大家取笑了一通。

当天晚上我们一直在那里待到2点多，和大家混了个脸熟。虽然没出牛局，但是我一点也不急，当天晚上就是出了牛局我也不会上去搞。到2点多还是那么多人，我一合计，也别在这里耗时间了，就和小海回住的地方睡觉，还有明天不是?

第二天盛宇早上10点多就跑来了，问我怎么样?我又和他了解了一下，据他说，牛局很多，很少有玩不牛的。也是，东北这边玩牌九很多人喜欢玩牛局，怕输的人才玩不牛的局。但是盛宇离开了几天，不知道谁提议说玩不牛的局，好像大家也都同意了。最后我们合计，要是实在没人玩牛局，一点点掏也可以，前提是坐门和坐庄。要是有人玩牛局最好，一切随机应变。盛宇说下午局基本都开始组织了，只是没晚上那么多人，也可以去赶一赶。于是吃完午饭，我们又去了那里。

我们算早的，去了赌桌还没支起来呢。我们就在那里坐着喝茶，不一会儿，赌徒陆续都三两做伴地到这里来集合了。看人够凑一局了，盛宇就吵着要坐庄。他推庄大家坐门，大家都抢着坐庄，互不相让，互相比较谁可以放多大的赌注（谁出的赌注最大谁坐庄）。

还没开始呢，就为了这个问题出现了争执。盛宇想做牛局或者鼓动别人做牛局，但是谁都不想做牛局。盛宇就拉我说："老三，咱俩出一合牛的，让大家随便押。"我一看：是不是有点操之过急了，我还想好好端详端详这个牌九局呢，我不想没看清楚之前就出千。所以我就拒绝了盛宇，人这么多，我又不能直接告诉他理由，只好找借口搪塞说："我没带钱，就不和你一起坐庄了。"那意思就是告诉他，暂时我不想玩，准备再看看。盛宇没听出我的意思，说："那就不出牛局，做不牛的，你从我嫂子这里拿点钱用，我给你担保。"我一看他还没明白我的意思，有点着急，再说下去别人要起疑了。幸好别的赌徒也很着急，没给他机会说下去，都要求抢庄坐。最后一个中年国字脸的男人要了庄，因为他出4万一门，而且有很多人附和。盛宇看我没那个意思，也就没再坚持，这样牌局就算开始了。

人没有头天晚上多，但是也不少，大概有10多个吧，除了盛宇，另外坐门的一个叫国仁，是桑拿店的老板，坐天门；另一个叫辛礼，开一个卖电话机的门脸，坐出门，他们开出的条件是不抽大家的水。我站在盛宇身后，是末门的位置。其他的人有的上了炕，有的在地上站着，也有拖把椅子在一边坐着的。

坐庄的男人叫谷明，他和老孔一起进来的，和他们一起来的还有个20多岁的小伙子，剃个小平头，小小的个子，眼睛骨碌着，一看就是个机灵人。老孔负责帮着谷明看账，那小伙子背了个帆布包，从里面拿出20来捆钱，亮完货就开局。

大家拆开一副扑克，七手八脚地帮谷明捡好一副牌九。谷明说了一下规矩，无非就是动色子以后不准动钱之类的一些话，交待老孔一定要把钱点好。说完就哗哗地洗牌，洗好了以后丢桌子上让大家切牌、押钱。钱都押好了他丢色子，国仁押了1万，辛礼也1万，盛宇随后拿出一叠丢了上去，没点是多少钱。后面其他人纷纷地乱扔着石头，很快，牌局就火了起来。

我就站那里慢慢地品着局，没押钱，合计着要是没问题，盛宇输几手我就上去给他替下来，我总有办法赢。局进行得很慢，谷明看上去好像经验不足，每次总是很着急地看自己发到了什么牌。按照牌九的规矩，庄家有权力等大家都配完牌以后再配自己的牌，这期间有个察言观色的过程，可以根据别人的表情来推断别人的头大还是尾巴大。我怎么看这个谷明也像个赌钱的傻子。常赌钱的人都是等大家配完了才去看自己牌，怕输的人才会着急看自己什么牌，拿了大头就舒一口气，拿了小头就紧张兮兮的。谷明的表现就是那样，我当时感觉他有点像凯子。

老孔赔钱很慢，庄家赢了还好说，把钱划拉走了就行，庄家输了他挨家清点，费了不少时间。没几把，大家对他都有了意见。半个小时左右，大家意见越来越大，都抱怨谷明怎么找老孔把账，耽误大家时间。老孔更着急，越着急越慢，手忙脚乱地数着钱。别人抱怨，他也不和人顶嘴，只是尴尬地笑。终于有一把，国仁实在忍不住，就说："你赶紧下去吧，时间都叫你耽误了。"说话的口气很不客气，辛礼和后边几个人也纷纷附和。谷明看大家都有意见，就和那小伙子说："你来吧。"这样就把老孔换了下去。那小平头手脚就是麻利，赔钱速度比老孔快多了，赌局明显加快了速度。大家精神都一振，纷纷加大了赌注，基本都是门门满注押的。

被换下来的老孔尴尬地蹲在谷明身后（赌局在炕上，谷明是坐在那里的），看来想帮人把账赚点采喜钱是没指望了。我有点同情他。后来我才知道他不姓孔，因为他总是输，所以大家给他起名叫老孔，说是出自一个歇后语：孔夫子搬家——尽是书（输）。大家都不记得他本来姓什么了，如果有人冷不丁叫他的名字，大家恐怕很难和老孔联系起来。他其实才是这个故事的主角，也是这个局的总导演。

## 47〉暗通款曲

看了一会儿，我发现有地方不对。因为谷明配牌都着急先配，所以看起来大家基本乐得捡现成的，配牌以前先观察他的表情，通过他的表情来估计他的牌大还是小，然后决定自己是追头还是撵尾。但是我站的位置不一样，我站在末门坐门的身后一点的位置。这个炕是两边连着墙、两边有边沿的，所以末门的位置和天门的位置身后都是可以站人的。我就可以清楚看到天门、出门、庄家和天门后面看眼的人。国仁配牌基本是先把牌拿手里，再去观察谷明的表情，然后再根据谷明的表情去配牌。辛礼呢，好像对国仁看谷明表情配牌很有信心，遇到两配的牌就要问一下国仁应该怎样配。国仁好像和辛礼关系不错，两配的牌基本都能帮辛礼配出好点子。有的时候宁可拆对也要去追头，而且基本都能追上。有的牌明显拆得不合理，但是辛礼也没意见，国仁帮他咋配他都认可。

有一把牌很有意思，辛礼拿了两个不一样的7和一对J牌。竟然也来问国仁如何配。这样的牌可以配成8对8，头8是很大的牌了。押钱都是为了赢钱，没有奔着保本或者输钱上来玩的，换我配，我就会配成8头8尾。这样的牌根本不用去问别人的意见，除非辛礼不会玩。但是从他分长短牌来看，分得很利索，应该不是不会玩。而国仁也没有犹豫，直接给他配成4点头尾巴一对。这样配牌也没啥问题，胆子小嘛。但是庄家亮点以后是4、5、2、7的9头9尾牌，如果国仁按照8头8尾去配，那就是输了。但是配成对，是保本没有输。出现这样的配法不能不叫我多琢磨琢磨。谷明呢，似乎傻乎乎的，配完了只关心谁赢了，只关心那个小平头是不是把钱都收回来了。好像还有点不放心那小平头，怕他能偷钱一样，总去问进账多少钱，或出账多少钱，看那架势好像赢了点就准备不干似的。

那国仁真有这么厉害？我不禁有点佩服他起来，要说察言观色在赌桌上能运用好的人绝对是高手。而国仁也确实每次配牌前都要好好看看谷明的脸色，仔细地端详他。

我选的角度不错，我站在地上，国仁坐在地上的椅子上，看谷明是仰视的角度，而我在末门后面站着看他，是俯视的角度。谷明坐在炕上，我站在地上，我俩的视线是平行的。所以我基本不用转脑袋就可以很清楚看着他们的动作和表情。

我发现个问题，国仁其实并不是在看谷明，国仁每次拿了牌眼睛基本去了谷明的身后。他身后只站了一个老孔，谷明每次配牌都不避讳老孔。老孔嘴巴里叼着烟卷，大口大口地抽着，眼睛贪婪地看着桌子上的钱，很专注。每次场上输赢他都使劲伸着脖子看。

难道国仁知道谷明的牌头？难道老孔走水给国仁了？看了一会儿我基本也看出来了，确实是老孔走水了。每次谷明配完牌，他都把庄家的头牌告诉国仁。国仁坐天门，可以直接看到他。辛礼坐出门，需要探身扭头才能看到老孔，但是辛礼根本不去看，辛礼好像知道国仁知道庄家的牌头的事情，所以一切交给国仁来配，看来这还真是个好买卖。盛宇还在场上押钱坐门呢，我得看看是啥暗号，跟着捡漏。捡漏一直是我的强项，所以我得去破解破解。知道庄家的牌头再去配自己的点，不赢的是傻瓜，我也想跟着赢点。

于是我就刻意观察老孔的肢体动作和话语，与场上庄家的牌头进行对比，试图寻求二者的联系或规律。

手？老孔的手很少拿上来，基本是弹烟灰的时候才能露出来，基本都是垂着的。很多把根本看不到他的手，但是国仁也知道庄家的牌头，看来问题没在手上。

烟？在嘴巴不同方位叼着烟头或烟的朝向？最后也被我否定了，因为他不是总抽烟，很多时候，他嘴巴里不叼烟，人家国仁也知道牌头。

嘴巴？看了他嘴的无意识动作，并没有什么能和桌子上庄家的点有关联的地方，也被我给排除了。

要说蹲在谷明身后露出的就是胸部以上的这些地方。那是哪里呢？眼睛？我跟着老孔的眼睛把他眼神能去的地方挨个溜达一圈，也没找到啥规律，和正常赌徒一样，到处乱看。

我破解别人的肢体语言是很厉害的，看了几圈牌我竟然啥东西都没看出来，我有点迷糊。难道我错了？可是国仁明明知道谷明的牌头才对，这几圈牌很多两配的牌谷明的选择都是正确的。我又仔细观察了一圈，还是没啥发现，我有点沮丧。看了好久，我最后也敢肯定：老孔没有传递暗号告诉国仁，有暗号的话我绝对可以破出来。这么多年的赌徒生涯，这点信心我还是有的，不能说每个都能破出来，至少也能破个八九不离十。但是我看了半天，他们之间确实没有啥暗号。

但是国仁确实知道牌头，而能看到谷明牌的人只有老孔。难道是谷明自己走水了？怎么可能？非但不可能，有这样的事情就荒唐了。我的脑子开始有点乱了，我得再理顺理顺才是。就这么会儿工夫，盛宇已经丢进去8万多了。他好像有点急，总有意无意地转头看着我，好像求助我上去玩一样。

我把手放在盛宇的肩膀上，安慰似的捏了捏他，让他别着急。

就老孔自己能看到庄家的牌，别人看不到，也不可能报出去。

于是我又观察起国仁来，看来还得从源头找起。我检讨了一下，觉得刚才我自己有点急躁了。这样的事情需要很好的观察力，我得再看看才是，再好好看看。这个局有病已经在我脑海里定义好了，关键是找出哪里病了，我好对症下药，捞点钱走。

国仁每次派牌完了并不着急拿牌，总去端详着谷明。谷明面相很和善，总在谦逊地微笑着，好像这个局对他来说有点大，他还有点紧张。我的眼神就跟着国仁重新走了走。

我又发现，国仁看庄家的路线特别有规律。他先使劲盯着看谷明，有点虎视眈眈的意思，直勾勾地端详谷明配牌的表情，这时眼光会扫一下老孔。等谷明配完牌他就笑着说谷明的笑话，去逗谷明。比如说："看你那样子就不大，我要杀了你。"或者说："小样，别紧张，拿了大牌是吧？等我来追你。"间或说一些赌局上大家经常开的玩笑话。眼神回收的时候总习惯性地去看钱，不是看桌子上押的钱，而是那个小平头面前的一堆钱，好像他想要把那些钱都赢来一样。然后再拿起自己的牌来研究，决定如何去配。他看过小平头面前的钱，就知道了谷明的头牌，眼睛也再没去别的地方。

我想验证一下自己的推断，于是就做了个试验。那把我也掏2000元押在盛宇门上，在国仁看完谷明的表情时，我故意伸出来手装作去拿盛宇的牌，作出着急的样子说："盛宇，快开牌，你玩得真磨叽。"我手伸到了天门那里，因为发牌，几家间隔很小。我就是比划了一下，也不是真要去拿。我只是想看看是否会打断国仁，果然，国仁以为我手要去摸他门前的牌，伸手打我手一下说："去，你看盛宇的牌去，这个是我的。"我装作不好意思说："哦，你的啊？"然后拿盛宇的牌来看。国仁笑着说："操！皇帝不急太监急什么？你着什么急。"大家都笑了，我也跟着不好意思地笑起来。盛宇好像遇到了救星一样，想让给我，我说："我不玩，没钱，就这两千，赢了我就走。"辛礼搭话说："你还是男人不？2000 元就满足了？"大家都开起我的玩笑来。

就我打断国仁的工夫，国仁去拿牌，眼睛又在那个小平头的钱堆上瞅了一眼。因为之前他是收回目光的时候顺带看一眼，这次是从自己牌上专程看过去的。我的推断是对的，问题就出在那堆钱上。

我拿牌，大家的目光都看我，和盛宇一门押钱的人说："你 2000 也想配牌？你的心怎么那么大呢？我押了 1 万还没配牌的机会呢。"我装傻说："我看牌怎么了？"盛宇接过话说："老三看就看，我同意他看的。"坐门的这样说，谁都没了意见。我拿起牌看了一眼，是一个 2、一个 7、一个人 8、一个 9。我故意配成 7 - 9 为头，2 - 8 为杠做尾巴。因为我是拿起来配牌，后面押这门的人都跟着看，我也不避讳他们。配完了我就丢桌子上扣着，押一门的人不乐意了，说我："你会配吗？不会配别乱配。"按理都是把人 8 配 9 撵头。我也知道，但是我装傻子嘛，后面的人都要求盛宇拉一下。所谓拉一下，就是牌九里追头的意思（当然一个地方一个叫法，不能以偏概全）。盛宇可能以为我出千了，坚持说我怎么配的就是怎么样，死活不拉了。那把庄家开出个 4 点头一对尾，末门保本。所以大家也都没说我啥。

我知道应该从哪里入手了，看一下小平头的钱，再看看每次庄家亮牌以后的头多大，我就很容易知道庄家的牌头了。

小平头总有意无意摆弄着桌面的钱，他是把账的人嘛，所以没人怀疑。看了好几场我也看明白了，小平头面前一叠的钱，有散的有 1 万一捆的，散钱在上面横放着，为了拿起来方便。暗号就在散钱上，比如上面一张向左边错一下，露出第二张钱的小边，代表庄家是一点头；全部并拢在一起，没有错开，庄家就是 0 点头；向右边错开小边，就是 2 点头；向左边错一半，是 3 点头；向右边错开一半是 4 点头。如果是 5 点头，小平头就把上面的钱理顺理齐，用一小叠钱去错边，向左边错一个小边是 5 点，右边错个小边是 6 点，向左错大边的是 7 点，向右错大边的是 8 点。9 点以上的基本不报，直接把手盖在钱上。

这个小平头做得很好，很自然。因为他总要不停收钱、赔钱，其他人的注意力都在配牌上，是不需要他赔钱收钱的，但是他总是去做出准备要收钱的架势，哪个钱不平整了他没事都去理顺理顺。

可是他没有看到谷明的牌，怎么知道他的牌头呢？看了一会儿我也就看明白了，是老孔传递给他的，估计是用脚或者用手传递给他，具体是怎么做的我就看不到了，但是事实就是这样。辛礼呢，可能不知道暗号，所以要问国仁。他们的暗号就在他眼皮下边，还去问人，睁眼瞎？天知道。这就和我没多大关系了，也懒得去想。

看明白了我就可以跟着捡漏不是？知道庄家的头牌是几，不跟着赢钱的都是傻瓜，看来有钱捡了。当时我有点激动，跃跃欲试着要掏钱下注。但是马上直觉告诉我，不对，我还不能上去捡这个钱，这里面还有不对劲的地方。

## 48〉牌九局上的无间道

大概推了快两个小时，我发现根本不是那么回事。

这两个小时，扣除老孔把账的大约半个小时的时间，也就一个多小时，国仁好像没赢到钱，相反输了不少。谷明的点很兴旺，每次开牌基本都是5点以上的头，很多时候国仁有心去追头，奈何追不上。玩过牌九的人都知道，追不上头基本就赢不了，最多撵个尾巴捞个保本的机会。

谷明点真的那么兴旺？还是他出千了呢？赌具头天我都观察过了，扑克和色子都没毛病。我又仔细看了看谷明洗牌、发牌、配牌、放牌的全过程，我发现，他还真是一个老千。

他是这样出千的，每次洗牌正常洗，丢色子也正常丢，但是发牌时给自己多发一张，这样他每次手里就是5张扑克配牌，当然能配出好点子来了。每次发牌的时候多发一张，只要手法隐蔽是很难发现的。玩牌的人都知道，发完牌一般很少有谁去分辨谁家多不多牌的问题。就是没练过的人无意发多了，旁人也难以觉察，何况是专门练过此道的老千。

谷明每次有5张在手里配牌，配好的4张在最下边，废牌在最上面。配好牌后要把牌放在桌子上，只能放下去4张牌。最上面那张就用手掌的肌肉卡住，手掌面朝下自然地把牌压在桌面上，大家就看不到他手掌里的内容。这个动作是很正常的姿势，因为当时他是往桌子上放牌的嘛。

多余的牌需要处理，他不可能手里总扣着这张扑克。牌九牌都是庄家拿起牌发牌，一家发4张，一共发出16张，加他手里的一共17张，还有多余的15张牌，他就是利用发剩下的牌堆处理这张扑克的。庄家发完牌一般都习惯把没发的牌随手放在桌子上，谷明也是随手把废牌放在桌子上的，只是放的角度很好，就在自己右手下的地方。当他把配好的牌放在前边的时候，有个收手回去的过程，正好路过没发完的那叠扑克。就在路过那叠牌时，他迅速处理了手里的废牌。也就是说，趁机把那张多发的扑克放进了没发的扑克堆里。他做得很顺溜，这样手里就没了赃。

这里我说说一个新千术：多派牌。多派牌，顾名思义，就是故意多发，或者给自己多发，或者故意给自己的同伙多发。多发一张就足够了，一般常用在扑克比大小的赌局里。因为手法隐蔽不容易被人发现，就是暴露了也很容易掩饰，所以经常被一些老千运用。比方说我故意给自己多发一张牌，如果被人抓到，我可以抵赖说："不小心多发了，真不好意思，这一把算乌龙。"所谓乌龙就是不小心出错的意思，在赌局上是可以被大家谅解的。想来大家和朋友玩的时候也有这样的经历吧，不小心多带出来一张，最后，这一把不算，重新来过。专门练过的老千，多发一张是不会让你看出来的。关键是如何处理废牌，专业老千有各种各样的处理方式，像谷明这种直接处理的只是其中一种。其他的我就不多说了，省得有人说我教大家学坏。我只是提醒大家，有时候你发现玩的时候有人多了牌，未必就是不小心多发的，可能是一些不专业的老千不小心没玩好，但是一般都能糊弄过去的。

谷明是专业的老千，老孔应该知道，他就坐在谷明后面。那他为什么还要给国仁递暗号呢？他们之间的关系让我有点犯晕了，要说老孔故意报庄家的牌头给国仁，那就应该是和国仁、辛礼一伙的来搞谷明，谷明应该是个凯子。但是谷明在手里用5张扑克去配点，是瞒不过站在他身后看牌的老孔的，前面和侧面的人被他手指头挡住，但是后面是瞒不过去的，这么说来老孔该是谷明一伙儿。到底是他们谁和谁在搞谁？我有点迷糊了。

老孔、小平头、谷明、国仁、辛礼各自是什么角色呢？当然了，盛宇就是一个十足的凯子。盛宇虽然和我接触时间不长，但是我认为他是一个可以交往的朋友。虽然他来找我出千，但是提前也说好了，有几个他的朋友不能千，要不对不起他们。万一千了，当时不能说，只能事后输多少返还多少。输红眼了的赌徒还能这样想的不多，简直是稀有品种，这些年我遇到的不多。在赌徒眼里，任何人都是可以出卖的。

盛宇输了好多手了，总想叫我上来玩，每每转过头来期待地看着我。看着盛宇那无助的眼神，有点像溺水的人等待救援一样。我以前当凯子的时候何尝不是这样呢？我脑子快速转着，考虑该怎么帮盛宇。

我把他们抓了，我算老几？我跑人家的地盘去抓人家出千？那是傻子，我还没疯。何况也难抓，人家对暗号怎么了，怎么去说破，说破人家会承认？多发一张怎么了，人家会辩解乌龙了。可是盛宇在上面玩，我得告诉盛宇。

想到这里，我转身出了房间来到了客厅。小海本来也在里面看眼，看我出来就跟着我出来。客厅里有三两个人坐着说话。我和盛宇嫂子的妹妹打个招呼，说出去一下，去取点钱，就出了门，来到了楼院中间。小海也跟着出来了。

出了楼洞找个没人的地方，小海问我：“怎么了，是不是有机会搞了？”我说：“还搞？估计搞不成了，已经有人在搞了。”然后给盛宇挂电话，电话一接通，我就说：“我是老三，你别说话，只要听着就行。”他“哦”一声表示自己在听。我说：“这个是烂局，你找个借口下来，我在楼下等你。”他说：“好”，就挂了机。大概几分钟我看他出了楼洞，东瞅瞅西瞅瞅，看我们在哪里。我们在一个拐角的地方，喊了他一声，他颠颠地跑了过来。

他完全搞不清状况，问我干吗这么神秘。我就把局上我看到的一切和他说了一遍。他听了，一副不敢置信的表情，过了一会儿才问我：“敢肯定？”我说：“肯定不肯定你自己回去看那小平头的钱。”我又详细把怎么看那堆钱的变化和他说了一次，他还是有点半信半疑，摸着头说：“没人敢来这里出千啊。”我被他逗笑了，真是个凯子，我反问他说：“那我来这儿干啥？”他拍拍胸脯说：“你不是我领的吗？不一样。”

我们三人合计了一会儿，也没说出个一二三来。盛宇的意思是叫我去抓，被我断然否决了。我不想去抓，和我没一毛钱的关系，我就一看热闹的。盛宇想了半天，让了一步，让我教他怎么抓。

我告诉他说："要抓只能抓谷明出千，因为他赢了，其他的别说暗号不好去抓，抓了人家不承认就完了，你啥也说不出来，就是人家被你抓死了，也是输家，没多大的作用。"然后我详细告诉他应该怎样去掐谷明那张牌。发牌的时候和配牌的时候不能去抓，抓了人家可以狡辩多带出来一张，只有在他配完牌准备处理还没处理掉余牌的时候，把他拿住才行。但是这个很难，因为谷明时时刻刻地准备销赃。关键要看准，而且手要快，这个过程拿捏不好，谷明会比他快。

盛宇想了想，和我说："这样，我自己来处理，你就看着就行，什么也别管，我有办法了。"说完他就叫我们先回他哥哥家，我打算回宾馆去，他死活不让。一再表示让我放心，说这里他说了算。我和小海拗不过他，只好先回去看热闹。

他一个人留在那里挂着电话。

## 49〉盛宇抓千不得要领

回去后我依旧站一边看热闹。一会儿盛宇也进来了，脸上什么表情也没有。一面把手放嘴边大口哈着气暖着，一面说："外面真冷啊。"大概暖和过来点，就站一边去看热闹。末门那家坐门的要让给他，盛宇摆摆手说："不用，你坐着吧，我一会儿得出去办事，不能多玩了，在这里靠靠时间。"

这个时候我站在天门国仁的身后看眼，盛宇在末门身后看热闹。他和大家打着哈哈，开着玩笑。但是我知道他是拿眼睛的余光去看那个小平头面前的那堆钱，他在比较那暗号和每次庄家最后亮出来的点是否一致。看来他想证实是不是像我说的那回事。

大概看了有一会儿，看来他心里也认同了我的说法，盛宇就往末门坐门的那人面前凑了凑，说："还不给我来电话，看来老天爷不让我走，我再押一方（押一方就是押一注的意思）。"边说话边从口袋里掏钱，好像他还要玩。

果然，他拿出钱就押了上去，在末门。那个坐门的说：“宇哥，要不让你坐啊？”盛宇说：“别着，我一会儿得去办点事。玩不了太久，就手里这点钱打发一下时间，你让我配配牌过过瘾就行了。”于是那人也没再坚持，盛宇就有模有样地玩了起来。怎么他觉得知道了庄家的几点头，配牌就能赢？我又有点看不懂了，心说：傻瓜，人家直接亮开叫你追你都不好追。但是盛宇好像忘了这个茬，忘乎所以地押着钱。看着平头的暗号，有时候也能配几个好牌出来，不过大部分时间他都按照正常人的思路去配牌。这样一会儿工夫就输了 3 万进去。那个末门坐门的人好几次让出地方来让他一起坐着玩，盛宇推辞几次就坐了过去，正式玩了起来。这小子魔障了？有一刻我还以为他真的傻了呢。

有一把牌，盛宇看到小平头的暗号是庄家 9 点头。他把自己的四张牌捏在手里，来回抽了好几次，好像为应该如何配牌犯难。大家都在等他，他来回抽了多少次也没配好点，忽然他大骂一声：“我操他妈的，简直没配了。”骂完就直接把牌亮开摔在桌子上。

大家一看，是两个不一样的 8，一个 7 一个 J，这样的牌可以配成 5 头 9 尾，也可以配成 6 头 8 尾，属于两配的牌，按理说不算小了。但是通过小平头的暗号，知道庄家 9 点头，尾巴最大才配 9 点，相比之下，确实是没配了。人家头是 9 点，盛宇尾巴最大才能撵个 9。

但是坐门那人不乐意了，说：“盛宇哥，别亮开啊，两配的牌呢。”边说边把牌抓回来，在手里捂着，来回地配，用手盖得死死的，生怕庄家看到他将哪两张牌配在一起，就这么来回折腾着，边折腾边埋怨盛宇不该把牌给亮开。

盛宇没接那人的话头，伸手把自己面前押的钱和坐门押的钱还有丢石头人押的钱“扑棱”一下推到庄家门前，意思是自己输了。谷明就一愣神的工夫，盛宇一探手就把他手里的牌抢了过来。盛宇直接把谷明的牌亮在桌子上，是一个 4 一个 5 一对红色的 6，头 9 尾对。谷明可能没有思想准备，他没想到会有人抓扑克，他只担心多余的牌被人发现，不过那时候他已经把废牌处理完了，手里多的牌已经合进了那些没发的牌里去了，手里就虚握着四张牌，等着大家配牌。所以盛宇探手去抓他手里的四张牌，他没来得及也不需要做出反应。

盛宇说："你们追来，操，谁追上了？"我啰啰嗦嗦说这么多，其实现实里也就是眨眼工夫发生的事情。看着谷明的牌，大家表情各异。国仁和辛礼好像对盛宇也知道庄家的牌头感到很奇怪，他们把不解的目光投向了老孔。老孔则把目光投向了平头，平头呢，有点慌乱，不知道该去收桌子上大家押的钱还是不该去收，用征询的目光看着谷明。谷明好像有点慌张，也好像有点尴尬，又好像有点无辜，总之说不清楚他是什么表情。他先抱怨起来："谁把我的牌头露了？"转身看着老孔，眼神里都是责备，好像是说也没有第二个人能看自己的牌，老孔漏他牌头，是什么居心？老孔呢，就急急地分辩说自己什么都没做。

外围看眼的都有点迷糊，大家都参不透为什么盛宇会知道自己的大牌没有配了？场上开始乱起来，谷明呢，只在那里卖乖，好像他被人出卖了一样。因为没有人抓到他多派牌，想来他心里一定在暗自庆幸。

盛宇也不去说具体怎么回事，把门前的钱都丢给了那小平头说："我愿赌就服输，喏，这些钱输了，你收着。"说完转身就要出这个房间。刚要走，好像又有话说，便又转过身来用手指着谷明说："我今天输了20万，你记得就行了。"

其实他没输那么多，有8万到天了，因为他一直押得都不大。前期我也知道，他也确实没有钱玩了，这个钱还是借他嫂子的呢。

谷明被他用手这么一指，有点惊，还故作镇定地说："别人走了我的点，你输了和我有什么关系？"盛宇竟然自己笑了，像个傻瓜一样，用手指着谷明狠狠地说："你不知道吗？你是我爹，我喊你叫爹可以吧？爹啊！儿子走了啊。"然后不等谷明回话就出了房间。

我一直没动，站那里看着热闹。经盛宇这么一闹，谷明有点心虚，就不想玩了，说："怎么闹这一出？输了就这样，谁还敢来玩？"其他人也七嘴八舌地议论着。国仁和辛礼不甘心输钱，各自清点手里输了多少钱。外围的人则要求牌局继续，一时间场面有点乱。老孔也下了炕，站到了地上，小平头呢，把庄家的钱往口袋里装。谷明在和盛宇的嫂子（她一直坐小平头身后抽水）说："嫂子，你看这事是怎么了？"盛宇的嫂子就安慰他说："没事，来这里玩，一切有我做主，放心，没人敢乱来。”然后急忙穿上鞋去客厅里找盛宇。那个谷明也表示，这样一来就不想玩了，点好钱来到客厅。我一看，真乱，就转身也到了客厅。盛宇已经走了，他嫂子挂电话给他，好像他也不接。他就这么走了？我实在想不通他唱的究竟是哪一出。

这个时候已经下午5点多了，天完全黑了。有刚来赶局的人正在找熟人打听出什么事了，谁也说不出个头绪，只说盛宇玩牌，输得出火了，闹了一场走了。

这样一闹，谷明自然想要走，他和小平头收拾了一下就和老孔一起走了。国仁和辛礼输了不少，正在那里有点发呆，怎么也想不明白，为什么知道了人家的牌头，还把自己搞输了。我一看，竟然是这样的结局，再在这里待着也没意思了，就和小海回宾馆去了。

## 50〉糖衣下面裹着致命的毒药

几天后，盛宇来找我，才知道事情的来龙去脉。那天我们在楼外面说完话，我和小海进去，盛宇就挂电话找人在外面等着。谷明和老孔还有那个小平头出来，就被他们抓到车上给拉走了，找了个僻静地方，好个打，把他们赢的钱和本钱全部抢走了，然后送到了高速公路上让他们自己走路。后来他们也没敢去报案，这件事情就不了了之了。

至于他们几个的关系，盛宇也问明白了。那个谷明是老孔输急了找来的老千，第一次见面时，谷明给老孔演习了多发一张牌的效果，把老孔乐坏了，于是就给他带到了这个局上来。他们在这里已经观察了好几天了，一直没有机会上去玩。晚上人太多了，外来的人很少有机会坐门或者坐庄。所以他们就想组织人下午来玩，而下午基本没多少人玩，很不好组织局。于是老孔就想了个办法，他去找经常来赌钱的凯子凑局。

于是老孔就找到了自己的一个远房亲戚，国仁，他们好像是什么表亲，国仁经常来玩，手里钱也多。老孔游说国仁说：“自己新近认识一个朋友，就是这个谷明，有钱，人还傻不啦叽的，就知道彪赌，啥东西都不懂。”国仁对老孔很是信任，老孔跟国仁说两人合伙骗这个谷明一下。他们商量了一下，老孔说谷明信任自己，配牌不怕自己看，商量好暗号，老孔把谷明的牌头走水告诉国仁，知道牌头，正常情况不赢是傻子。一般遇到这样的好事，谁都会干。国仁心想牌九局上知道人家的牌头配牌，赢钱就好比直接上手拿一样简单，何况老孔还是自己的表姐夫，怎么可能坑了自己？考虑到下午人不多，老孔怕组织不上局，就让国仁再找个人去坐门。于是国仁就拉着自己的好哥们辛礼一起入伙，有钱大家拿，反正挺讲究的。其实国仁不知道这个是陷阱，那谷明演局特别逼真，装傻子故意先着急配牌。国仁还以为遇到了好事呢，辛礼一听，也立刻答应入伙。于是他们约定三三分成，就是谷明输的钱他们三方来分。辛礼和国仁一人一份，老孔和小平头一份。小平头是老孔的弟弟。为了让局看起来更好，国仁他们俩还联系了几个人来捧门，也就是外围跟着丢石头的人。但是那些丢石头的人不知道，还以为正常局呢。这样国仁以为遇到了凯子，其实自己才是凯子，被人出卖了。

老孔把人组织好了，回头找谷明商量，决定每次谷明故意先配牌让老孔告诉他们多大的头，然后老孔又找国仁商量好暗号的事。当然了，5 张牌配牌，别说报暗号了，就是直接亮开了配，也不好追。

事情的经过大致就是这样。如果你是国仁，一个熟人亲戚来找你，你会不会去呢？

对这个赌窝，我也想交待几句。因为后来盛宇没把事情处理好，我就没继续在那里待，很快就回去了，这个局直接放弃了。几个月后这个赌窝被鞍山警察局给端了窝。

目前这样的局也很多，先故意给你甜头引你入局，其实那是毒药外面裹着糖。如果你觉得自己是个精明人，那这些老千就会像我上面说的老孔一样，故意约你一起去千别人。可能是这样那样的出千方式，不仅仅在牌九局上存在，也不一定都是多派牌的出千手段，不过道理还是一样：你被老千引到陷阱里了，你还是个凯子。局做得好，让你输了还找不到头绪。

你如果比上面这个国仁精明，你朋友说遇到傻子了，可以去捣鬼骗他一下，就是出千，然后和你研究一种出千方式，让你觉得去拿钱出千都万无一失，那就对不起了，人家会安排人抓你出千。开始人家装傻子，就等你出千，然后抓到你的手脖子，人赃并获，你出千被人抓了，还能说啥？愿打愿罚，手里钱被人没收了，还要敲诈你。你能去报案？要你赔偿你还能不赔偿？抓到你出千了嘛，认了就是了，基本都这个套路。

现在设局骗人的多了去了，就连电视上或网络视频中的节目都有可能是现场的人一起做的局呢。比如那个台湾什么赌王郭安迪的电视表演，其中一项内容就是好几个人配合的结果（有兴趣的朋友可以到这个地址打开视频：http：//www. tudou. com/programs/view/JXWjnkCw3x0/ ）。这个表演的人用一副扑克，让观众随便洗牌，然后自己拿回来，说："我想要从牌里拿两张红色的 3 和一个老 K。"给观众看自己的手和袖口，表示自己的手并没有藏牌。然后洗几下，一下就在扑克里抽出来两个红色的 3 和一个老 K，引来全场一片尖叫。其实这个把戏很简单，整副扑克都被他加工过了，那被他抽出来的两张红色的 3 和老 K 比其他的牌都要宽的。随便找个人，知道里面的诀窍都能抽出来，观众洗牌是不会去注意他的牌的宽度是否一样的，当扑克被码整齐的时候，任何人都能把这 3 张扑克给抽出来。

说到这里我又想起了那个老郑，反正也得罪他了，不怕多这一下。记得有个视频里老郑打开一副新扑克，让观众胡乱洗完了，然后自己把扑克理整齐了，从扑克里一下拽出一套黑桃的扑克出来，说是一条龙，博了个满堂彩。说穿了其实一分钱不值，和郭安迪的表演异曲同工。说出来给大家听，大家谁都会玩。就是把一副扑克打开，把所有的黑桃拿出来，然后把剩余的扑克码整齐，是用砂纸打磨也好，是切割也好，让他们变得比那 13 张黑桃窄就可以了。然后把扑克按照原先的顺序排列好，封起来。到表演的时候拿出来，就说是从外面随便买的，然后叫别人打开去洗牌。正常人洗牌都是把着上下两头去洗牌，而他不论打磨还是切割，只会让扑克的侧面稍微有点变化，所以不会有人去注意这个细节的。玄虚做完了，就可以表演了。先在手里乱洗一通，把扑克两边边缘对齐，用手指肚把着牌的两个侧边，一抽拉就可以了。原理很简单，那 13 张黑桃比其他牌都宽，所以一下就可以抽出一条龙来了。这也就是唬人玩，在赌局上没有任何实战的价值。建议下次谁去做他节目嘉宾的时候，在他表演这个节目的时候，立刻上场把他的扑克要过来，你当场也可以给大家表演一下。只要掌握窍门就可以了，也很简单，就是在抽黑桃之前，要把扑克的侧面一边给理齐了，就可以轻松地把宽边13张黑桃抽出来了。

还说郭安迪。后面郭安迪用这3张牌表演了街头三张牌的玩法。把老K折上角（大家注意观察，他同时折了两张扑克，也就是说同时折了K和下边的一张3的角），然后把扑克亮开给大家看。K是折角的，其他两张3没有折角（注意他折角的动作，两张扑克一起折，然后把下边3的角拉平，把扑克亮开，大家只看到K的折角，3被他拉平了，但是那个折的位置还在），让大家验看。确定是K折角了，在桌子上边展示一下老K的位置。然后把牌拿起来准备抛（注意观察他的右手的小手指，他拿的时候其实把两张折角的牌叠在一起拿，小手指头在手掌的掩护下把K的折角也拉平了，把原先和K一起折角的那个3的折角的地方重折一下。因为是之前和K一起折过角，所以小指头很容易把那张3的折角做出来），然后他丢牌，其实丢出来的是下边的3，而K则被他留在手里。大家只是去看折角的牌在哪里，所以都不去注意他丢牌的方法。丢出来后他故意来回倒换几下，也是障眼法，转移大家视线，然后让大家猜K在那里。第一场三张牌的表演就是这样的。

这个表演完了，他又拿出另外3张扑克，在手里摆弄。他手里3张扑克展开，是红桃A、草花2、草花3。他把牌在手里洗几下，再次展示给大家看，用很慢的速度扣过去。让大家猜2的位置。大家都猜到了，他说是故意让大家猜到的。然后把牌收起来（注意收牌的时候扑克换了方向）。然后又把牌展开，再一次给大家看，还是这三张牌。洗几下再打开让大家看A、2、3分别在哪里。然后把扑克扣在桌子上让大家猜3在哪里。因为是亮开翻过去的，所以大家都知道那个3在哪里。于是都押那个3，他把3翻开，变成了A（注意他大拇指捏的位置），大家又都惊叫起来：刚才明明看到是个3，怎么会变成A呢?

他又把扑克收起来，继续表演。说找两个黑色的，避免混淆，这把叫大家找红色的A在哪里。他先把红色的A扣过去，接着剩下的两张黑色扑克也分别扣过去。慢慢移动交换牌的位置，然后让大家猜A在哪里。大家都清楚地看到了那个A移动的路线，都去押，一翻开又错了，那是个黑3。再来一次，把3张扑克展开，然后在手里扣着（注意扣过去后在手里调换了一张扑克的方向），问大家手里3张牌是几，大家都说是A、2、3，他说错了。翻开一看，变成了A、A、2！然后又翻过去让你再猜（再次调整手里扑克的方向），大家有的说是A、2、3，有的说是A、A、2，翻开一看是3、3、2！然后又倒半天，让大家再猜这三张是几，大家都开始乱猜，打开看，手里什么也没有。

这个过程看着很有意思，其实是和主持人、现场嘉宾一起哄你玩的。说一下几个细节：拿出三张牌。注意：不是在牌堆里拿的，是提前准备好的，在自己手里摆弄的。这个时候他身后三个嘉宾，是可以看到他手里摆弄的内容的，也就是说可以看到他手里三张牌的全部内容。中间有一个场景也是这样的，就是他收牌以后在手里搞的时候，他身后有很多嘉宾，他们可以看到他扑克花色的。其实这个谁都会玩，和赌没有关系，我只能说这是个魔术，拿这个去赌会被人打死的。玩法一点也不难。买两副扑克，找出两个红A、一个花2、两个花3，草花2不用处理，把其中一个红A裁剪下一个小角，粘贴到草花3的一边牌点上，这样这张扑克就变成了两头扑克：一边是花3，一边是红A，简称大头3小头A。把花3的一个边裁剪下来，贴在红A上，这样也变成了两头扑克，简称大头A小头3。粘贴完了就可以表演了。

他刚开始拿起扑克在手里进行遮盖小头的过程，他身后的嘉宾都可以看到，但是他们还是装作啥也不知道的样子。在表演的时候给予配合，惊讶、尖叫，我想是为了做节目需要吧，是可以理解的。表演的时候这样做：展示大头给大家看，合起来洗，调换牌的方向，展示小头给大家看。还是这3个牌的点数。因为洗牌混淆视线的缘故，大家基本不会去注意牌的顺序，但是记得一定要2在最下边，因为要亮开展示的时候，2要在前面打掩护。大家都押3时，这个3是大头的A小头的3，揭开的时候用大拇指捏住小头3的点数，呈现在大家面前的就是个A了。大家都押红色A时，那张是大头3小头A，揭开的时候用大拇指压住小头的A展示就可以了。

然后展示给大家看确实是A、2、3，收牌做合拢动作时，把其中大头3调换方向，打开，就变成了A、A、3了。换个方向展示，就变成了3、3、2了。最后手里都没有就更简单了，他收牌的时候，用手的前部去扫牌，顺着推着走。看着好像是拿在手里，其实是推到桌子的边缘，让扑克掉落在自己的腿上。试问，在赌桌上谁敢这样去做呢？所以我说这个是小儿科的唬你玩的东西，和赌没有任何关系，就叫逗你玩。

还有很多朋友给我看了他的很多节目，他在节目当中都说了是如何做到的，我就不一一啰嗦了。就这个他没说如何做的，我就不地道一次，帮他告诉大家是怎么做的。看过他的几场表演，感觉他藏牌的手法很好，假洗手法也很好，是一个扑克好手了。

## 51〉疯狂过后的凄惶

赌博确实很刺激，我在赌桌前见到了很多别人可能一辈子也见不到的大起大落、大喜大悲，也见到了很多比电视里的连续剧更戏剧化的悲欢离合。赌徒的凄惨命运不仅仅是他（她）一个人的不幸，一个人沉湎于赌博，往往会让一个家庭陷入地狱一样的生活。那些家人对赌徒愤怒、惋惜、哀怜、悲哀的表情冷不丁就会出现在我的脑海里。赌的人赢了钱会因为钱来得太容易，拿钱不当钱，随便潇洒；输了钱的总妄想翻本，停不住手，直到输干净了才后悔。陷入疯狂的赌徒都是这样的，目前我所接触过的好赌的人，基本没有一个有好下场。

有一个叫张建的赌徒，本来是专门开黑车跑短途运输的。那时刚时兴黑车，他借钱买了一辆奥迪轿车跑短途拉活，主要是送人到他家附近的港口。离他所在的城市两小时车程有一个港口，一般客船进出港都是在上午。所以他每天一大早起来工作，一直干到下午1点多，1点以后基本就没啥活了。干的时间长了，手里攒了点小钱，下午又闲，就和朋友一起打打麻将、斗斗10元底钱的鸡。刚开始赢了点小钱，后来一步步参与到更大的局上来，渐渐有了瘾。开始跑完车就急三火四去赶局，后来偶尔上午也不去跑车了，直接去赶局。到最后干脆车也不跑了，天天来赶局。他越陷越深，把家底都输进去了。然而，他没有醒悟，却把希望寄托在彩票上面。有局的时候去赶局，没局的时候买彩票，一次买个千八百的样子。和他一起玩的人都经常开玩笑，问他中奖了没有。有的时候在赌桌上，他都不忘记挂电话给投注站帮他打多少号的彩票，等赌局结束了再去拿。很快他积蓄输没了，还欠了很多外债。老婆闹了几次，发动所有的亲戚朋友出面劝说，全没用处，他老婆彻底死心，和他离婚了。离婚后他也消停过一段时间，天天跑车。但是他合计跑车赚钱太慢，每天赚三五百的好像解决不了什么问题。于是他又把希望寄托在赌局上，希望能在赌上赚回来。没人借给他钱，他就把车卖了，拿着卖车的钱在赌局上很是威风了几天，搞得一些小老千都联合起来对付他。结果不用想，也是输没了。房子在离婚的时候法院判给了他老婆，他在外面租房子住。输没钱后，他把自己租的房子转租给别人，拿可怜的租金过活。他还不醒悟，又把所有的希望都寄托在彩票上。某天，他拿出几十元住在小旅馆里，研究了一天的彩票，选出了很多号码，把剩下的钱都花在了他选的各种号码上。当天晚上他守在电视机前等着开奖，结果连个末等奖都没有看到。我不知道他心里是怎样想的，但是他心里是怎样的凄凉我懂。他也是走投无路了，就在当天晚上吃了很多安眠药，死在那家旅馆里。他在赌局上被人骗光了所有的钱，在死的时候还欠了很多外债。平时看着很精明的一个人，赌的时候也是一副气定神闲的样子，甚至有的小老千收牌编辑一部分牌的牌序他都能看透，也有人指点过他，在他参加的赌局里猫腻很多。但是他还要去赌，一直赌到身无分文、妻离子散、债台高筑，就是没有醒悟赌就是骗的道理。不知道为什么，人一旦被赌迷了心窍，说什么也听不进去。有很多网友问我：自己的亲戚都是这样滥赌，如何能让他们戒掉？真的没任何办法，我觉得。或许当他输得没有东西再可以输的时候，自然也就戒了。起码我所见到的都是这样的。

另一个赌徒叫鬼子，看外号就知道是一个很机灵的人。他现在离乡逃亡在外，而家里经常被一群要债的人骚扰。他原来住在一个县城的郊区，是那里最早富裕起来的一个人。他早先带领一些村里人出去搞瓦工活，吃住都在工地。每天吃着馒头在烈日下打熬，工作很累。村里人闲下来就用工地的饭票小玩玩，一次输赢个几元图个乐呵。后来几年他靠着自己的辛苦成了一个小包工头，买了辆小轿车，在自己村里盖了三层气派的小洋楼。因为他手里各种技术工很全，手艺又好，所以很多人愿意把活包给他做。活多了他有点忙不过来，就让自己的弟弟帮忙打理。每年年节是东北农村最闲的时间，因为他在村里是最富裕的，所以上门拜年的亲戚朋友也多，大都来祝贺他事业有成。东北的农村在过年的时候几乎没有别的娱乐活动，就是赌钱，流行玩牌九。开始，他被别人撺掇着也上去玩了几下，可怜他连牌九的哪个点大哪个点小都不知道，就输了 1 万多。

他是个不服气的人，第二天就早早召集人们去他家继续玩。一个春节下来，输了 5 万多。也就是拿这 5 万当学费，他学会如何玩牌九。上班后，他没事就到处去找牌九局玩，一来二去就迷恋上了，经常不回家在外面玩通宵。对家人扯谎就说外面太忙了，所以不能回去住。这样的情形持续了半年，就把工程队输解散了。他输急了眼，折价卖了自己的车，也就卖了几万元的样子，继续去赌，可怜这点钱在赌局上起不了任何作用。他鬼迷心窍，开始借高利贷。放高利贷的人也敢借给他，当场借给他 7 万，一天利息是 500 元，滚起来就不知道如何计算了。这笔钱只坚持几天就没了。于是他又找另一家继续去借高利贷，借 6 万，一个月连本带利要还 7 万。结果可想而知，反正借了好几家的高利贷，陆续借了 60 多万左右。到期高利贷的人自然要上门找他要钱。他拿什么去还钱啊？那些人就打他，逼他还钱。可能打得很重，还被送进了医院。在医院因为没有钱住院，又被医院给撵了出来。他不敢回家，整天在外面流浪。他不在家的日子，家里天天有一群凶神恶煞的人等着要钱。家里值钱点的东西都被搬走了，所有窗户玻璃全部被人砸了。

于是他逃亡了，留下父母、妻子、孩子整天面对着那些穷凶极恶的索债者。他逃亡的时候高利贷已经滚到了 100 多万了。估计这辈子他是难以回来了，他的父母和妻子都没有经济来源，不知道会是怎样的生活。他不知道借高利贷的后果？我想他是知道的，那他为什么明知道还不上钱还要去借啊？我估计，可能是把所有希望寄托在赌上吧，期望一下翻本吧。或者……我不知道，但是借高利贷还不上的后果他是肯定知道的。凡是敢放高利贷的人，都不是啥好玩意。知道会有这样的后果还去借，我只能说他迷瞪了，心被什么给蒙住了。前几天听到一首歌叫《你在他乡还好吗》，忽然想起了他，不知道他还好吗？

# 52〉因赌博引发的家庭暴力

原来我赶局的时候，天天都能遇到因为赌钱而落魄的赌徒，现在我洗手不干了，身边还有执迷不悟的疯狂的赌徒。

他的名字我没问，只知道他原来在一家工厂上班，两班倒，有时候上白班，有时候上夜班，单位效益还不错，家庭也很幸福，有一个贤惠的老婆和一个可爱的女儿。自从迷恋上了赌博以后，他把积蓄都输没了，还欠了一屁股的债。他赌博以后，经常不上班，因为经常旷工，被单位除名了。全家生计就靠他老婆在商场里当营业员的一点工资维持。这个小子呢，遇到人不管是天南海北，张口就借钱。后来大家都知道他赌钱，都疏远了他。他老婆以离婚来要挟他别赌了，他一看老婆来真的了，老实了一阵。找了一家单位干临时工，上了一段时间的班，他又不安分了起来。手上没有赌本，他就想到了骗。他骗人借钱的方式很多：做生意投资，帮人安排工作，帮孩子读大学，买房，甚至银行卡丢了，老婆出车祸住院需要钱，等等，总之啥理由都有。这些钱毫无例外都被他拿去赌了。当然了，借给他钱的人，也都是血本无归的。借钱给他的人或是被他许诺高额的利息引诱，或是对他的鬼话信以为真。我说那些想着高额利息的人活该，他能挣大钱还用借债？要他帮助安排子女读大学找工作的，也是活该，也不看看他自己还当临时工呢，去哪里安排别人？最后承诺人家的事没办成，有人出面找他讨要先前的钱，后来发现被骗，就报警了。

他因此进去蹲了一年多。即便这样，他老婆也没放弃他。到处去求人，到处去借钱还债，甚至在他快出狱前最宽松的时候去监狱陪他过夜（那时候监狱里允许一些快要到期出来的犯人开夫妻房）。按理说他应该醒悟了，去哪里找这么好的老婆？

出狱后他也消停了一年多，后来不知道怎么又玩起了麻将。按照他说的话，打麻将乐呵，不伤体格。但是他没有稳定工作，家里小女儿上学的花销，家里吃穿住用就靠老婆那点钱，哪里够用呢？他呢，成天下班了就去打麻将，甚至一夜也不回来，就在麻将桌上过。后来他老婆看实在不是个事，就和他吵。

本来我和他是两条道上跑的车，并不认识他，是我老婆螃蟹认识他老婆的妹妹，才断断续续知道他的故事。他老婆的妹妹是我们的邻居，和我们住一个楼，互相都有来往。那天晚上都10点多了，忽然跑来敲门，说她姐姐在家打架，不想活了，要马上过去看看。因为她下楼的时候看到我的车停在楼下，就过来敲门叫我们送送她。她姐姐家很远的，晚上10点多不好叫车了，就这样我和螃蟹迅速穿上衣服，开车送她过去。

根据她妹妹的指引，我们来到一户人家。敲门后是她姐姐来开的门，哭得和泪人一样。他女儿吓得躲在厕所里哭，听到小姨妈来了，急忙冲出来抱着小姨妈就死活不松手了。她姐姐边哭边说，还用手指自己头上的一个大包，说起来一点也不扒瞎，那包有四岁小孩拳头那么大，是用一个木头花瓶打的。听着姐姐的哭诉，我邻居当时就哭了，死活要求她姐姐离婚，指着那赌徒说："是不是欺负我们家没有兄弟啊？这些年大家扶持着你们，你犯了多少错误大家都原谅了，就是因为考虑到你和我姐姐还是有感情的。这次动了手了，我们不能答应了，这日子不能过了，必须离婚。还有，你得把前些年我们帮着垫付的钱都还了。"那个赌徒可能也觉得自己过分，一声不吭，耷拉着脑袋坐一旁抽烟。螃蟹是个火爆的人，摸着他老婆脑袋上那个硕大的包，冲上去对那赌徒好一阵咆哮，说："你怎么吵架也不能打女人，打女人就不行。"要不是我拉着她，她都能上去踢那小子几脚。

我问起起因，就是因为那小子没钱打麻将了，回来和他媳妇要钱，他媳妇没给他。按照他媳妇的说法：这几年他一分钱都没交给家里用，什么活也不干，孩子读书、保险，所有开销都是她自己一个人在撑着的。自己做营业员一个月才能挣多少？哪里有剩余？还不断有人来要债。这次他可能把媳妇逼急了，就挠了他一把，他呢，拿起花瓶就打了老婆。

后来我邻居把姐姐和小外甥女接到自己家去住，死活劝她姐姐离婚。再后来听说真的就离婚了，这个赌徒净身出户，现在住在自己打工的厂子宿舍里。一个本应很幸福的家庭就这样散了。想想都是赌惹出来的祸。那个男人具体参与什么赌博输了那么多钱，我就不得而知了，只是可怜了那个可爱的小女孩。螃蟹每次说到那个可爱的小丫头，都会唏嘘很久。

## 53〉偷鸡不成蚀把米

凡是赌的人，我把他们分为五种。第一种人是贪婪、好奇的人，都妄想一夜暴富。他们也不想想，哪里有这样的好事呢？第二种人是抱着侥幸的心理去赌，期望能遇到好运气，或者相信赌博是公平的人，在他们眼里只讲概率和运气。问题是，现在都什么社会了，谁还和你讲概率啊？几乎每个赌局都有猫腻。哪里有好运气啊？当初我偷了家里的钱，卖了家里的房子的时候，也是抱着一丝侥幸心理去玩的，合计赢回来了就死活不玩了，这样的心思最是要不得的。第三种人是输进去了，总想着翻本就立刻抽身不赌的人，这样的人只会越陷越深。第四种人是实在没地方翻身的人，便不计后果地做一些伤天害理的事情：抢劫、偷窃、绑架、敲诈，然后拿了钱继续赌，想从赌桌上翻身起来。第五种人就是我这样的老千，不要以为全中国就我是老千，满街都是，几乎任何一个赌局都有，只是出千方式不一样而已。

基本上，痴迷的赌徒心灵都是很空虚的，只有在赌的时候他才会忘掉一切不如意的事情，忘掉了烦恼，忘掉了孤独，于是，赌博就成了他们生活中最重要的内容。好赌的人都很天真，也很可怜，总期望下一次会赢，总去幻想下一次一定能够翻本回来。

赌博是最容易改变一个人的。俗话说：赌场无父子。这话很有道理。无论多么要好的朋友，一旦同时坐上了赌桌，就成了竞争对手。那个时候你在对方的眼中不是朋友，而是一个他要想办法掏空你口袋的人。双方都是这样的心思。如此，就必然有人使坏耍诈。赌场上贪婪的赌徒绝对是什么人都可以出卖的，什么人都可以骗的。

说来说去，我认为赌徒都是特别贪婪的人。那些输得惨兮兮的都是怎么输的？四分之三的人被人骗，被人出千搞输了，还有四分之一的人是输在自己不服气和抱侥幸心理上。有的人很恋局，恋局其实就是贪。赌局不倒他不倒，输了想赢回来，赢了还想赢，只要桌子上有100元没有被他赢去，他就会继续去赌，从来不知道适可而止、见好就收的道理。

在赌桌上，这些贪婪的人把自己贪婪的一面都表露得淋漓尽致。说到这里，我不得不说一个小赌徒，他的贪婪让我对他印象深刻。

那是在我帮朋友照看的赌局上，他们玩的是三公。那天他点气有点兴，他坐庄，场上几乎所有散家的钱大都进了他的口袋里去了。当时他已经赢了17万左右，场上所有的散家都只剩下千八百的样子。要是换了我，早拿钱跑没影了，又不是不让走。可是我看他那个架势，大有不把场上所有人的钱都给赢光了不罢休的样子。虽然我也只是个看热闹的人，但是我心里还是向着他的，心说：小子，收手回家吧，够了。不是说我有多高尚，而是因为他当时要不玩的话，基本就可以散局了，我还想去睡觉呢。虽然心里替他着急，但是啥也不能去说。只能默不出声地看着。最后只剩下一家，那个散家手里还有800元，其他的人都输光了。

要说就这样结束了也好，可是那个当庄的小子还想把人家那800元也赢来，拿他说的话叫赢来了给大家采喜钱。他的朋友都劝他别玩了，可是他执意要把人家那800也杀过来。那个手里只有800元的哥们也是不想玩了，但是看他执意要再推一把，就把800元丢桌子上，站了起来做了一个要走的姿势，那意思是这把输了就马上离开。开牌后，他的点比庄家大一点，赢了。但是那个哥们显然没啥信心，就把1600继续丢在那里，说继续押在那里。再开，又赢了，这样他就变成3200元了。他自己还解嘲说："不想让我走，那我就再陪他玩几方。"

赢了的小子把钱点给和他一起来的哥们一半，两个人500一次地溜着，渐渐的，就开始转败为胜了。不到10分钟，两个人就掏回来1万。他几个要好的哥们纷纷要和他借钱上来玩。那哥们也是个爽快人，每人分点，大家都上来押，不到两个小时，那坐庄的小子手里本钱3万加上赢的17万就被大家赢个精光。

最后他手里只有不到2000了，大家看他手里没底钱了，都要他续底钱。那坐庄的小子说就这些了，大家都站起来说不玩了，那个小子有点急了，说：

“你们没多少钱的时候，我还捧你们的局，我快没钱了，你们都不玩了，有点太不讲究了。”有一个哥们也没客气，接过他的话说：“你是讲究吗？你心里想着把我们的裤衩都给赢走。我们还不错了，能给你留个千把的。”那小子被噎得一句话也说不出来。这时，大家不理他，都在清点自己手里的盈利（其实也没赢到多少钱，都是他们自己输进去的，那小子就带 3 万元来。一个人也就赢了两三千左右），算清楚了便一哄而散。

只有那个坐庄的小子还在那里坐着，手里捏着那 2000 多元，好像不太相信会是这样的结局。他的朋友看他没赢到钱，采不到喜，谁也不理他，都走了。他还坐那里发呆。我说：“哥们，散伙了，走吧。”他忽然站了起来，对着自己的脸使劲扇了两个嘴巴子，然后不情不愿地走了。我还在想：你咋不求我帮你扇巴掌呢？要是让的话，我扇肿你。

这个小子就是贪婪赌徒的典型代表，如果他不那么贪婪，或许会好过一段时间。他最后也消失了，据说因为参与入户盗窃，进去了。这样的赌徒早晚都会走到这一步的，所以当得知他进去的时候，我一点也不奇怪。人输到山穷水尽的时候，什么事情都可能做得出来。

## 54〉找德子打秋风

老千的出千方式千奇百怪，我说到的这些不过是冰山一角，有的老千出千连德子那样的老手也找不到头绪。

那是一个我抓过的奇怪老千，他们的出千方式让人意想不到，憋了我和德子好几天。因为他们一边赢钱，一边还在帮着赌场赢钱。出千这个东西本来就千变万化，只有想不到，没有做不到。

很多人不理解，说中国哪来那么多赌场啊，年纪稍稍大一点的人都知道 2000 年到 2004 年是赌场遍布全国的年代，那时候几乎所有城市都有几个地下赌场，具体经营方式不一样，开始多在城市边缘的城乡结合部，到 2005 年以后基本都转入偏远的小镇或者郊区，当然也有后台硬的就继续在城市中存在。

那时候有一句顺口溜，很多人应该还记得：10亿人民8亿赌，还有2亿在跳舞。这话当然夸大了，但是也在一定程度上反映了社会状况。

有段时间我很无聊，到处找赌场溜达，就去捡漏。很多地下赌场都黑，出千骗赌客的钱，我基本都能跟着悄无声息地赢点小钱花花。当然了，我从不去他们那里出千，就是破解赌场出千的方式，然后跟着拣点小便宜，基本两三万就收手，赢了钱立刻就走，决不纠缠，从来不留恋。

当时正准备和小海从一个城市去另一个城市，车票都买好了，接到了德子的电话。电话里，他问我："老三，在哪里呢？"我和他说在外面打点野食。他说："别打野食了，来帮我忙。"经过他的讲述我才知道，德子要我帮他什么忙。

德子通过朋友引荐，认识了南方一个大老板。不知道那老板怎么鼓捣的，拉拢了一些当地有势力的人一起开了家赌场。他们有钱有势力，但是没技术，就通过人找德子过去帮几天忙。跟我以前给杨老二赌场帮忙一样，主要也是帮着训练员工，在监控设施没安装到位的情况下防止赌客出千。很多人刚开赌场都这样搞，都需要开事的老千前期培训员工。因为很多的时候，防止别人在赌桌上出千，还得靠荷官来发现，所以要让荷官掌握一些出千的花样，这样才能在桌子上防患于未然。

德子帮人培训完了，赌场就开业了。德子干完了就要走，那老板死活不放，硬要留他多帮些日子，于是德子就留了下来。没事在赌场里转悠，帮着看场子，期间也杜绝了很多老千去赌场里乱来。可是最近他发现有人出千，但是怎么出千他竟然看不出来。德子凭一个资深老千的直觉，知道那些人肯定有猫腻，但是哪里有猫腻没抓到，没有真凭实据，他就啥也说不出来。调查了好几天，还是没有头绪，德子就想起了我，让我去帮他看看。

听完了我乐坏了，我对德子说："你活该啊！倒霉！不帮！吃香的喝辣的时候不想着我，自己风光去了，现在想起我来了？晚了，我不认识你。"德子着急了，问我："你不认识我？"我说："是啊，德子是哪个鸟？不认识，快去死吧。"我还没来得及得意，德子一句话就把我给呛住了，他凉凉地说："我什么都不说了，你小子看着办。"说完就挂了电话。我心里就有点毛了，急忙给他挂过去，小话好话说了无数，好像是我上杆子求人家让我帮忙，可人家拿着架子，非说不用了。我实在是没办法，最后低声下气地求他用我，德子看差不多了，才说用我。事后想想真的很郁闷，到底是谁求谁啊！但是没辙，自从认识德子那鸟人以后，就一直被他压迫，被他牵着鼻子走，被他拉到划好的圈里转。我其实早就认了，就是嘴巴上想找回来，也一直没能找回来。

和德子在电话里了解了一下，出千的是一个21点的桌子。有两个小子从开业到现在，不来拉倒，一来就赢，把德子搞得很郁闷。德子想动暴力撵他们滚蛋，但是老板不让。

最早几年开赌场的，有些赌场还算正规。这些赌场主要是一些大老板开的，想长期发展。既然想长期发展，那自然就把自己的信誉看得很重要，动不动就用暴力，谁还敢来玩呢？那赌场的老板和当地黑道白道都有很深的交往，所以想长期发展，轻易不用非常手段。

21点出千？有点难度。我自认几乎所有21点出千的方式我都掌握，想来德子也知道个八九不离十。能把他难住，肯定不简单，当即我就来了精神。我倒要看看是不是遇到了数学天才，赌了这么多年了，还真没遇到过。只听说有过很多数学天才在21点台子上翻云覆雨，那能耐老了去了。要是真遇到了，就跟着学学理论，去澳门打打野食也不错。听说21点的数学天才被赌场拒绝进入，说实话这个待遇我还没有，感觉很遗憾。

简单和小海说了一下，野食不打了，一起去找德子打秋风去。因为我出去打秋风都带着小海。小海说要回去处理一些私事，就没跟我去了。于是我俩分手，他自己回去，我就奔着德子去了。

## 55〉熟悉环境

到地方已经晚上2点多了。出了车站，德子在外面和一个叫顺利的小伙子等着我。看到我，还不忘记损我，说：“小样，你不是不来吗？怎么来了？”我也懒得和他打嘴架，打不过，随他怎么说，老着脸皮不接他的话。当天他们把我接到一个酒店安顿下来。我本打算一下车就到赌场摸摸情况，当时赌场正营业呢，反正我在车上睡足了，德子说太远了，先住下再说。

第二天过去一看，确实离安排我住的地方很远，而且当时德子也不想带我去。因为他不相信任何人，带我去了就意味着我俩认识，恐怕惊着那些搞事的。他的意思是让我以一个普通赌客的身份进去。用德子的话说：那两个老千吃腥了嘴，肯定还能来，只要他们没被赌场发现，就不会放弃。

第二天德子带顺利和另一个女的过来，请我吃饭。通过德子的介绍，我才知道那对男女是夫妻俩，他们是跟老板从南方过来的。赌场的大老板是湛江人，顺利在兰州专门负责帮助老板跑外围的一些工作，和赌场里的人员不是很熟识，但是可以带我进赌场里玩。顺利那媳妇是我见过的最漂亮的小媳妇，很文静，漂亮得让人眼睛总想去多看几眼。

为安全起见，有熟人带着才能进入赌场，一般人很难进去。德子认为他们是带我进赌场最合适的人选。开始我还以为这小夫妻俩不知道我是来做什么的呢，还装出一副赌客的派头。直到小夫妻俩从包里拿出 5 万元推给我的时候，我才明白过来，人家啥都知道。当时我也够糗的，竟然以为这 5 万是人家给我的酬劳，心里还美呢，没抓到咋就给钱？看来挺讲究的，我便客气地连连推辞。德子旁边冷眼看着，又拿我取笑了半天。德子说：“你脸咋那么大呢？没拿到人还想要钱？老三，你怎么想的你？这个是给你去里面玩的流动资金。”听他这么一说，我脸上烫烫的，一时不好意思起来，看那小夫妻俩在偷笑，我觉得脸就更烫了。心里骂道：这个倒霉的死德子，一点面子也不给留。我恨恨地说：“输了活该，赢了归我，爱干不干。”这句话说出来又惹得那夫妻俩大笑起来，德子还不忘记损我说：“输了也输人家口袋里去，想赢就怕你没那本事，还赢了是你的？我喊你来是来赌钱啊？”我说不过他，只好装听不见。

顺利趁机把话题岔开，说了一些客套话，无非是老板在外地，他代表老板感谢我大老远来了之类的话。吃完饭让我休息，说下午 1 点半来接我。这个时候我才知道，那赌场下午 2 点开业，凌晨 4 点打烊。

下午顺利来接我，开车拉我走了很久，停在半山腰上，来到一个避暑山庄之类的地方。我下车看看，这里环境还真不错，里面大概有七八幢楼房，一些穿着服务员制服的人来来往往，穿梭其间。我边走边看这片度假村模样的建筑群，看格局这里应该是吃住玩全部都有。顺利径直把我带到了六号楼，上了三楼。一路上好像有不少把门的。他带我到了三楼，告诉我右边进去就是了，然后就走了，让我自己进去玩。

站在楼口我还有点迷糊，怎么看也不像赌场的样子，也没有嘈杂的声音传出来。我看右边有一个很高大的门，正对这门的是一个大会议室。我感觉像进了迷宫，要是就我自己，肯定不知道该从哪里进去。我根据顺利的指示，推门进去，门口站了两个把门的，其中一个问我是不是来玩的，我说是，他就带着我进了旁边一个不起眼的门。门一开，眼前豁然开朗，门里是一个巨大的大厅，没有用墙隔断，只有些柱子，非常开阔，里面大概有 10 来张赌桌。

我转了转，基本项目都有：21 点、百家乐、轮盘、数番、二八杠、色子等等。百家乐是两个桌子，在最里面的角落里用屏风隔了一个单独的地方。其他的桌子都在靠北边的墙边一字排开。对着桌子的那边是两个小单间，一个是码房，另一个是工作间，似乎是存放赌具的地方。赌桌的对面是休息区，有好几个门可以进去，我走过去看了一下，这里也很大，摆放了很多沙发和茶几，茶几上有饮料和水果。

里面早就开始赌起来了，不过人不是很多，有的台子冷冷清清的，荷官无精打采地站那里打哈欠，甚至有一个台连荷官都没有了，只一张孤零零的桌子摆放在那里，看桌子上的押注区，应该是杠子台。我转了一圈，发现这里不止一个入口，应该有好几个入口可以进入赌场。

我知道自己是干啥来的，不是进来看房的，光溜达也不是回事，就拿 1 万去买了筹码，又开始瞎溜达。由于人不是很多，所以大家基本都聚集在百家乐的台子前玩，我也凑过去看了一会儿热闹，闲庄差是 5 万。21 点台子就在屏风的外面靠近屏风的地方，我一歪脑袋就能看到那里。

# 56〉目标出现

这家赌场才开业没有多久，还没有装监控设备，之所以匆忙开业，可能是着急赚钱吧。我也问过德子，德子说正在研究，马上就要装了，但是现在的情况下，一切只能以人工的方式来杜绝有人出千。我看了一下，赌场里并没有德子跟我描述过的两个可疑的小子。据他说那两个男人，一个50来岁，一个不到30岁。50来岁的那个矮个子，很敦实。不到30岁那个大高个，体形健美。他俩一来就坐一起，经常互相争执，很好辨认。来之前就说好不给我指认了，让我自己看。

但是我看21点前只有两个中年女人在玩。台上的荷官是个小伙子，长得很精神，一看就是个小帅哥。我瞎琢磨着，那两个女的心思大约没在赌上吧？看人家在那里泡小伙儿，我也就没凑过去添乱，看看热闹再说。但是一下午也没看到那两个家伙。我呢，一个筹码也没押，就看了一下午的热闹。

晚上快6点的时候我到二楼餐厅吃了点东西，回来继续溜达。一直溜达到7点半左右，21点桌子上，德子说的那两个人也没出现。无奈我只好还站在百家乐的外围看热闹，眼睛则瞟着外面，满场子看是否有这样形象的两个人出现。

看了一圈，那两个人没在，心里有点气馁，只好继续看百家乐台子上赌徒们的搏杀。正看得起劲，德子出现在赌桌的另一边，不经意间他目光扫过我。他在我对面，我一抬眼就注意到了他。他眉毛一挑，看向桌子边上一个男人，冲我努了努嘴，走了。我顺着他的目光看了过去，一个中年男子坐在那里押着钱，果然是一个很敦实的男子。由于他是坐着的，看不出高矮来。他头发很浓密，脸庞收拾得很干净，一双保养得很好的手摆弄着筹码。难道是他？怎么就他自己？怎么玩起百家乐了？我又看了看他身后，果然，他身后站着一个年轻人，不到30岁，很干练的样子，好像在专心研究着牌路。这两个真是德子要我注意的人，啥时候跑我眼皮子底下来了，我竟然一点没发现，还像傻子一样到远处去找。

目标这么突兀地出现在自己的视线以内，我一下就来了兴致。要知道，我等了他们一下午了，等待的滋味最闹心了。冷眼看着这两个人，我还美滋滋地想着好事：我要是抓到了，怎么也得好好臭臭德子：“就你那小样还帮人家训练荷官？我抽你一个大嘴巴子得了。”想到我在德子面前扬眉吐气的场景，不禁偷偷乐了起来。

我装作一个纯粹看热闹的人，远远地仔细观察着那个中年人。看了很多手百家乐，发现根本没啥东西可研究，他每次也就两三千地押着钱，一切都根据牌路来押钱。大家都知道，在一个庄闲差价5万的百家乐台子上，3000的筹码，基本是没有机会看牌的，何况他连动都不动。只是偶尔动一下筹码，去庄还是去闲，别人翻牌看点好像和他没有啥关系。他也绝不会因为哪手赢了或者是输了而喜怒于色，整个一个木头脸。

盯着他看了一会儿，我忽然想起我做了傻瓜事，怎么在百家乐看人家的手呢，他可没在这个台子上出千，人家只是在打发时间而已。当时整个大厅里，人还不是很多，稀稀拉拉的。德子之前介绍说：他俩就玩21点，赢了拿钱就走。那他跑百家乐上来干吗？出千？我看不像。看来是要等人多了才去玩，我估计我是对的。我决定先溜达溜达再说，人来了，他俩不着急我着啥急呢？

我转身去了外面的休息间，看到厕所，就进去方便了一下。出来看到桌子上有各种水果，我也没客气，拽一根香蕉坐那里吃了，又抓一个苹果磨牙（刚吃完晚饭嘛）。不过，好像别人对这些水果都没有多大的兴趣，他们的心思都在赌上。人们进进出出都急三火四的，生怕进去晚了钱会被别人赢走了似的，当初我何尝不是这样，哪个赌徒不是这样？

我边啃苹果边仔细打量休息室。这个休息室两边都有门，左边通向厕所，右边通往外面，中间三个门通向大厅。有几个服务员看我坐在沙发上大嚼苹果，都好奇地看着我，大概她们很少见我这样的人，赌徒哪能看到休息区里的水果？我被她们看得有点不好意思，故意掂了掂手里的筹码，搞得哗哗响，表示我是赌钱的人，不是来看热闹蹭苹果吃的。

但是她们的目光让我很不自在。自己也合计：这叫啥事啊？我是来吃水果的？看她们看我的眼神，好像我从来没吃过苹果似的。转念又想：水果放这里不就是给人吃的嘛，看个毛啊？自己被看得有点无趣，也是，休息室里就我一个人，她们不看我看谁呢？

坐了一会儿，赌场越来越热闹了，人基本都进得差不多了，我也慢悠悠进了大厅。里面所有的桌子都已经开张了，我不着急，选了一个很好的观察点，可以观察到那21点桌子上的所有情况。我站在隔开百家乐与其他桌子的屏风边上，穿过屏风之间的空隙，21点桌子上的情形一目了然。我站在那里看得清清楚楚，我觉得不必要非坐上21点的台子上去玩，也不必站他们身后看热闹。因为那21点台子是长方形的，荷官（庄家）占住其中一个长边后，其他玩家在荷官对面的边上，两个短边基本很少站人，就是看热闹的，也都喜欢站在赌客身后。这是国际惯例，几乎所有21点的台子都是这样，我去过无数赌场，包括朝鲜英皇、澳门的赌场，都是这样，除了很少数几家用半圆形的迷你台，其他赌桌的格局都是这样。屏风就挨着21点桌子的短边，我站在屏风后，可以清楚地看到荷官和对面玩家的一举一动。

那个中年人好像在百家乐台上生了根，他围着两个百家乐桌子转悠着看热闹。转眼到了9点多，人越来越多，高矮胖瘦，形形色色的都有。我不知道从哪里一下子冒出这么多人，大部分人都对百家乐有兴趣，百家乐台子被围得水泄不通，其他桌子前不过稀稀拉拉几个人，有玩的也是小注打发时间。想赢钱的都是奔着百家乐来的，也是，咱们中国人都对百家乐情有独钟，都认为那是最公平的游戏。说实话，我还真不知道百家乐公平在哪里。

那中年人玩了一会儿，伸了个懒腰站了起来，扒拉开人从里面出来，把手里的筹码递给年轻人后，去了休息室那边，看样子是去厕所。那年轻人看似漫不经心地溜达了一圈，站到了21点的台子前。

21点台子上有四个人在玩，玩得不大，200、500一注。那年轻人凑过去说了些什么，估计是跟大家说自己想坐一门，征求他们的同意。那些人也是常来玩的，和他熟识，他们很客气地让他坐下来。那年轻人就占了末门的位置。我该上工了，扔下苹果核儿，赶紧走到了百家乐的屏风旁边，找了个角度，全方位地看着。

# 57〉寻找突破口

21点的台面最高押3000，年轻人把着末门下注。这些年我对21点台子出千的规律也总结了一下，基本都是喜欢把着末门玩。看来德子的怀疑还是很靠谱的，21点坐末门的人往往能决定上面几门的生死。

一会儿那中年人溜达到了21点台子前，看了一下，拍了拍那年轻人的肩膀，也挤个地方坐下来，就坐在那年轻人的上家，两人一人只把一门慢慢玩着。

这个21点的台子由一个小伙子主持，他身边是一个配码的小丫头，牌靴是黑色不透明的那种，出口处用一块布遮盖着，每次派牌都需要手伸进去，把牌拽出来派出去。这么做的目的是为了防止有人用扫描的仪器出千，后来很多开赌场的都借鉴了这种做法，赌场的每一项技术改进都是与老千斗争的产物。

那个年轻人满面笑容，不管自己拿到什么牌，都凭着自己的感觉，要牌或者选择不要。把自己要爆了就很生气地骂自己笨，甚至作势要打自己嘴巴子。看了几圈我发现，他根本不按照牌理做决定。那中年人则是一副很认真的样子，点不够了肯定去要牌，点够了绝不要牌，偶尔他也会为了下家是否应该要牌说他几句，无非是责怪他不按牌理要牌。有的时候，本来年轻人应该要的牌没要，结果分给庄家后通杀了。但是年轻人我行我素，并不听他的。

看了一会儿我发现，这两个人并没有赢到钱，反而输了不少进去。但是他们并不是每次都押满注，一把500也押，1000也押。而且根据我的观察，他们确实没做什么，每次都是荷官派牌，俩人根本不去动牌，就是要牌也是荷官直接给翻开。

看了一会儿我觉得有点别扭，主要是我站的这个地方，虽然是很好的观察地点，但是却和周围赌徒格格不人。我站在百家乐的台子前，眼睛不看台面，而是转身看着屏风后面，难免引起别人的注意。很多看热闹的可能觉得我的表现太奇怪，都不解地看着我。看来我观察得太专注了，但是我不专注哪能看出那两个人搞什么鬼呢？出千就是一刹那的事情。但是赌场里没有我这样的，站在最火爆的台子前，不押钱、不看热闹，眼睛都在其他台面上，很难不让人怀疑。我又发现有几个看场子的人都直勾勾看着我。看来，为了避嫌，我还是去溜达溜达，然后再上21点台子比较好。

想到这里，我就掂着手里的筹码满大厅地溜达了起来，押了几手色子，转移一下看场子的注意力。然后又装着漫不经心的样子站到了21点台子前，跃跃欲试，看上去好像是一个看热闹的等着有人下来好补上去一样。我习惯性地摆弄着手里的筹码，我要让别人把我当成个地地道道的赌客。

这个时候21点台子有了变化。那年轻人自己一门，中年人自己包了三门，加上原先玩的那几个人，没地方可以坐了。那中年人每次押满注，那年轻人则很随意，1000也下，500也下，2000也下。看了许多手，那年轻人都是凭感觉要，有时候把利于庄家的牌也要出来了。每次庄家要到好牌的时候，那中年人都埋怨年轻人。而年轻人则很友好地拍着那中年人的肩膀，意思是让他别着急。

玩了一会儿，可能因为那年轻人总乱要牌，让那中年人输了好几手，那中年人就要求和年轻的换地方，他要坐末门。年轻人不同意，那中年人有点不乐意，问他："你押那么少，在末门乱要一通，把我该赢的都要输了，是不是有点不道德？"那年轻人回嘴道："那你不该赢的时候要赢了，你怎么不说呢？"俩人为这个起了点小争执。最后那中年人说："要不你押大钱，和我一样，随便你折腾。你押这么少，这样折腾，我们上面几门都受不了。"前面几家纷纷附和，那年轻人只好妥协，让那中年人坐末门。这一切看来和平常赌客的表现没什么两样，但我先入为主地认定他俩是老千，所以我觉得他俩有点演戏的成分。谁知道呢？看看再说。

那中年人坐了末门，还是要了三门。那个年轻人坐在中年人的上家，要了一门，都是满注。我看了半夜，愣是没看出哪里有不对的地方。要说他俩手里有活儿，靠换牌出千，得接触到扑克牌才行。但是人家只是偶尔敲敲台面，表示要牌，或者用筹码压住自己门前的牌，表示不要了。他们根本不接触牌，牌都是荷官从牌靴里拿出来后直接亮开的。但是他们还是赢了，这就有点奇怪了。我连着看了三天，硬是没看出毛病来。他们天天来，偶尔年轻人坐末门，偶尔中年人坐末门。谁要是要得不好，立刻换人坐末门去。一切凭感觉，年轻人没感觉，就换中年人坐末门，要是中年人没感觉，就换年轻人去坐。很多赌客都是凭感觉下注坐门，他俩就是按照这个套路演戏的。

第四天下午没去，因为根据头三天的经验，他们只晚上来玩，所以我晚上过去就可以了。吃过晚饭，顺利照例早早送我过去，去了我就直接坐到21点台子上边玩边等他们，我不能总去看热闹，我要坐上来边玩边看。

头三天我虽然没看出里面具体有什么毛病，但是我直觉到这里有点问题，但是具体是哪里不对我还真说不好，就好像脑海里闪过一个念头一样，闪过去没抓住。我得上去找找感觉，就好像做梦一样，醒了还说不出梦到啥，但是知道自己有个好梦一样，就那感觉。

我上来玩，很自觉地不去坐末门，我在把头坐着，只要一门，满注下注，我把自己搞得像个刚会玩21点的赌客，该要就要，不该要就不要。有保险就买，能分随便什么牌我都分，这样的赌客在21点上没人会来注意。

大概8点多他们就来了，还是老一套做法，有人提前给他们占了地方，看他们来了就找机会不玩，把地方让出来给他们。看来还是个小团伙，那几个早先来占地方的都是小喽啰。事后他们交代说，这些占地方的人只是一些和他们要好的小赌徒，他们吹嘘自己21点玩得好，让这些人来给占了地方，赢了钱给点喜钱，输了钱没他们的事儿，这样的好事换谁都愿意。

玩到大概11点的时候，我憋足了劲头观察，终于让我找到在我脑海里一闪而过的是什么了，我发现他们好像和荷官有某种联系。

## 58〉迷雾重重

按理说我不应该去怀疑荷官，因为所有扑克都是现场开封，现场给大家验看，然后在桌子上无规则地洗牌，最后大家乱切，放进黑色的牌靴里去，不太可能编辑牌序。何况出口还有一块布蒙着，连牌的一个小角都看不到，他的任务只是机械地发牌。

不过，我看到这个荷官不是仅仅发牌那么简单，他用某些肢体语言给同伙传递着黑色牌靴中的某些信息。我对赌场上小团伙之间传递信息常用的肢体语言和暗号，研究得再透不过了，根据我的经验，荷官走水了。大家都知道，荷官在一个赌台上工作的时候，手绝对不可以去任何大家看不到的地方，必须放在桌面上。一般荷官派牌都是左边手扶着牌靴，右手从牌靴里拉牌出来。发完了，右手要么做“请”的手势，询问玩家要牌或者是放弃；要么就放在牌靴口，等待玩家提出要或是不要。右手是最忙碌的，要不停地拖牌、送牌，左手呢就是把着牌靴。

我观察那个小伙子左手的动作很有规律。他左手把着牌靴，有的时候是很用力抓住的样子，有的时候是很放松轻轻扶着的状态。我觉得那人要牌还是不要牌，和他左边放在牌靴上的手有着某种联系。当时就是这么一个感觉，但要是去百分之百认定很难。荷官的动作很小，而且都是很正常的动作，一般人很容易忽略。我开始只是观察他们所有要牌和不要牌时，那荷官左手的姿势，主要与末门那家作参照，看了很久才能确定。因为有时候荷官左手的暗号明明是让他放弃要牌，但是那个人却去要了，有时候明明让他继续要牌，可那个人却不要了。他们并不是根据暗号把把通杀，而且很少杀庄，这个让我迷惑了很久。

一般21点都是搞庄家的，他们并不是这样。这个就把我搞蒙了，可以说那人玩得高明，要是他一直按照荷官的暗号机械地行动，那我很早就能破解得出来。事后才知道，他们的约定是下边末门的接受荷官的暗号，具体要还是不要，由末门根据场上的形势做决定。很明显，他们也不想让那小子主持的台子有所亏损，也不想一次拿太多的钱走。每天两三万就满足，看来是想靠着这个赌场长期发家致富呢。如此一来，他们看到明显好机会也不下大钱，就能解释通了。我这几天看来，他们基本都是在溜着玩，主要是溜上边几家的钱，同时让赌场有盈利，让这个桌子有盈利。这样不会有人去怀疑荷官；或者发生赌场因为荷官主持的台子亏损而导致的事情。要知道一门3000，要赢3万走，只要是三把牌满注，就可以搞走的。但是他们能玩这么久，也是为了保证这个桌子盈利的。每天晚上，这个21点台子基本都能盈利10来万，他们就从中拿走3万左右。这样讲究的老千以前还真没遇到过，看来他们是想细水长流。

我现在说起来很简单，但是最早这个暗号让我犹豫了很久，当时我并没有多大把握，只是怀疑他们之间有某种联系存在。观察了很久也不敢十分肯定，就因为他们帮着赌桌盈利，故意把好牌给庄家，让自己和大家都输。

他们跟其他准备一次把赌场掏空的老千做派很不一样，他们不按暗号要牌，看上去好像是乱要一气，比如荷官暗示应该要牌，但是人家不要；荷官让他放弃，他却把牌叫出来。因此，德子虽然看出他们出千，却一直没抓住把柄。他们到底是怎么配合的呢？我拿不准末门是不是根据荷官的指示来决定要还是不要，而荷官的指示跟牌又有哪些必然的联系呢？最后真正让我将荷官的手势和场上情形对上号的，是他做手势后派出的那张牌。我发现，发出暗号以后，对应的牌基本是两种牌：一种是对庄家有利，一种是对庄家有害，与具体什么花色牌面无关，只能分这两种。看到这一步我就有点明白了，末门根据场上的形势，接收荷官的暗号，帮助台子赢大头，然后自己拿点小钱，很轻松。

虽然是简单的暗号，但是人家根本不按照套路去打，搞得我费了好大的工夫才找出点蛛丝马迹，就好像你熟识一样武功套路，但是人家不按照那套路打，于是就让人发蒙了。我愣是三天都没看出来，原因就在这里。荷官左手用力或放松去扶牌靴是很平常的，而且发前面几家时也不经意这样做，所以很难发现。敌人的确狡猾，根本不是一板一眼按照指示来，这就更具迷惑性了。我叙述给大家看，大家觉得简单，其实发现其中的隐情不是那么容易的，愣是憋了我三天呢。那天那几个家伙也把我的钱都搞输了，把我也当凯子了，想到这里我不禁在心里骂他们。

如果我的推测正确，还有一个问题让我很迷惑。大家都知道，21点下边玩家的牌都是明的，庄家的牌是一暗一明，按理说谁也不知道那张暗牌是什么，包括荷官自己。赌场里的扑克我都观察过，绝对是正宗的赌场专用的蜜蜂扑克，不是可以根据牌背的暗号辨认牌面的老千扑克，要那样也瞒不过德子。而且牌靴出口有层布，任何人都看不到牌边，包括荷官，即便拿先进的仪器都不可能做到。牌靴也是正规的赌具，不可能有猫腻。那么荷官是如何知道那张牌是否对庄家有利呢？难道他有透视眼不成？有特异功能？要是那样他还做荷官？早成世界名人了。他是如何知道牌的呢？我又犯了愁。

## 59〉初尝扑克

玩了很久，我已经输了将近3万了，开始我一门2000，渐渐地减成1000，心说可别都输光了。我输赢都没多大反应：输了我也没不高兴，赢了我还是那么从容（毕竟不是我自己的钱嘛，没啥可心疼的）。但是在那个中年人看来，我这是赌品好的表现。赌品好的赌客在赌徒里是很受欢迎的，大家都愿意与之交往，我也愿意结交那些赌品好的人。平时玩麻将，输了就急三火四、骂麻将、摔牌的人，谁都不喜欢，那些输了很多钱还一脸笑容表现得非常沉稳的人，往往讨人喜欢。所以他在自己抽烟的时候也递了一支给我，并趁机和我攀谈起来。我也装着很高兴认识他的样子有一句没一句地和他交流着玩21点的心得。赌徒在一起总有话题，随便任何一张赌桌上，两个不认识的人都有共同的话题。

我边和那中年人磨牙，边押着钱，也没忘继续观察着他们。他们所有的看似不经意的手势动作，他和那年轻人的交流，荷官的言谈，所有细节都被我收集起来，并试图寻找其中的某种联系。所有这些，就像放电影一样一遍一遍在我脑海里回放着。

我还是觉得荷官可能知道牌，但是他是如何做到的呢？顺着这个思路我把注意力全部用到观察荷官上。他的每一个细微动作，我都要观察到，我边玩边看着他的一举一动，任何细节都能让我联想半天，他就是随便笑一下我也能想到很多事情上去，我觉得我都成精神病了。

看了半天，他一个不起眼的动作让我有了兴奋的感觉，就是他每次去牌靴里取牌的时候，都要沾一下口水。这个动作本来再正常不过了，很多荷官都这样做。因为有的时候手发干，去牌靴里取牌会有点费事，沾一下口水是很正常的，就像很多人数钱的时候，喜欢数几下去沾一下口水一样。

所以开始时我也不是很肯定，观察了好久也没觉得哪里不一样，也就是随意的这么一想而已。我当时也是无聊乱合计：你妈的，你还能尝出咸淡味道咋地？这个想法在我脑海里闪现的时候，我忽然有点紧张，搞不好还真是呢。于是我便格外注意他的沾口水的动作了。因为当时我确实是有点没招了，病急乱投医吧。记得小时候有人拿过一副香水扑克给我玩，让我记忆深刻。

不过又觉得不太可能，人家扑克是统一进货、统一保管，只有在开局的时候才由牌房送出来，怎么可能会有咸淡味道呢？再说，就算那扑克有味道，能尝出来，但是，荷官都是先沾了口水再去取牌，取完牌并没有去舔手指，怎么能知道味道呢？我自己都被这个想法搞得有点乐了，看来我真有点神经了。

看了一会儿，我觉得好像这个事和荷官沾口水取牌没有多大关系，但是实在又找不到别的地方让我怀疑。是我思维有误区？这个时候快午夜 1 点多了，我使劲地抽着烟，瞪着有点红的眼睛认真地观察着、思考着，仿佛又回到了以前输钱熬夜的场景。不同的是，这次我对自己的输赢一点感觉都没有。

玩了一会儿，那中年人的上家输没了，起身离开。由于我和那中年人聊得有点“投机”，我也想靠近他套一点情报，便趁势坐了过去。遇到什么牌我都去征求他的意见，补还是不补，分还是不分，我都要问问他。他呢，也偶尔按照 21 点的规则给我点几下步，发表一下他自己的意见。每次说完了都会和我说：“你自己拿主意，别输了埋怨我。”我也装着很大方的样子说了一些无所谓的话。每次我赢了他都拍拍我，好像对我表示祝贺的样子，输了都安慰我几句。当时还不知道他们的具体猫腻，一切只是怀疑，哪里知道他在帮赌桌赢钱然后再套点走啊？我还自己合计：这个人还真不错呢。也曾闪过要提醒他的念头，当然也就一刹那，幸好马上就被我打消了。后来了解了全部的内幕，才知道他是故意叫大家输掉。我虽然对赌徒什么人都可以出卖的心理研究得很透，但是后来对他的下场也暗自叫好：干你娘，活该！想来我的心理也是有点阴暗的。

当我坐到最中间以后，就可以更好地观察自己眼皮下的一切了。那家赌场 21 点的桌子做得比较缺德，是一个大大的长形桌。荷官在一边的最中间，牌靴在他身前，自左向右摆放。我是玩家坐他对面。

真正让我有点开窍的是那荷官的一个小动作。荷官在每局开始都要给下边玩家一人发两张明牌，给自己发一明一暗。这些牌派完以后，他就随口沾了一下口水。然后他在等待大家的指令，要还是不要，哪家要补牌，哪家放弃。这个时候他的手指头是在那张暗牌上停留的。下边玩家如果需要补牌，他就很随意地再沾一下口水，从牌靴里取牌给他们。还是顺着扑克有味道的思路，他是不是在尝门前那张暗牌的味道呢？尝完了知道自己门前的暗牌是什么，比照自己另一张明牌就知道自己的点数。然后据此来确定牌靴里的牌对自己门前的牌有利还是有害，有利了就叫别人要走，把有害的留下？可是还是解释不通：他就是能尝出自己门前的暗牌的味道，知道自己门前点数有多大，但是他每次去牌靴里取牌都是先沾了口水再直接取出来的啊，根本没有品尝牌靴里的牌的机会。

到底是怎么回事呢，怎么想都不对，可真叫人头疼，想到这里我下意识地吧嗒吧嗒嘴。正好六副牌全部完了（早期玩21点都是六副），那中年人转头看着我说："小兄弟，饿了吧？"我说："不是饿，是烟抽多了。"那中年人还好意提醒我少抽点烟，我连连点头。

牌完了该换新牌了，大厅里来回巡视关注每个桌子情况的经理马上让人去牌房里取了六副新牌。那荷官就把废牌盒子递给送牌的人带回牌房，接着就是挨个开封新扑克，把每副扑克都整齐罗列在桌子上让玩家验看。玩家表示没有异议后，把扑克面朝下，在桌子上随意洗牌，玩家也可以参与洗牌。最早是这样洗牌，后来就不让了。只有荷官自己洗，再后来荷官也不能洗牌了，由牌房里的专人洗出来，大家切一下。专门的洗牌房四壁是透明的，场上玩家可以看里面人洗牌。有监督、有录像，现在大赌场都这样做。当然这也有个发展过程，而且各地地下赌场对这个变化适应的进度都不一样。

于是大家你帮着划拉一下，我帮着扑棱一下。我一看，机会来了，不能再等了，也伸手去帮着划拉了几下。就这个工夫，我右手掌夹住了几张牌，确实没法多夹了，因为牌在桌子上是摊开乱洗的，扑克参差不齐。要是整副扑克叠齐，我可以夹个二三十张或者一副拿走都没问题。当时只能夹住几张，说来有点丢人。一夹住我就让扑克走进了袖子里，扑克进了袖子，手臂的肌肉就得用力，防止扑克滑落出去。为了不显得生硬，我故意把手臂抬了起来，装作揉眼睛。熬夜了嘛，揉眼睛很正常，趁机把扑克在袖子里稳定住。揉好眼睛，看看周围，没人发现我的小动作。

牌洗完以后，一切都按照牌局顺序重新开始：切牌，放进牌靴内，扣上盖子，征求大家意见，削了废牌就开局了。这个时候我已经输了接近4万了，回头想想，自己还真的当了一次凯子。简单玩了几手，我借口去厕所，下了桌子，拿着剩余的筹码去了厕所。

男厕所里有一排小便器具，还有一排有门的大便间。我进了厕所，一个人也没看到，急忙把袖子里偷来的扑克拿了出来。我偷了5张，翻来覆去看着，回忆那荷官沾口水的样子，我自己都觉得有点好笑了。端详了一会儿，我就把扑克凑到嘴边，伸出舌头舔了舔，期待尝出点味道来。可是没味道啊。我不甘心，又把其余四张都拿出来挨个舔了舔。牌背面、四周边，没有味道啊。不对呀？我又舔了一遍，所有的地方都舔遍了，实在没有任何味道。莫非是我想错了？正在愣神的工夫，一个大便间的门忽然打开了。

## 60〉半路杀出的程咬金

当时我的动作还是把扑克放在嘴边舔的动作，一个戴着小白帽子的男人走了出来。我当时没反应过来，还是那个动作。那人一看我拿着扑克在舔，而且拿的还是赌场里专用的扑克，也是一愣，直直地看着我。我马上把扑克收了起来，有点尴尬地咳了一下，解开裤子去小便。那人也反应了过来，疑惑地看了看我，一步三回头地出去了。看他的打扮应该是个赌客，赌场里的人都有统一的服装，女的是天蓝色的套装，男的是黑色的套装。所以我也没把他太当回事，何况就是赌场的人我也不怕，我是来帮忙的嘛。

方便完了我就来到大厅里，溜达了一圈，心里有点沮丧，哪里有什么味道嘛，尽瞎他妈乱想。我回到赌场后，觉得有人瞄上我了，似乎有一双眼睛总在我身上，是厕所里遇到的那个小白帽。他一路跟着我，手里也拿了一叠筹码，对着我不怀好意地笑着。他的笑里有威胁也有讨好的意思，大概是说，你带着我赢点，否则别怪我告诉赌场里的人。想想也是，进了赌场，手里还有赌场专用的扑克，他肯定认定我是来出千的。估计想跟着我捡漏的。想到这里我对着他笑了一下，心里想：小样，我整不死你啊？要知道，我正常赌从来没赢过，跟我捡漏，能有你好？事后想想我当时的想法，确实挺过分的。

他看我对着他笑，好像也来了勇气，凑到我面前拿出一支烟来要给我点上。好像兰州这里的风俗，见面就是点烟，管你会不会抽。点烟的工夫，他自我介绍说："大哥，我姓马，多多关照。"我开玩笑说："这么巧？我姓牛，咱一家子啊。"他也乐了，说："大哥，你可真会开玩笑。"我俩心照不宣地笑笑。

我转身向百家乐那边走过去，他亦步亦趋地跟着我。扑克被我揣在衣服的内兜里，我可没有想着去出千换牌。我合计着我不出千从来没赢过，你要是愿意跟着，我是很愿意带你进沟里去的，你不是愿意跟着我嘛？来吧，小子，我满足你。我心里坏坏地想着。

站到了百家乐的台边，那里局面依然很火爆。我把 1 万多的筹码都拿了出来，那个小白帽也紧挨着我，攥着自己的筹码，等着我下注。

我看了一下桌子上的形势，就我手里的筹码全部押上去也没有看牌的机会。庄闲两家互相抬杠，都抬出 30 多万一把了。我想：我没看牌的机会，他能跟我下注吗？我不知道。他认定我是老千，要跟着我，看来赖上了，让我正事都做不了。我有点讨厌他，等了很久，也没有 1 万元可以下注看牌的机会。我有点等不及了，桌子边上一个瘦瘦的中年人，看着我犹豫不决的样子，就鼓动我跟着他押。那一把他押了八九万在庄家，可能找人壮胆。我正好站他身边，他就鼓动我。我毫不犹豫一把把筹码都放到那人的筹码边上。我全押了，斜着眼看着那个小白帽，他迟疑着是否要跟着下注，估计也担心我把他带沟里去。他知道我那点小钱没机会看牌，不能看牌就意味着不能换牌。看来他还是蛮懂的，他正在犹豫的工夫，荷官已经敲了铃，让大家买定离手。

也是巧了，那把牌最后补牌，庄家竟然赢了，看我拿回盈利的钱，那小白帽十分后悔。赢的时候那个瘦瘦中年人转过身来，伸出手来要和我击掌表示祝贺（赌桌边上经常这样，很正常），我就和他拍了一下。

这样我手里有了 2 万左右的筹码。我转身去了另一个百家乐的台子上，小白帽也跟我过去，让我闹心得不行了。刚过去正好大家认为闲家能赢，我就把2万丢到了庄家。我还想：跟我押吧，输死你。小白帽也跟着全部押了上去，大概3000多的样子。开牌的结果，我竟然又赢了。越想输越赢，真是奇怪。我不信邪，第二手我又全部押了上去，居然又赢了。这样我就有了8万的筹码。小白帽兴奋得不行了，他跟着赢了两把，手里也有了1万多的样子。想想真是倒霉。

赢了钱我却没有赢钱的喜悦，这样一来我还真不会玩了。第三把我本来想押到闲家，合计自己走反运，搞不好闲家真能赢，犹豫了一下，我就把筹码又推到了庄家去，8万全押了上去。我心理暗暗祈祷：来个花吧，让我输了吧，一翻果然是个花。我不禁佩服自己的臭嘴，真他妈的灵，我有点高兴。哪知道闲家也是破点，都要补牌。该发第二张了，补到我的时候我又祈祷，再来个花吧。拿到牌，一错边是4，我在心里默默地想：中间最好是两点，那样是个10，我就输了。可是竟然补来一个9，我又赢了。手里的钱一下翻成了16万，可是这些钱没有一分是我的，我有点恼火。忽然我脑海中好像透了一丝的光亮：花牌？对啊，21点上什么牌起决定作用？是花牌！

我第一次在21点桌子上偷来的五张没有一张是花牌，连个10都没有。回头想想也挺倒霉的，这么多花牌，我随手一偷，竟然一张也没捞着。如果说他沾口水去尝牌，应该不是区分出各种滋味，只要能分出是不是花牌，一切不就解决了？比方说：庄家的明牌是5，要是尝出了那张暗牌是花牌，再知道牌靴里的牌也是花牌，就提示不让下边人补牌，把那花牌补给庄家，庄家就直接爆掉。或者知道牌靴里的不是花牌，就叫大家使劲补，哪怕爆掉一两门，到了花牌的时候打住，补给庄家，庄家还是会爆掉。

我越想越觉得有道理，看来得干点什么了。我正站那里发愣，小白帽提醒我该押钱了。这个时候我哪里有心思押钱呢？我搂着他的肩膀挤了出来，偷偷和他说："今天不玩了，明天晚上你来找我吧。"他使劲点了点头说好。我说："你最好别跟着我，好不好？"他说好。说完我偷偷塞给他一个5000的筹码，让他离我远点，明天8点再来找我。就这样，我把小白帽打发了。回想起来，真应该谢谢那个小白帽，不玩百家乐，没那两张花牌，我也找不到破解的关键。

## 61〉发酸的花牌

我转身又回到了 21 点的台子前，我得再尝尝。那台子上已经没有地方了，我显摆地摆弄着自己手里的筹码。那中年人礼貌地和我点点头，我自然站在了他的身后看着热闹。

心里有了思路，再去观察就明了了很多。比照那个荷官给末门派牌时左边手扶牌靴的姿势和庄家的那张暗牌的大小，我可以断定关键确实在花牌上。莫非花牌上真的有味道？我还不敢百分之百保证。毕竟我没接触到花牌，我更不能在桌子上当他们的面去尝。那样是很蠢的。要是按照这个思路，他可以知道自己的暗牌是什么牌。在知道自己暗牌是什么牌的前提下，他根本不需要去告诉下边人自己的暗牌是什么，自己知道就可以了，再根据牌靴里将会出现什么牌来做决定，给末门暗号。可是他是如何知道牌靴里的是不是花牌呢，毕竟他是沾了口水后直接把牌从牌靴里给拖出来的，没有尝的机会。

我是不是遗漏了什么重要的细节呢？我打起精神，仔细看了一会儿，终于让我找到了答案。原来那荷官每次到最后三门牌的时候，伸两个手指头到嘴边，但是沾口水的只是中指，食指根本没沾。他每次手指头伸到布下去拖牌的时候，是两个手指头一起进去的，根据手型可以推断出，他用食指提了一下上面的牌，中指去摸了下边第二张牌的牌边，然后食指把上面的牌拖出来发掉。这样就需要一个让中指上的口水干掉的时间，好让荷官再舔一下手指的动作变得自然而然。这时，那中年人和年轻人在下边配合他，他们故意为考虑补还是不补牌争执。荷官等待时又沾一下口水，很自然，我注意到他这回就用中指沾了口水。如果牌有味道，这样不就知道了里面的牌是不是花牌了吗？果然之后他立刻用左手给出他们约定的暗号，告诉他们，如果不要牌，庄家可能会爆掉，或者告诉他们应该把这牌要出去。想到这里，我的心激动起来，“扑腾扑腾”地跳着，就像初次和小洁牵手的感觉一样，心跳得厉害。但是我脸上没有任何表示，我还没有确凿的证据，一切只是我的推测，具体怎么回事还都是未知数呢。

看来我得找机会搞到花牌来尝尝。可是这样的机会实在是太难找了。玩过21点的人都知道，谁家爆牌了，荷官会直接把牌和筹码收走。就是不爆，也只是寥寥的几张牌，根本下不了手。当然了，也不能直接查他们的废牌。虽然我可以这样做，但会打草惊蛇。这里还有个问题，他们的牌是怎么染上味道的，还有哪些人是内线呢？我觉得我已经摸到他们的小尾巴了，想到这里我不禁有点高兴。

我在等待搞花牌尝尝的机会。时间过得很慢，总是没机会偷牌，一直等到凌晨4点多，赌场经理宣布最后一方牌放完结束，看起来当天是没机会了。但是我很不甘心，还在那里等着。直到最后发完牌，玩家都收拾自己的筹码去兑换现金，我才找到了下手的机会。我装作玩累了，顺便坐到了桌子前。那个荷官正在收拾赌局和扑克。我没话找话跟他闲扯，说："换现金的人太多了，我得等等，站了一夜了。"荷官笑着和我说："老板今天赢了，恭喜你。"

他一边说话，一边把牌靴里没发完的扑克拿出来，准备丢进废牌盒子里去。机不可失，我急忙把手里的筹码推过去说："麻烦你帮我换成整的筹码好吗？我这样捧着也不是个事啊。"荷官马上转脸去摆放筹码的盘里找整的筹码给我兑换。我趁机抓起他放在桌子上的牌说："这个扑克很奇怪啊？比我们平时玩的都宽，质量还这么好。"荷官告诉我说："扑克是专门用于赌场的。"我说："那你们怎么不循环使用啊？这么新就不用，可惜了啊。"他和我解释说："赌场的规矩就是这样的，扑克只用一次。"说话期间，我已经把一些花牌抽到了牌上面，故意在桌子上磕了磕，作出惋惜的表情说："太可惜了，能不能都给我啊？我回去吹吹牛，我进过赌场，而且还能玩。"荷官笑笑说："不可以送给你的，老板。用完的扑克必须回收给牌房，由牌房处理，不可以给外面人。"这时，他已经把我那些零碎的筹码换成了整的，放在我面前说："老板请收好。"我把扑克放下（其实已经把上面的花牌都弹进了袖子里去了），看到有800多的散筹码，我直接丢给他。他连声说："谢谢老板。"我拿着这些筹码在卖码的口等着排队，瞅着那荷官收拾了所有的东西进了牌房，我转身来到外面的休息间，又进了厕所。

这次我学精明了，找个大便间，把门闩上，把刚才偷来的花牌背面尝了尝，我靠，好酸！那扑克背面居然是酸的，我不知道用什么涂抹的，涂抹得非常均匀，一点也看不出来，就在两个上下边的地方涂抹了大约一个手指头宽的面积。舔着每张花牌扑克背面，我在厕所里像个傻瓜一样大笑起来。

第二天上午大概9点，德子就来了，那会儿我正睡得香呢。每天他都催命鬼一样的这个时候来，问我有没有发现，损我一会儿，看我没反应，自己跑另一个房间去睡觉。这天他还是老一套（他自己有钥匙），进来也不管我醒没醒，就坐我床边问我："老三，有发现没？"我睡得迷迷糊糊，说："我知道他们是如何做的，你别吵，等我睡醒了和你说。"德子一听立马来了劲头，连拖带拽把我鼓捣起来，非要让我说说。我就穿着衬衣衬裤很不情愿坐了起来，我还没睡够呢。看他着急的样子，是招人讨厌。他猛问我到底是如何出千的，我把舌头伸了出来给他看。他有点毛了，立刻坐到了沙发上。现在想想，我那个表情真挺恶心的，就像电影里演的为了勾引别人，把舌头夸张地伸出来一样，难怪他会毛。他连声说："老三，我可不是同志（我们那里称呼同性恋者为同志）。"我白了他一眼说："就你那样，还和我搞同志？拉倒吧，我都先吐了。赶紧去睡觉，去，去，困死了，醒了自然告诉你。"但是他不依不饶，非要让我说。我哪能马上告诉他，我得好好折磨折磨他。于是我恶声恶气地说："不让我睡觉是不是？一切免谈。"别说，还真好用，他立刻老实了。于是我又躺下来继续睡觉，他自己坐着发呆。

可是德子这个人损啊，他哪里能让我安安稳稳睡踏实呢？他一会儿一个电话，声音可大了。看我依然没反应，就坐我床边直勾勾看着我睡觉。遇到这样的人谁能睡得着啊？后来实在叫他折腾得厉害，干脆不睡觉了，起来洗脸刷牙。我心里还美呢：小子，你爱咋折腾咋折腾去，我可算压住你小子了。德子看我拿腔作势起来，也不恼。我走哪里他跟哪里，一口一个老三叫得特别亲热，老着脸问我说："老三，你想吃点啥？我立刻给你准备去。"我说："我想吃海红。"海红是北方沿海一种超便宜的贝类，满海边扔的没有人要。但是味道还可以，主要是产量太高了，5分钱一斤。有笑话说，两人去饭店吃海鲜，主人说请吃海红，客人立刻翻脸了。因为按照当地的说法，海红不叫海鲜。德子急了，说："老三，你不是刁难我嘛？这里去哪儿找海红去？"我问他："你不是说想吃啥就有啥吗？你放屁啊？"他还是嬉皮笑脸地一个劲磨叽我，打不得骂不得。

一直磨叽了一个小时，他连激将法都用上了，说我压根没抓到，这是故意拿他呢。可我不吃那套，我就问他说："我老三什么时候和你说过一句谎话了？你自己说。"这下他知道我是抓到了，又开始软磨硬泡起来。

走哪里屁股后面跟个啰嗦的人是很闹心的事情，最后我被他磨得实在受不了了，只好投降，把事情原原本本和他说了一遍，然后拿出扑克让他尝尝。他如愿以偿，可高兴了，跟我又是拥抱又是握手的。

德子知道是荷官走水了后，稍微有点郁闷，因为那荷官是他一手栽培起来的。他也是因为那荷官主持的桌子没有亏损过才大意了，如今摆在我俩面前的问题，除了如何揭穿的事情外，还要搞明白，是谁对扑克做了手脚。扑克是牌房统一保管的，那荷官只是在开局的时候才去领取扑克。是谁，又是如何让扑克发酸的呢？最后我俩一致认为，牌房里的人嫌疑最大，估计那里有他们的同伙。头天晚上我也观察过，其实只是远远地瞄了那么一眼，牌房里是一个面貌身材都一般的一个女孩子，看起来很文静。德子说他得查一查。我说："查毛啊，人家都是好心，帮你们赌场赢钱，别不知道好人心。"这话把德子的脸都气得绿了，我看着真是开心。

## 62〉制作世界上最苦的扑克

我们讨论出结果后，德子给老板挂了个电话。电话里他大致说了一下，告诉那老板，老千被我抓住了。通话后，德子跟我说那老板回到兰州了，要他中午安排见一下，大家聚一起聊聊。我不置可否。其实我心里始终认为那老板一直在兰州，不知道是不是我小心眼。

我问德子想怎么做，德子说他只是帮忙的，一切由他们拿主意。快中午的时候，顺利开车接我俩到了一个饭店的包间里。一进去，里面已经坐了很多人，德子挨个给我介绍了一下。一个肚子特别大的中年人是那个湛江的老板，还有四个中年男人是兰州当地有头有脸的人，也是这个赌场的股东，赌场就是他们五个人合伙开的。顺利和他媳妇作陪。

寒暄了一会儿，菜也上来了，大家天南地北地聊着，就是没有人来问这个事情。好像来这里不是为了赌场出千被识破，就是为纯粹吃饭才走到一起的。一个个看来城府深得很，难为他们都能沉得住气。我呢，他们不问也懒得说，有德子呢。他们胡侃，我就在那儿虎吃。吃得差不多了，喝得也差不多了，顺利的媳妇起身对包间里的两个服务员说有事要谈，不用她们服务了，希望她们回避一下，有事再出去喊她们。看来终于要说正题了。

服务员都出去以后，老板端起了酒杯，又说了一些客套话，然后进入正题，让我全方位给在场的人说说那些人是怎么出千的。我就原原本本叙述了一遍。看大家半信半疑的神色，德子去一边的小柜里找来吃饭的碟子，把扑克放进去，让大家挨个品尝。尝过酸扑克后，没人再怀疑了，大家开始商量应该如何处理。我插话说："怎么处理是你们自己的事，我不应该参与，但是我不希望伤人，算是提前求个情，我来之前就和德子、顺利他们说好了的。"那大老板点点头，算是答应了。

最后他们达成一致意见：必须把这个疮口挖掉，虽然他们也帮桌子赢钱，但是赌场不指望依靠这种形式盈利，他们还想长期把赌场开下去。再来是怕养虎为患。他们帮助赌场赢利也是为了确保自己的行为不被发现。三来这样吃里扒外，必须要给予警告，要不其他桌子都模仿，那就乱套了。这个时候我也了解到，扑克都是顺利和她媳妇订购的，他俩是百分之百的没问题，那么就应该是存放赌具的牌房里哪个人或者哪个主管出了问题，这个也要查出来。

意见虽然统一了，但是如何叫破，大家意见不同，有的倾向于暴力解决，不管认不认，拿了再说，反正物证俱在，不怕他们不认。但是德子和那湛江大肚子的意见是抓现行，有理有据。毕竟大肚子是大老板，他的意见最好用，他一发话，大家就没异议了。于是大家都询问我，让我拿出方案来拿他们现行。可是应该如何拿现行呢？就他们的出千方式，让我想办法拿现行，难！

和德子合计了好久，也不知道应该如何去叫破。正一筹莫展的时候，德子的一句话提醒了一直微笑着看我们聊天的顺利媳妇。要不我怎么老说德子这人比较损呢，他说："妈的，实在不行我去找点苦胆、黄连什么的抹扑克上去，不是喜欢尝吗？苦死你小子！”顺利媳妇就问德子：“涂抹到扑克上是没问题，但是如何能做到让那个荷官去牌房领到苦扑克？何况人家同伙肯定会给他抹过酸的扑克。”德子说：“有老三在，去桌子上换副扑克还不容易？”顺利媳妇好像不信，说：“那么多人都看着，去换扑克？”德子指指碟子里的扑克说：“那你面前的扑克哪里来的？”确定了这个事情以后，顺利媳妇说她有办法。她知道一种物质，是世界上最苦的，可以把那东西抹到扑克上去，让那荷官尝尝，尝完了他肯定苦得不行了，还不敢说。那个时候叫破，他们心里应该会明白的，到时候想抵赖也抵赖不了了。真应了那啥话来着：有苦说不出。

说到这个最苦的东西，好像叫苯酸铵酰糖化物。顺利媳妇说它虽然是化学物质，可是没有毒，而且是透明的晶体，没有颜色。问题是不知道应该去哪里搞到，那个东西只有到大学的实验室里能找到。这些股东马上行动，发动自己的社会资源，都拿出电话到处联系。不一会儿，真有人能搞到，从当地一个大学要到一些。一切都安排妥当后，大家又合计了晚上应该如何行动后，便分头去做准备了。

下午2点多，其中一个股东把那化学物质要了过来，打发人送到我住的地方。没一会儿，顺利和他媳妇也过来了，他们带来了扑克。我打发德子买来了刀片和胶水，加工扑克用。那东西是一种白色的结晶体，顺利媳妇用一个小碗把它稀释开。德子好像对这个东西很感兴趣，也好像有点疑问，可能是担心不够苦，便问顺利的媳妇：“这东西有多苦?”顺利媳妇也是个损人，笑着说：“你尝尝不就知道了?”德子还真的用手指头去蘸了蘸，轻轻舔了一口。这一舔不要紧，他马上疯狂吐口水，跑到卫生间里漱口，漱了好久。漱了口好像也没有缓解，他出来后，我发现他的眉毛和眼睛几乎都挤到一起去了。看他这模样，我们三个可乐坏了。我都差点笑得躺地毯上去了，笑得我肚子都疼，好久才止住笑，还揉了好久的肚子。反正德子那时候是说不出话来了，别人咋逗他都可以，他坚决不回话，苦着一张脸不停地去漱口。

看来这东西真苦，我们笑了一阵，便开始制作苦扑克。我用刀片将扑克包装的侧面轻轻划开，打开扑克盒的侧面，把里面的扑克拿出来。赌场用的扑克比普通扑克包装复杂，里面的扑克上还有一层塑料包装纸。好扑克拆包装都麻烦，想来那些家伙制作酸扑克时跟我的制作流程差不多。然后我们用顺利媳妇的化妆棉棒把整副扑克背面的上下两侧都给涂抹上最苦的物质，风干后又用胶水把包装恢复成原来的样子。这样一副苦扑克就做成了。我和德子又详细研究了一下，发现前面买胶水、刀片以及拆装扑克是做了无用功，因为只有在荷官开封后，所有扑克都放在桌子上等待大家验牌的时候才有机会换扑克，前面任何机会都不妥当。德子又苦着脸把扑克拆开，看着他苦着一张脸我就来气了，又不是我欠他三百吊。叫他笑，他也想笑，可是就是笑不出来，看来那苦劲还没过去，我们看他想笑笑不出的样子，又都笑岔气了。

赌场的扑克比普通扑克大而且宽，要换整副牌而不被人发现，我的手掌还有点难度。最后和德子商量了个办法，机会到了，德子过去吸引大家的视线，我在一边掉包。我找来一张白纸，先把扑克给包好，就等晚上去换了。

## 63〉调包计

晚上我早早就被顺利送去了赌场，赌场里还是那么热闹：各种各样的赌徒，形形色色的表现。我一去就坐到21点桌子上开始玩，那个荷官好像记得我，和我礼貌地打着招呼。那个中年人和那年轻人在轮盘前押着钱，不知道啥时候来的。一切都和平常一样，但是我知道今天晚上有不平常的事要发生，我看着那荷官，忽然有点可怜起他来了，为什么要跟他们出千呢？欠了债？家里穷？亲人需要钱帮助？我要是不出现，他能见好就收吗？谁知道呢。

大概晚上8点左右，那个中年人和那个年轻人照常坐了上来，我和他们彼此点头打着招呼。那靴牌玩的时间可真长，因为我看他俩没坐上来，就没给德子暗号。我们之前商量好了，我要等他们都坐上来后，前面六副牌都玩完了，要换新牌的时候再给暗号，德子在远处一直盯着我的一举一动呢。快到晚上10点的时候，那靴牌终于打完了。赌场经理示意跑腿的去牌房取牌，然后又是荷官开封，放在桌子上。一般都是先开封，然后六副一起都打开了，才挨个列开让大家验看。我要等的就是他都开封完了还没列开的时候下手。

荷官专注地拆扑克，我站了起来使劲伸个懒腰，手放下的时候趁机把那副扑克卡在手里。德子接到我的暗号立刻走了过来。

德子过来站到了桌子边上，大声说："小盛，晚上注意点，最近场上发现一批假筹码。"那个荷官连忙说好。德子不知道从哪里搞了个筹码，一看就明显的不一样，没有哪个傻子会拿这样的筹码来这里玩——他演戏吸引人视线，给我制造机会。德子郑重其事地拿过去让那个荷官察看，赔码的也探头去看。21点桌子边上的玩家议论纷纷，也都凑过去看那筹码，再拿它跟自己手里拿的筹码比较，看有什么不一样的地方。我要的就是这个机会。我装作不耐烦，伸手去把离我最近的那副扑克拿起来，拿的工夫就把手掌里的那副扑克和桌子上的换了。因为我的手掌对付两副大扑克确实有点难度，还是怕人发现。有德子的掩护，我做出帮荷官列开扑克的动作（顺着我收力的方向列开），把苦扑克列开，同时让换下来的那副扑克顺利进入我的袖子里。所有动作一气呵成，看众人的反应，应该是没人发现我的动作。

德子看我都做完了，又简单交待了几句，就去另一个桌子装模作样说假筹码的事去了。荷官把我列开的扑克收了过来，把全部扑克在自己面前呈扇子型分别列开，让大家验看。还是老一套的东西，玩家都没意见，开始洗牌，切牌，装进牌靴里，削牌，大家押钱，开局。开局后德子就站在我第一天找的比较好的观察点，在那个隔开百家乐桌子的屏风后，脑袋一侧就可以看到这边的情形。

一切都按计划进行。他们都没有发觉哪里不妥，那中年人和那年轻人继续嘻嘻哈哈地说着笑话押着钱。我和德子研究过，如果按照发一圈牌尝一次的频率计算，大约每发出30张牌能尝一下。六副牌是312张，根据概率，52张牌混在里面应该可以让他尝到其中的苦牌。前七次派牌，都没出现我想看到的效果。我还在想：尝不到明天继续。这时候那荷官脸色突然变了，只见他眉毛、眼睛、嘴巴好像都变了方位，向一个方位靠拢。看来他尝到了我换的苦牌。他在努力忍着，别过脸去使劲吐了几口。但是那苦味儿可不是他几口唾沫能吐走的，这个德子有经验。具体有多苦我没尝过，但是看那表情，应该是苦到了极致，而且是极难缓解的。

我支着胳膊用手托着脸，看着眼前发生的一切：那荷官完全顾不上发牌了，光去吐口水了。那中年人和年轻人也看着他，不知道他在搞什么名堂。德子过来表现出很关心的样子，拍着他的背问他怎么了，荷官连连摆手示意自己没事。但是他一句话也说不出来，一张脸憋得通红。他还努力想镇定下来，还想站好了继续派牌，奈何他苦得都不记得外面玩家是要牌还是不要牌了。其实当他感觉苦的时候，外面把末门的小伙子根本没有做要牌或不要牌的手势。荷官完全蒙了，他想让大家以为他很正常，但是他如何又能正常起来呢？大家对着镜子使劲把五官往一起挤，就知道是啥样子了，当时他就那表情。除了我和德子，桌上的玩家都不解地看着荷官，纷纷议论他突然之间怎么这么奇怪。

德子又轻轻拍了拍那荷官的肩膀说："没事吧？是不是病了？要不要去休息休息？"荷官含糊地说："没事。"德子反复确认好几次，一个劲问他怎么了，是不是不舒服，那荷官都坚持说没什么事。最后德子终于火了，说："小崽子，味道变了是吧？是不是挺苦的啊？"那荷官听到德子这样一说，脸"刷"的一下就白了，呆呆地看着德子。巨大的恐惧让他忘记了自己嘴巴里是苦的。他此刻也不知道该说什么了，而赌场的人此时也围拢上来，那押钱的年轻人可能是知道自己败露了，"唰"的一下站了起来，估计是想跑，马上就被身后的人搂住脖子，动弹不了了。那中年人也想站起来，手到兜里想去掏什么东西抵抗，立刻被人拿双管猎枪（枪口被锯掉的那种，很短，拿在手里像手枪）给逼住了。那些人手脚十分利索，四五个人架着一个，当场拖着就弄走了。一群人把这两个小子拉到了外面，不是休息的地方，而是我第一次来时上楼见到的那间会议室。现场一下子乱起来。有人看到这边出事了，聚拢过来想看个究竟，而21点桌子上的玩家和看热闹的都让开一条道，让打手们架走人。当时我坐在桌子前，我刚想站起来离开，就有人按住我肩膀，有人很凶狠地对我说："老实坐着，没搞清楚之前，暂时谁也不能走。"

我满眼无辜地望着德子，恰好德子也发现了。德子扒拉开人，走了过来，用手点着按在我肩膀上的手，呵斥说："把手给我拿开。"那人可能也明白了是怎么回事，立刻就把手拿开了。德子也不说话，拖着我的手就走，拉我去了牌房。

进了牌房，里面已经站了很多人。那几个股东都在，都一脸严肃地看着几个人在牌房里忙碌，有几个人打开所有扑克检查。我一看，没我啥事，就站门口看热闹。那丫头也知道事情败露了，靠着墙边站着，两条腿直打哆嗦。一会儿就检查出来了，有一些扑克确实是酸的。看来准备了不少。然后有人把那丫头也押去了会议室。我也跟着去了，去的时候我还往大厅里看了看，那21点的桌子空着，上面赌具什么的都没了，人也没了。大家都在议论说有人出千，被赌场给抓到了。很多荷官和赌徒都在往这边张望着，想过来看热闹的也有，奈何这边已经被人封了起来，他们过不来。

进了会议室，几个股东凑在一起议论几句就都走了，好像这个事和他们没有关系一样。那中年人和那年轻人都在地上跪着，看他们的样子，应该是被人暴打过了。那荷官直挺挺地趴在地上，面朝下，应该也被人暴打了，满脸是血。那丫头被人责令跪下，她还没反应过来，也可能是没听明白，被人抓着头发按着跪在那里。她耷拉着头，头发盖着脸，浑身哆嗦着。德子好像也不想参与，拉着我就出了赌场。外面顺利的车在等着，接着我俩就回了酒店。

事后才知道，那个押钱的年轻人是牌房那个丫头的对象。他俩牵头，然后拉拢那个荷官一起来做这件事情。他们利用保管牌具的便利条件，把扑克房里的扑克带回去做了手脚，又带回牌房混进其他牌里面去，自己记得哪些是酸牌，等21点桌子要牌的时候给送上去。桌上就用这些做过手脚的扑克，他们根据事先做好的暗号赢钱。大致就是这样的。

对他们的处理，好像是要他们吐回来赢走的钱。他们被赌场扣了，逼着他们家里人做赔偿。再具体的情况我也没多去问。

这家赌场开了好几年，后来因为形势变化，那湛江老板退出，其他的人接手继续做。再后来转战去了很多地方，因为存在年头久，有很多邻近省份的固定客源，所以搬到哪里都不缺人去赌。最后在陇南郊区被公安给端了窝。

# 64〉高科技赌具纵览

除了事先制作不同味道的赌具，通过尝味道达到出千的目的外，也有赌徒使用边打边上味道的方式出千，也可以尝出是什么牌。

类似的利用化学药品的出千方式很多，比如有两种化学物品，都是无色无味道的，在这里我就不说名称了，省得有人说我教人学坏，就以A和B来代替。B离A一定的距离，B就会变成紫色。

有的老千利用这个原理，把A涂抹到扑克中特定的牌上（比如王或2），然后把B涂抹在打火机边缘、香烟盒子的防伪标志上、深色烟灰缸（镶金边那种）的小边上、彩色领带的末端、手机的小贴纸上，或者涂抹在戒指上、手心里，也有的女老千涂抹在指甲油的一个点上，也有涂抹在桌子的特定位置上，还有涂抹在巧克力包装纸上的。如果涂抹了A的那张牌与涂抹了B的地方接近到发生化学变化的距离，B就会变成紫色，这样老千就可以知道哪张牌来没来或者去了谁家。使用这样的出千方式，基本都要有类似颜色的东西混淆别人的视线，而且涂抹的地方面积非常小。不知道的玩家一般不会注意到，老千自己能看到那个地方的变化就可以了。

一些暗牌的游戏，比如梭哈，老千可能会这样出千。在流行的德州扑克游戏中，也有人这样做，只是做得很巧妙。比方说，有人放了一盒紫色包装的香烟盒在桌子上，并不是要香烟盒全变成紫色的，只要有一小块紫色的就可以了。他就把B涂在这个地方，只有他自己知道该看哪里。换个人，就是告诉他会变色，不告诉他哪里会变色，累成近视眼恐怕也找不到哪里变化了。何况一般人根本就不会去注意。

近年来出千主要以高科技为主。因为高科技赌具操作简单，不需要下狠工夫练习手法。除了以前我介绍的通过监控设备等诸多形形色色的高科技以外，还有一种高科技的东西没有和大家说过。这个东西叫扑克测点分析仪，可以应用到几乎所有的扑克类赌博游戏里。那些二八杠、天地杠的赌博游戏也可以应用得到。扑克测点分析仪造价很高，但是很受欢迎。无数老千都愿意花钱置办这件产品，主要是这种仪器很奇妙，不论谁手里的扑克，不需要提前做记号，也不需要提前上药水或其他记号，只要是扑克，就可以看出来。这种仪器体积也很小，不需要提前安装到赌局里去，随身携带就可以了。不过得两个老千配合使用。一个在赌局上测点，难度也不大，只需要把针孔微型摄像头藏在衣服袖口就可以了；另一个找个隐蔽的地方藏起来，用笔记本电脑，通过无线耳机（或者小型的无线震动器）告诉同伙电脑分析的数据就可以了。

这个东西杀伤力很大，可以分析任何扑克，也就是说我随便去找个玩扑克的地方，就可以利用这个仪器来出千；而且不需要接触其他玩家的扑克，不论新旧扑克，只要短短几秒，就可以测出每一家是什么花色的牌，谁家牌大谁家牌小；或者测出马上要发出来的牌是什么。这个可比扫边扫背仪器先进得多。这种仪器以前接触过，那会儿还不流行，我当时只知道有这么个东西，但具体怎么回事也是后来想明白的。那是在一家赌船上帮一个庄家抓老千。其中一个老千就是把微型的摄像头放在衣服的袖子口里，对准牌靴进行探测。具体观察过程我就不说了，总之也是折腾了很久才发现的。但是因为船很大，船舱上房间很多很复杂，没有找到他的同伙以及他同伙携带的设备。同时，被我抓到的老千是当地一个出名的人物，让赌船老板很为难。加上当场也没有确凿的证据说事，就不了了之了。因为当场只是在他袖子里找到一个微型的针孔摄像头，但是没找到接收器，更别说给他传递信息的同伙和设备了。最后赌船的老板也没有给我任何报酬，他应该是一个不讲究的庄家吧。而当时我也是一知半解，并不十分明白他们是怎么做到的。过了一段时间接触到这种高科技仪器以后才知道是怎么一回事。至于那个庄家赖账，只能说我当时的反应也太慢了。其实我已经抓到了老千，虽然没有证据，但是起码阻止了那人继续在赌船上出千赢钱。这次抓千失手是我一直难以忘怀的疼，如果是在陆地上，也许结果会完全不同。

我这些年所接触过的各种各样的高科技赌具五花八门，更新换代特别快。现在流行高科技看边、探测，所以就出现了很多看牌边、看牌背的仪器。这些仪器大同小异，但是伪装得很好。一般设局的老千都会把这些仪器做成日常用品的模样，装在房间里任何地方，或者干脆直接合成在一些不起眼的物件里去。现在流行的各种赌法，像三公、斗牛、瞪眼、斗鸡、小九、两张、32张牌九扑克、牌九、28筒子、40张、梭哈、9点、10点半、21点、百家乐，等等，都能应用。

有的装在烟灰缸里，有的装在茶杯里，有的装在灯管里，有的装在手机里，有的装在桌子边缘的框里，有的装在墙上挂的钟里，有的装在房间顶上的消防感应器里，有的装在椅背里，有的装在挂历里，有的装在台历里……衣架、落地灯、饮水机、手包、皮带、领带、衣服、车钥匙、手表、打火机、空调、电视，反正是个东西就可以装，而且可以调整焦距，保证图像清晰。比如我把仪器装在烟灰缸里，然后故意把烟灰缸放窗台上。有人抽烟，自己就会去窗台把烟灰缸拿过来放赌桌上。同样，相关配套的设备也是五花八门，可以用耳机接收指令，还可以用小的震动设备绑身上接收提示，还有发报的。人家用这些高科技的东西，你凭什么去和人家玩呢?

但是使用这些东西也不是没有代价的。最早的时候我用过贴身的提醒设备，把我电惨了。当时我在一边看热闹，给同伙提示。那边一提醒我，这个小仪器就放电，电流还挺大，电得我直打激灵。我只能咬牙坚持，不能让别人看出我的异常。后来我实在是坚持不住了，偷偷跑厕所里把设备拿了下来。因为我是放在腰带里面贴肉的地方，那里的肉都被烫熟、烫烂了，起了个大水泡，过了很久也没好利索，每天系裤腰带都得小心翼翼的，那个疼啊。过了很久才结疤，脱了一层又一层的疤。直到现在，我右边骨盆边上那块皮肤还和周围皮肤的颜色不一样，就是当初被电熟了。记得当初被电得受不了了，就站在那里猛摇晃，以掩饰被电的感觉，现在想起来我都觉得很搞笑呢。

当然了，这些设备大都出现在一些押得比较大的赌局上，而街边小局的老千们，有他们自己的道道。他们不会什么手法，但是他们有自己的办法。他们找各种机会对玩的扑克进行各种处理：给扑克整形、切割、磨砂、刻痕、做记号、上药水、折角、涂色、暗淡处理、暴晒处理，等等。他们的手法不亚于一个手艺高超的宝石工匠，他们处理过的扑克不亚于工匠雕刻的宝石戒指。总之，他们通过处理扑克达到认牌出千的目的，也千了很多倒霉的凯子。很多凯子就是这样被人家赢走了钱而一无所知。所以说，出千这个东西没有高明低下之分，能骗得住人的，就是好的。

## 65〉戒赌过程中的不抛弃不放弃

揭穿赌局上的猫腻是一方面，我也想说说戒赌的事儿。我觉得赌的人都是很可怜的，他们去赌博是一种心瘾，这个心瘾是很难戒掉的。我认为，第一是要控制他手里的钱，让他能吃饱，但是绝对不给他闲钱去玩，而且要让他觉得家里人并没有抛弃他，否则，他会走极端的。其次，要让他忙起来，生活过得充实起来也是很重要的，人这个东西，一闲下来就容易起歪歪心思。第三，对他的赌友，不要给什么好脸色，完全不用考虑面子问题，也要经常劝诫他远离那些狐朋狗友。虽然刚开始他可能听不进去，但是也要说。一个人的社交圈子对自己的影响非常重要。第四，就是让他知道，赌的人没有赢的。最后，让他树立一个目标，有一个理想，然后一步步去实现。尽可能多地干涉他的业余生活，知道他都在干什么，千万不要不闻不问。只有让他彻底忙起来，他才不会去想着赌钱。特别是对那些输得很大的赌徒，他们的心理很简单：赢回来以后说什么也不干了。这个时候不要去骂他，也不要责备他，要让他彻底放弃已经输了的钱，可以通过帮助、资助他的方式让他心理达到平衡，但是千万不要让钱进入他的口袋。这就需要亲人们对他有很好的耐心、很多的爱才能做到，最起码要在家里给他一个很温馨的环境。有时候亲人的讽刺、谩骂，只会让赌徒走得更远、陷得更深。当然了，这些办法能不能奏效，主要看赌徒自己。家人要培养他的自制力，如果他自己有决心戒赌，那最好不过了。我曾经遇到过一个女赌徒，为了表示自己戒赌的决心，把头发都给剃了，成了个秃子。我也遇到过把自己小手指头用刀切掉的，不知道他们最后戒没戒成功，虽然我不赞成伤害自己身体的方式，但我还是蛮佩服他们的，有时候做人就应该有这样的决心。

我认识一个成功戒赌的哥们，也许他的事情可能对那些想要戒赌的人会有点启示吧。我认识他时，他是一个正宗的滥赌鬼。早先他有一份所有人都羡慕的职业，业余时间还开了个小饭店，由他母亲照看着。媳妇是幼儿园的教师。他们一家生活得很幸福。不知道他什么时候迷上了赌博，班也不正经上了，生意也不照看了，一直赌了半年的光景。他输了所有的家产，借遍了所有认识的人，还因为赌博被开除公职。全家生计就靠在幼儿园工作的媳妇那一点工资勉强支撑，但是他还不醒悟，天天去赌。只要家里他能看上眼的东西，全部都拿出去变卖，就为得几个钱去赌。这样的赌徒比比皆是，不信你去赌局上打听一下，几乎每个赌徒背后都有破碎家庭的辛酸故事。

我是在一个赌局上认识他的。赌局设在一家路边杂货店后面，一群人在赌，玩的是两张扑克比大小的瞪眼。是当地一个熟人介绍我去的，小海陪着我。那个局上有几个蹩脚的小老千，以收牌打桥的千术在千人，在我眼里那是最低级的千术了。但是对于场上的其他人来说，他们还以为这局有多么公平呢。桥虽然做得低劣，但是总有人上当。当然了，那几个人也把我当成个凯子了。我细水长流地在这个局上慢慢赢点钱，也不去叫破。玩了好几天了，就想回去，决定走的当天狠狠地赢几个钱。所以和小海合计好了，上去就不客气，能赢就全部赢过来，然后走人。

大家正在玩的时候他来了，大家都笑他，说很久没看到他了。他说去了外地赚了点钱，来凑凑热闹。大家都叫他小志，我才知道他的名字。他很大方地拿出3万元丢在桌子上，那几个老千眼睛立马亮了，都说小志有钱了。他押钱很猛，那个局不大，最多押500元，3万元对于这样的局来说是很大的赌资了。小志好像喜欢做庄家，那样输赢更大，大家都没意见。我就坐下边把一门，我总有办法让他赢，也总有办法把他赢的钱套过来。他中午前后去玩的，玩到了大概傍晚7点多的时候，已经快输光了，手里还有4000多。这个时候外面来了个女人，挺着大肚子。有认识的说那是小志的媳妇，来找他回家的。小志好像很不耐烦，大声呵斥着她，那意思是她的出现让他的牌运变坏了。那女的也是急眼了，上去就挠他，抢他手里的钱。大肚女人谁都怕，小志也怕，所以钱一下就被她抢了过去。当她发现只有4000元左右的时候，就“呜呜”哭了起来。

她边哭边骂小志，听她说我才知道：他父亲常年腰间盘突出，没有劳动能力；饭店被小志变卖以后，他的母亲连上火带操心，突发脑血栓刚住进医院一星期，一半身子没了知觉。因为家里的钱都被小志赌输了，实在没钱治病，他爸爸就找自己的朋友借钱，筹到了3万元。小志的媳妇还挺个大肚子，他爸爸腰不好也出不了远门，就叫小志去拿钱。按照时间推算，小志中午就应该回来。可是一家人在医院一直等到下午也没看到小志回来，就打发媳妇出去找他。那是在一个县城里，可能以前他媳妇经常找他，知道他经常在哪里赌，找上门来，才发生了眼前这一幕。

记得那是夏末。晚上7点多到了吃饭的时间，天还很亮的。大家被小志媳妇一闹，都要走。小志媳妇就在门口堵着，恳求大家把赢小志的钱还给他，因为还有一个老母亲在医院里等着这个钱救命。小志好像嫌她丢了自己的人，拼命拖她。他媳妇拼命抓着门框，小志看拖不动她，一摔手走了。他媳妇跟出门想拖住他，奈何小志早走远了。大家趁这个工夫一哄而散。我也和小海来到路边，看到小志媳妇无奈地看着赢走她家救命钱的赌徒离去，一脸的悲愤。

我和小海正合计要赶几点的车回去，看着小志媳妇挺着大肚子，蹒跚地走在县城路上，忽然觉得有点不对味：万一她说的是真的呢？钱毕竟大多被我赢了，真要是她说的那样，我不是作孽吗？其实我作孽还少吗，只是以前我从没有感觉而已。和小海一说，小海也觉得不是个事，万一真是人家的救命钱，就这样拿走了，好像不太妥当。思想斗争了一会儿，我就和小海达成了共识，跟着去看看，看看小志媳妇说的是不是真的，万一不是真的，走了也心安。于是我俩撵上小志的媳妇，谎称是小志的朋友，想去看看他母亲。小志媳妇好像记得我俩也是在那里赌钱的，一脸的怀疑，一脸的憎恨，但是她没有说出来，只说自己正好去县医院，婆婆还在那里。医院路挺远的，她不舍得叫车，走着去。我和小海叫了辆出租，就和小志媳妇一起奔医院去了。

到了医院，她带我们七拐八拐，进了一个六个人的病房。里面有很多家属，看样子都是别的床的。小志妈妈的病床前显得很落寞：一个50多岁的女的躺在3号床的位置，一个和她年龄相仿的男人在一边看着点滴。相比别人的床头摆放着各种新鲜的时令水果，3床的床头空荡荡的，只有一个煲汤的小锅。小志的爸爸看到小志的媳妇带我们进去，急忙迎过来，拉她到一边去说话，可能是问找到小志没有之类的。我们就来到了床边，小志的妈妈好像就眼睛会动，和我们眨眨眼，表示知道我们是来看她的。一会儿小志的父亲就回来了，看样子他知道小志的事了，轻声叹了口气，但是没表示什么，只是过去抓着他老婆的手，轻轻按摩着，边和我们打着招呼。好像他不愿意在他老婆面前说起小志，只是反复地说谢谢我们来看小志妈妈。我俩也有点不好意思起来，毕竟是空着手来的，起初来也是为了证实一下。小志妈妈一脸慈祥。我俩问候了几句，打听了一些关于病情的事，听小志爸爸说，只有手指头能动，左边身子别人使劲动她，她才能感觉得到，右边彻底没了感觉。好像是操心上火，一下憋出的病。

坐了一会儿，我俩觉得不是个事，干坐着挺尴尬的。我捅捅小海，小海马上就明白了，拿出3万元钱说："光顾着说话了，忘记了正事，小志有点事去忙了，钱先托我俩带过来，大叔您收好了。"小志爸爸有点不知所措，不知道该拿还是不该拿。因为他刚才从儿媳妇那里知道小志把钱都输光了，我轻轻地捅捅小海，用眼睛瞟瞟床那边，意思是让小志爸爸先收着，别让小志妈妈听到什么，毕竟他妈妈可以听懂大家说话的。小志爸爸会意，把钱收起来。我俩就告辞出来。刚出病房门，正好小志媳妇打水回来，看我俩走，打个招呼，还是用憎恨的眼神看着我俩。我俩逃一样地出了医院。

站在医院大门口，我俩合计这个时间已经没有车了，商量是找个地方住下来吃点东西，还是连夜包个车回去。正说话的工夫，小志媳妇挺着大肚子过来了，拉着小海非要把原先她抢来的4000元还给他。因为她知道小志浑身就3万，也知道这个钱是小海自己拿出来的（但是她不知道我俩是老千，千了小志的钱。她要是知道肯定也不会这样做）。最终小海也没拿，她很不好意思地站在那里，嘴里直说着谢谢。小海没话找话，说看这个医院的条件是不太理想，是不是考虑去城里治疗，效果会好点。然后给她留了联系方式，说她以后如果去城里治疗，可以挂电话找我们，我们帮着安排。说完我俩仓皇地跑了。回去的路上我俩还感慨了一番，有庆幸，有感叹，还有无奈。

本以为这个事情到这里就这样结束了，谁知大概过了两周左右，小海接到了小志媳妇的电话，说要带婆婆进城治疗，不知道应该去哪个医院，在城里也不认识什么人，实在走投无路了想起来找我们帮忙。当时正好也无聊，就和小海帮着联系了一家医院。于是又扯上了关系，没事的时候我们也去探望探望。后来正好赶上小志的媳妇生产，这下父子俩忙乎得够呛。没事的时候我和小海也去帮着跑跑，反正整天无聊没事做。后来小志的母亲恢复得不是很好，可能是前期耽误了。现在都好几年过去了，只能勉强走路，还是一瘸一瘸的，右手总收缩在一起。他母亲也是个要强的人，在病房里遇到要拿什么东西自己使不上力气的时候，总是狠狠抓自己，埋怨自己。可能也因为钱的原因，稍微恢复一点就出院回家休养去了，而且医生也说这个病得自己养，自己锻炼。小志的父亲是一个沉默寡言的人，很少说话。每次看到我们去就知道"嘿嘿"地乐，出院的时候我和小海去送的，因为小志还要在医院照顾他媳妇，就没跟着回去。

后来因为总惦记着，没事就买点营养品和治疗脑血栓的药品去看望他妈妈。一来二去也就熟识了，后来她也知道当初这3万元是我和小海拿的，总是觉得愧疚，总说希望哪天能把钱还给我们。我们呢，比她还要愧疚，只是说不出口而已，只有尽量帮一把。后来说起小志赌博的事情，他妈妈希望我们能想办法帮他戒赌。说实在的，旁人真没办法，戒赌要看个人定力，像我那朋友小邢，他是知道了赌博的黑幕以后坚决不赌了。我想那是他知道了十赌九骗后醒悟了，但是小志不知道，我也不能去说不是?

当时小海随口说了一句话，他说，要想让他戒赌，只有让他一分钱没有，或者找个接触不到赌博的地方。小志的妈妈也是个很有主见的人，她也很认同小海的话，而且马上付诸行动。几个月后，他们全家就让小海的爸爸把房子卖了，搬到了这个城市的郊区，让小志彻底远离了原先的圈子，一切重新开始。

刚搬家，小志也是很不适应，总是坐立不安。奈何钱被他媳妇把得死死的，家里还有一个病人和小孩需要照顾。慢慢他也就适应了。后来他在城里找了个印刷公司做排版的活，每天早九晚五上下班。待遇虽然少点，但是他很满足。他也一直在找机会想做点生意啥的，他媳妇找了个营业员的工作做。反正这几年是没看那小子赌过，他儿子现在都5岁了，日子虽然过得艰难，但是没有赌徒的家庭也是幸福的，现在他母亲也能勉强自理了。

他的父母亲后来信了教，每次我去探望，她就拉我要我信教，说什么救苦解脱的事，想想也挺有意思的。但是他们一直不知道我是个老千，他们要是知道了会怎么看我呢？我承认我千过很多小志这样的人，他们拿了亲人救急的钱来赌，结果被我出千赢走了。我真的不知道该对他们说什么，也说不出什么来了。

# 尾声　回头是岸

可能很多人看了我的书或帖子，会认为自己已经能看透老千的出千手法，可以在赌桌上防着老千，可以安心地去赌钱了。我告诉你，你错得太离谱了，我说出来是一回事，但是要你去看，估计你还真看不出来。骗到你的往往是那些最初级的千术，那些最初级的千术也是赌局中最主要的出千方式，比如换牌、发第二张、发下边的牌、编辑牌序、打暗号、袖子藏牌、药水扑克，等等。不要以为初级千术很容易发现，老千做鬼，一个一知半解的凯子就是一个瞎子。如果因为你没发现，就说赌局是公平的，我也不想啰嗦了，好话说三遍，猫狗都不愿意听。如果你愿意相信存在公平的赌局，你就去吧，我只能说你没救了。

你如果总是怀念在赌局上大起大落心跳加速的感觉、赢钱时天上掉馅饼一样的狂喜，还有赢了以后花钱像淌水一样的豪爽劲，我估计你已经有赌瘾了。可是你别忘了，这些都是靠不住的，就像烟花一样，转眼间就不是那么回事儿了。更多的呢，是那种输了钱的失望、懊悔，那种悲愤的情绪像绳子一样死缠着你，你就像一只斗败了的公鸡，绝望，走投无路。澳门赌王有一句名言：不怕你精，不怕你赢，不怕你呆，就怕你不来。不管赌瘾有多大，都不应该忘记自己对家庭和对亲人的责任啊！好赌的人啊，为了你的家人和爱人，别赌了，想想他们对你期望的眼神吧，想想他们对你信赖的样子吧。能停就停了吧！对那些还没上瘾的赌徒，我也想对你们说，趁你还没上瘾，趁你还没陷进去，赶紧回头吧！赌博是吃人不吐骨头的。千万不要因为开始运气好赢点小钱，便以为自己是赌神。因为有各种各样的老千存在，你的结果只能是一个字：输。输了想翻本，就停不住手，直到输得一毛钱都不剩下才后悔，但那时就晚了。要知道，这个世界上是没有后悔药的。多少人都是这样陷进去的。到那时候，你输光的不仅仅是金钱，还有你做人的廉耻和尊严、你的亲情，你的一切一切。

我遇到过很多很多好赌的人，他们的下场都很惨，典型的都像《我的老千生涯》里写到的那个跳楼的会计一样。还有一个人，我觉得也要说一说。他叫爱国，本来是个很富有的人，最早帮人做土石方生意，经过几年的打拼，终于发达了。他有七台拖车，两台挖掘机。偶然沾染上赌博，开始小赢，觉得这个钱来得比较快，就经常去各种赌局。后来有一次在赌局中有人出千，那老千被一起来的同伙揭发了，他才发现那个赌局不是很公平，后来就很少能看到他去那个赌局了。人家开始以为他看透不赌了，后来才知道他专程跑澳门去赌，每个月都得去一次，去一次就输一次，几百万的家产都被他给输光了。最后他变卖了所有的财产，媳妇也和他离婚了，带着孩子离开了。前几年我最后见过他一次，原先精明利索的一个人，眼睛里完全没有了精神。他没一点醒悟过来的意思，还和我絮絮叨叨地说他妻子在他发达的时候跟他一起享福，大难来临的时候就各自飞了。我心说你是活该，享福的日子不好好过，非要去赌。后来很多人都远远躲着他，沾不起，见面他就找你借钱，借到钱就去赌，谁都怕他了。最后他的结局是，他没钱了竟然去找小姐，绑架小姐勒索钱，结果钱没得到，自己被抓进去了。要说他这个精明的人，应该能管住自己才对，但是一到赌场他就迷了心窍。

好赌的人都有瘾，我自己经历过所以我知道，这种瘾能钻到人的骨头里去，让你脑子里总想着那种在赌场上拼杀的刺激，走路、吃饭、睡觉，一刻都不得消停，老是琢磨着如何去赢，如何翻本，如何搞到赌资，所以说戒赌很难。但是我那朋友小邢就戒掉赌了，因为他知道赌场里总是不缺老千的存在。还有很多朋友知道了老千的手段，也彻底不赌了。这个也是我写这些东西的原因。

前面说到那个戒赌的小志，他的妈妈很了不起，其实这只能算是个特例而已。还有很多成功戒赌的人，在知道自己参与的赌博中有那么多不为人知的千术后，都表示坚决不赌了。这些千术我说起来简单，要真去学是很难的。有这点工夫，做正经事肯定能成功。想想，如果我用练习千术的毅力和努力练习射击，说不定能拿个奥运冠军。因此，我还要奉劝那些想学点千术啥的朋友，就免了吧，只要记住凡是赌就有骗这个道理就可以了。如果看完了我这两本书，你还要去赌，我也没招了。

赌博永远是黑暗的，其中的黑暗，我拙劣的文笔没写出其中的万一。以我的经历、我的所见所闻，我不知道的出千方式多了去了，而我所揭露的出千方式和出千手段不过是千术中极少的一部分。很多人还在幻想赌博是公平的游戏，但是有这些千术的存在，就永远没有公平两个字。输到一定的时候，你自己就会去研究如何去出千骗人，你就会琢磨是不是给自己的朋友下点套。人嘛，此一时彼一时。可能很多人心里说：我怎么会去骗我的朋友？绝对不可能。人啊，都是很现实很脆弱的，走到哪个地步说哪个地步的话，都会随着环境而改变的。比方说，现在给你一根火腿肠，你可能连看都懒得看。把你关监狱里去几个月，你能为一根火腿肠去打架。把你和你的朋友放在一个没有人烟的荒岛上，没有别的可以吃的东西，你为了这根火腿肠就能去杀人。道理就这么简单，这就是人性！

赌博总能激发人性中最丑恶、最脆弱、最贪婪的部分，所以赌局中永远存在各种各样的陷阱、圈套、千术，足以让任何人倾家荡产、身败名裂、家破人亡。不论是谁，一旦被贪念控制，被赌局上的风光迷惑了心智，离地狱便不远了。贪念会成为自己的催命符，而赌博里各种各样的出千方式和老千会叫你输掉一切。

赌博永远是一条不归之路，你可以不听从我的劝告继续赌博，你也可以当我在说梦话，但是你不可以一辈子受人玩弄而浑然不知。我不可能熟识所有的赌博方式，所以我也不能揭露所有赌局中的骗术。你只要记住一句话就可以了：赌就是骗。不信拉倒，当我什么也没说。希望善良的人们睁大眼睛，引以为戒，也希望正在赌博的道路上挣扎的赌徒们能够醒一醒，远离赌博，珍爱生活。

回头是岸啊。